사라져가는 것에
대한 애수

박완서
산문집
6

사라져가는 것에 대한 애수

문학동네

차례

1부 성차별을 주제로 한 자서전

나에게 소설은 무엇인가 9 | 서울 살림 45
큰 집 앞의 미끄럼틀 49 | 잃어버린 뒤란 53
한아버님전 상사리 57 | 문밖에서 61 | 시험 준비 65
소 잃고 외양간 고치기 69 | 서울 친척 73 | 가정방문 77
서울 아이 81 | 작두춤 85 | 한여름밤의 숨바꼭질 89
성차별을 주제로 한 자서전 95

2부 서 있는 여자의 갈등

서 있는 여자의 갈등 113 | 위기의 남녀 130 | 무력증 138
어떤 폭력 148 | 택시 기사와 유언비어 152
너도나도 힘써야 할 일 156 | 들이대기 전에 잠깐만 160
새해에 받아내고 싶은 약속 164 | 자기 문제와 모두의 문제 169
이 봄을 우울하게 만든 일들 174 | 오월을 보내면서 179
어른과 아이 184 | 말 가난 192 | 10년 만의 조국 202
부러운 다양성 206 | 우리들 보통 사람의 미국 210
외국 같다 217

3부 서울내기 시골뜨기

화로를 인 여인 229 | 배추 꽁바기 235 | 잉꼬 243
이름 붙은 날 251 | 강변에서 259 | 서울내기 시골뜨기 1 267
서울내기 시골뜨기 2 272 | 서울내기 시골뜨기 3 277
잊어버린 것투성이 281 | 가을 기운 291 | 겨울 제비 295
어떤 주제 파악 298 | 창 302 | 라일락의 계절 306
북으로 간 여배우 310 | 할머니 314 | 소녀의 편지 317
조카딸에게 보내는 편지 321 | 발자국 소리에도 곡조가 있는데 325

4부 이멜다의 구두

어떤 고행 333 | 어떤 몸서리 336 | 이멜다의 구두 340
눈 온 다음날 344 | 진한 음식과 말 348 | 쓸쓸한 일 351
씨름이 좋아 355 | 어둠의 길 359 | 싫고 슬픈 일 362
육필 365 | 공주 인형 369 | 털 코트 372 | 자선과 어린이 376
신바람 380 | 도중하차 383 | 문학작품의 영상화와 주인공 이미지 387
교양과 오락 390 | '마아'와 '얄리얄리 얄랑성' 394
사라져가는 것에 대한 애수 402

작가 연보 405

일러두기

* 이 책은 1986년 출간된 『서 있는 여자의 갈등』(나남)을 재편집했습니다.

* 『표준국어대사전』 및 『고려대한국어대사전』을 기준으로 한글 맞춤법을 통일했으나, 많은 부분에서 저자의 표현을 최대한 살렸습니다.

1부

성차별을 주제로 한 자서전

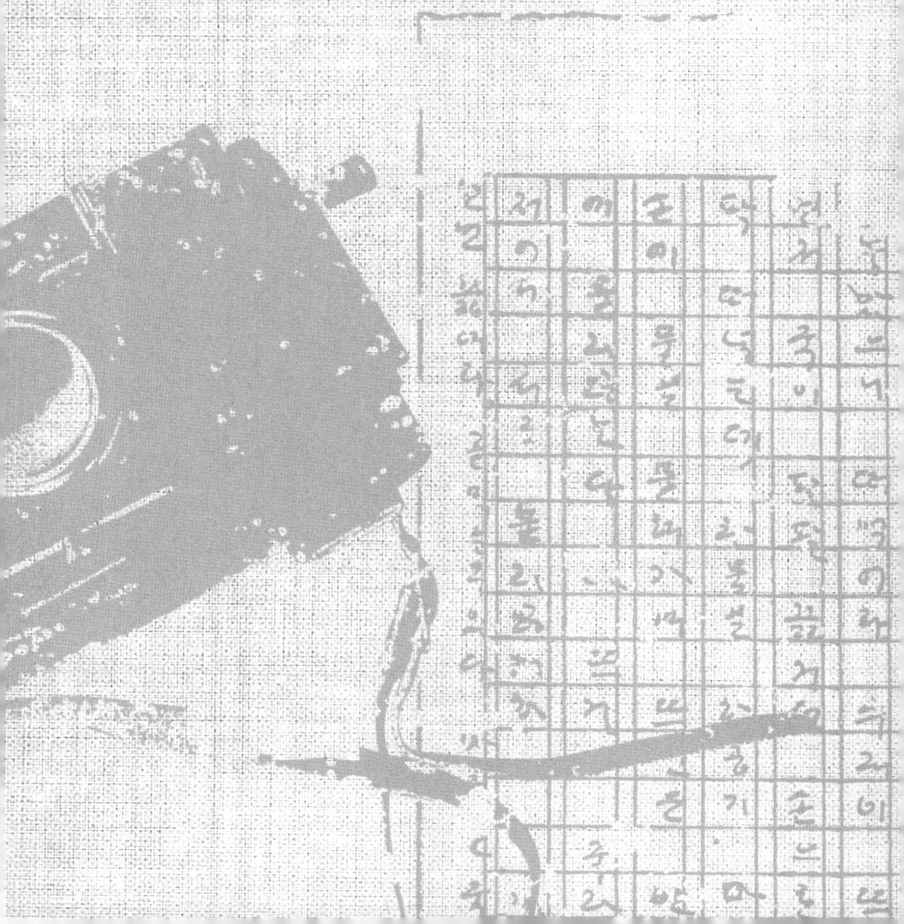

나에게 소설은 무엇인가

요새는 청춘이란 말을 잘들 안 쓰는 것 같다. 대신 젊음이란 말이 판을 치고 있다. 나 역시 청춘이란 말을 좋아하지도 자주 쓰지도 않는다. 어쩌다 비꼴 때나 쓴다.

요즈음 중고등학생들의 국어 교과서에도 그 글이 있는지 모르지만 우리 때 국어 교과서엔 「청춘예찬」이란 수필이 실렸었는데 그게 굉장한 명문으로 평가를 받았던 것 같다. 국어 선생님이 목청을 가다듬고 황홀한 표정을 지으면서 읽으셨고, 우리들 중에서도 낭독에 소질이 있는 애들만 골라 천천히 음미하듯이 읽게 하셨던 생각이 난다.

"청춘, 이는 듣기만 하여도 가슴이 설레는 말이다. 청춘! 너의 두 손을 가슴에 대고, 물방아 같은 심장의 고동을 들어보라."

이렇게 무턱대고 우렁차게 시작되는 글을 억양과 감정을 적절히 넣어 읽는 소리를 들으면 우린 정말 가슴이 울렁이고 피가 뜨거워졌었다. 그러나 그 글이 얼마나 허황된 미사여구의 나열이고 거짓말투성이라는 것과, 우리의 감동이 실은 터무니없는 선정 선동에 순간적으로 현혹당한 데 지나지 않았다는 걸 깨닫는 데는 별로 오래 걸리지 않았다.

그 시절의 젊은이는 유치할 새도 없이 갑자기 어른이 돼야 했기 때문이다. 요새도 나는 무슨 명작 수필집 같은 데 「청춘 예찬」이 끼어 있는 걸 보면 구역질이 날 것 같은 혐오감을 느낀다.

그럼에도 불구하고 나의 1950년을 생각할 때마다 젊음이란 말보다는 청춘이란 말로 수식해주고 싶어진다. 내 나이 20세의 봄은 유난히 아름다웠고, 서울대학교 합격은 나의 우월감을 한껏 부풀려놓았다. 온갖 가능성이 다만 나의 선택만을 기다리며 아양을 떨고 있는 것처럼 보였다.

그때 나는 나 자신에게 너무도 열중해 있었다. 지금 생각하면 덧없는, 그러나 빛나는 자홀自惚의 시기였다. 그때 나는 내 개인적인 삶, 개인적인 가능성을 간섭하고 힘을 미칠 수 있는 마수가 나의 밖, 즉 사회적 여건 속에 있을 수도 있다는 걸 손톱만큼도 생각하려들지 않았다.

그해(1950년)는 유별나게 학기말이 오월, 학기초가 유월이었다. 해방이 팔월에 됐기 때문인지 해방 후 수년간 팔월을 학년 말로 삼아왔다가, 다시 삼월 학년 말로 환원시키기 위한 과도 조치로 그렇게 하였던 것이다. 그러나 1950년 유월이 예사 유월인가. 만일 봄에 입학만 했어도 나의 청춘예찬의 계절은 좀더 길어질 수도 있었으련만.

나의 빛나는 대학 시절은 불과 며칠 만에 막을 내렸다. 그리하여 청춘의 감미로운 현혹에서 순식간에 깨어나 내가 감당해야 할 청춘의 진짜 의미와 온몸으로 대결하지 않으면 안 되었다.

학기초가 유월이었다고 했지만, 무슨 까닭에서였는지 서울대학은 입학식이 제일 늦어서 6월 20일경에 있었던 것으로 기억된다. 입학식을 치르고 한 사날이나 강의를 들었을까 할 때쯤 인민군 남침의 뉴스가 전해졌다.

처음엔 크게 걱정하지 않았다. 더군다나 사흘 만에 서울을 내주게 될 줄은 꿈에도 몰랐다. 이대통령은 북진만 하면 점심은 평양에서 저녁은 압록강에서 어쩌구 하며 호언장담하던 때였으니까. 폿소리가 바로 미아리고개 너머에서 들리는데 서울을 사수할 테니 시민들은 안심하고 생업에 종사하라는 방송이 나왔다. 그런 방송은 4일 밤까지도 계속되었다. 아마 한강을 폭파하고 남으로 후퇴한 뒤까지도 그 소리는 계속 됐을 것이다.

졸지에 일어난 난리라 시민들을 다 안전한 곳으로 피난시키고 나서 정부가 후퇴한다는 것은 불가능한 일이었을지도 모르지만 빈말 대신 한마디의 참말을 남기고 떠날 수는 없었을까. 사태가 급박하여 정부만 후퇴하는 게 불가피하나 곧 전력을 가다듬어 반격해올 테니 국민들은 정부를 믿고 앞으로 닥쳐올 고난을 인내하고 기다려달라는 비장한 참말을 한마디만 남기고 떠났던들 국민들의 석 달 동안의 고난은 훨씬 덜 절망스러울 수도 있었으련만.

그렇게 국민을 기만하고 도망갔다가 돌아온 주제에 국민에 대한 사죄와 위무 대신 승자의 오만과 무자비한 복수가 횡행한 게 또한 9·28수복 후의 상황이었다. 나는 그때 생각만 하면 지금도 분통이 터지고 생생하게 억울하다.

남들은 잘도 잊고, 잘도 용서하고 언제 그랬더냐 싶게 상처도 감쪽같이 아물리고 잘만 사는데, 유독 억울하게 당한 것 어리석게 속은 걸 잊지 못하고 어떡하든 진상을 규명해보려는 집요하고 고약한 나의 성미가 훗날 글을 쓰게 했고 나의 문학정신의 뼈대가 되지 않았나 싶다.

사변중에 목격한 오빠의 죽음도 나에게 불치의 상처를 남겼다. 오빠와의 우애는 각별했었다. 열 살이란 나이 차이에도 불구하고 우리는 서로 깊이 이해하고 사랑하는 사이였다. 어려서 아버지를 여의고 홀어머니 밑에서 자란 나에게 그는 오빠인 동시에 아버지였고 우상이었다. 그는 6·25를 체험하기 전의 젊은이들이 흔히 그랬듯이 한때 사회주의사상에 심취했다가 전향한 경력을 가지고 있었다. 이십대에 공산주의자가 아니면 하트가 없고 삼십대에도 공산주의라면 브레인이 없다던가 하는 말이 유행할 때였다. 그러나 이 땅의 이데올로기의 대립은 젊은 혈기의 그런 시행착오조차 극렬한 증오와 가혹한 보복으로 다스려야 직성이 풀릴 만큼 무자비한 것이었다. 사변통에 가족을 한두 사람 잃지 않은 사람은 없다. 졸지에 끌려가기도 하고 졸지에 폭격을 당하기도 했다. 그러나 졸지에 죽은 사람은 행복하다.

오빠는 서서히 죽임을 당했다. 그것도 정신과 육체가 따로따로 오빠가 완전히 죽기까지는 장장 1년이 걸렸다. 나는 지금까지도 어느 쪽이 오빠를 죽였는지 확실히 말할 수가 없다. 한쪽에선 오빠를 반동으로 몰아 갖은 악랄한 수단으로 어르고 공갈치고 협박함으로써 나약한 지식인에 지나지 않았던 그를 마침내 폐인을 만들어놓고 말았고, 다른 한쪽에선 폐인을 데려다 빨갱이라고 족치기가 맥이 빠졌는지 슬슬 가지고 놀고 장난치다 당장 죽지 않을 만큼의 총상을 입혀놓고 내팽개치고 후퇴했다. 듣기 좋게 오발 사건이라고 했다. 치료가 불가능한 상황에 내팽개쳐진 그는 가족들마저 텅 빈 1·4후퇴 후의 서울에 묶인 채 차마 눈뜨고 못 볼 신고를 하다가 죽었다. 그러나 남은 식구는 누구를 원망할 자격조차 없었다.

사람 나고 이데올로기가 난 게 아니라, 이데올로기 나고 사람 난 세상은 그렇게 끔찍했다. 아무한테도 발설하지 못하고 우리 가족만의 비밀로 꼭꼭 숨겨둔 오빠의 죽음은 원귀가 된 것처럼 수시로 나를 괴롭혔다.

나의 초기의 작품, 그중에도 특히 6·25를 다룬 일련의 작품들은 오빠의 망령으로부터 벗어나보려는 몸부림 같은 작품들이다. 초기 작품 「부처님 근처」의 주인공의 입을 통해 그런 사정을 다음과 같이 술회하고 있다.

> 사람이 죽으면 아이고 아이고 곡을 한다. 눈물이 마르면 침을 몰래몰래 발라가며, 기운이 빠지면 박카스를 꼴깍꼴깍 마셔가며 아이고 아이고 곡을 하고, 조상객을 치르고, 노름꾼을 치르고, 거지를 치르고, 복잡하고 복잡한 밑도끝도없는 여러 가지 절차를 치르고 복잡한 절차 때문에 웃어

른과 아랫사람과 말다툼도 치르고, 차례에 제사에 또 제사를 치른다. 그래서 살아남은 사람은 기운이 빠질 대로 빠지고 진저리가 나고, 빈털터리가 되고 지긋지긋해지면서 죽은 사람에게서까지 정나미가 떨어진다. 비로소 산 사람은 죽은 사람으로부터 자유로워진 것이다.

그런데 우리는 사자死者를 삼킨 것이다. 은밀히, 음험하게. 어머니와 교외의 조그만 집에 살면서, 나는 밥벌이를 다녀야 했다.

어둑어둑해지는 저녁나절 집에 돌아올 때, 앞서가는 젊은 남자의 뒤통수가 잘생기고 걸음걸이가 근사했다고 치자. 그 무렵의 나는 그런 일로도 감미로운 기대로 가슴이 두근거릴 수 있는 그런 나이였다. 그러나 나는 무서웠다. 앞서가는 사람이 행여 돌아다볼까봐, 돌아다보는 그의 얼굴이 꼭 피투성이의 무너져내린 살덩이일 것 같아 나는 무서웠다. 나는 지독스런 혐오감으로 몸을 떨며 온몸에 식은 땀을 흘렸다. 내 처녀 시절, 내 인생의 가장 빛나는 시절을 나는 이렇게 지긋지긋하게 보냈다. 무서운 게, 무서워하며 사는 게 지긋지긋했다.

너도 결혼을 해야지. 처자식만 알 착실한 남자하고. 어느 날 어머니가 그랬다. 나는 어머니의 그 말에 대번에 동의했다. 처자식만 아는 착실한 남자라는 말이 내 마음에 쏙 들었다. 처자식의 먹이를 벌어들이는 것 외에는 자기가 속한 사회에 섣불리 참여하지도 저항하지도 않는 남자, 그런 뜻이 아니겠는가. 그런 남자가 좋고말고. 그리고 나는 왠지 그런 남자와 결혼함으로써 오빠와 아버지에게 복수라도 하는 기분이었고, 무엇보다도 사는 일에 지쳐 있기도 하였다.

나는 그런 남자를 만나 결혼했다. 그리고 애를 낳고 또 낳았다. 애에 대한 내 욕심은 채워질 줄 몰랐다. 알 게 뭐람. 언제 또 어떤 시대의 횡포가, 광기가, 검은 총구가 되어 내 아이의 가슴을 향해 겨누어질지 알 게 뭐람. 뭘 믿고 아이를 둘만 낳을까. 셋도 적지. 넷도 적고말고. 다섯 여섯…… 나는 몸서리를 치면서 자꾸 아이를 낳았다. 남편이 참다 못해 불임수술을 할 때까지 내 출산은 계속됐다.

처자식만 아는 남편, 많은 아이들. 그래도 나는 행복하지 않았다.

사는 게 매가리가 없고 시들시들하고 구질구질하고 답답하고 넌더리가 났다. 사는 즐거움, 나는 흥미를 받아들이는 감수성이 마치 망가진 용수철처럼 매가리가 없이 풀려 있었다.

싱싱한 것은 아무것도 없었다. 무서움증조차도 처녓적 같은 싱싱함을 이미 상실하고 있었다.

나는 이제 망령이 어두운 골목길에 피투성이의 유령이 되어 나타날까봐 무서워하는 대신 유령도 못 되고 어느 구석에 꽉 처박혀 있는 망령을 지지리도 못난 것으로 얕잡고 있기까지 했다.

그런데 문제는 바로 그 망령이 처박혀 있는 곳이었다. 나는 그들이 있는 곳을 명치 근처에서 체증을 의식하듯 내 내부의 한가운데서 늘 의식해야만 했다. 그 느낌은 아주 고약했다. 어머니와 함께 두 죽음을 꼴깍 삼켰을 당시의 그 뭉클하기도 하고, 뭔가가 철썩 무너져내리는 것 같기도 하고, 속이 뒤틀리게 메슥거리기도 하던 그 고약한 느낌은 아무리 날이 지나도 희미해지지 않았다.

자업자득이었다. 나는 그것들을 삼켰으니까. 나는 망령들을 내 내부에 가뒀으니까. 나의 망령들은 언젠가는 토해내지 않으면 치유될 수 없는 체증이 되어 내 내부의 한가운데에 가로놓여 있을 수밖에 없었다. 차차 나는 더 묘한 것을 깨닫게 되었다. 내가 망령을 가둔 것이 아니라 실상은 내가 망령에게 갇힌 꼴이라는 것을, 나는 망령에게 갇힘으로써 온갖 사는 즐거움, 세상 아름다움으로부터 완전히 격리당하고 있다는 것을.

나는 늘 두 죽음을 억울하고 원통한 것으로 생각해왔는데 그 생각조차 바뀌어갔다. 정말로 억울한 것은 죽은 그들이 아니라 그 죽음을 목도해야 했던 나일지도 모른다 싶었다. 그 나이에, 내 인생의 가장 빛나는 시기에, 가장 반짝거리고 향기로운 시기에 그런 것을, 그 끔찍한 것을 보았다니, 그리고 그것을 소리도 없이 삼켜야 했다니! 정말이지 정말이지 억울한 것은 그들이 아니라 나인 것이다.

나는 그들로부터 자유로워지고 싶었다. 삼킨 죽음을 토해내고 싶었다. 그 무렵 나는 낯선 길모퉁이 초상집에서 들리는 곡성에도 황홀해져 그곳을 떠나지 못하고 오래 서성대기가 일쑤였다. 저들은 목이 쉬도록 곡을 함으로써, 엄살을 떪으로써, 그들이 겪은 죽음으로부터 놓여나리라. 나에겐 곡성이 마치 자유의 노래였다.

그사이 세상도 많이 변했다. 6·25란, 우리가 겪은 수난의 시대를 보는 눈에도 많은 여유들이 생기고, 그 시대를 나의 아버지나 오빠같이 지지리도 못나게 살다 간 사람들을 보는 눈도 관대해졌다.

나는 이때다, 이때를 놓치지 말고 나도 곡을 하리라, 나도 자유로워지리라 마음먹었다. 나의 곡의 방법이란 우선 숨겼던 것을 털어놓는 일이었다.

이렇게 해서 나는 어머니의 허락도 없이 어머니와의 공모에서 이탈했다.

나는 만나는 사람마다 붙잡고 그 이야길 시켰다. 실상은 말야, 6·25 때 말야, 우리 아버진 말야, 우리 오빤 말야, 오래 묵은 체증을 토하듯이 이야길 시켰다. 그러나 아무도 내 비밀을 재미있어하지도 귀를 기울여주지도 않았다.

듣는 사람이 없는 곡성이 무슨 의미가 있을까? 상주도 문상객이 있어야 곡을 할 게 아닌가?

그 시대를 보는 눈이 관대해졌다는 건 그만큼 무관심해졌다는 의미도 된다는 것을 나는 비로소 알았다.

친척들 중에도, 친구들 중에도 그까짓 이십여 년 전의 난리 때 일어났던 일을 대수로운 일로 받아들이는 사람은 아무도 없었다. 그들의 관심은 땅을 도봉지구에 사두는 게 더 유리한가 영동지구에 사두는 게 더 유리한가에 있었고, 사채놀이의 수익이 더 높은가 증권투자의 수익이 더 높은가에 있었다. 그들의 관심은 오로지 어떡하면 더 잘살 수 있나에 대해 곤충의 촉각처럼 예민할 따름이었다.

내가 아는 이는 다 나보다 부자인데도 내 곡성을 들어줄 수 있을 만큼 한가한 이는 정말 아무도 없었다. 그들은 남보다 더 나은 집, 더 앞서는 문화 시설에의 경주로 막벌이꾼보다 더 지쳐 있었고, 그들이 가진 것은 늘 그들의 욕망에 훨씬 미치지 못해 거러지보다 더 허기가 져 있었다.

내 지각한 곡성은 이렇게 맞받아주는 문상객을 못 만나 한번 시원히 뽑아보지도 못하고 싱겁게 끝났다.

나는 내 괴로움이 얼마나 외로운 것일 수밖에 없나를 뒤늦게 깨달은 것이다.

내가 삼킨 죽음은 여전히 내 내부의 한가운데 가로걸려 체증처럼 신경통처럼 내 일상을 훼방놓았다. 나는 여전히 사는 게 재미없고 시시하고 따분하고 이가 들끓는 누더기처럼 지긋지긋해 벗어던질 수 있는 거라면 벗어던져 흠뻑 방망이질을 해주고 싶었다.

간혹 꿈에서 피 묻은 얼굴이라도 보면 식은땀이나 실컷 흘리고 깨어나서는 오늘도 재수 옴 붙었어, 퉤퉤, 하루를 살기도 전에 내던지고, 그러다가도 문득 6·25 때 말야, 사실은 말야, 우리 아버지는 말야, 하고 이야기가 하고 싶어졌다.

나는 그 이야기가 하고 싶어 정말 미칠 것 같았다. 나는 아직도 그 이야길 쏟아놓길 단념 못하고 있었다. 어떡하면 그들이 내 얘기를 끝까지 들어줄까, 어떡하면 그들을 재미나게 할까, 어떡하면 그들로부터 동정까지 받을 수 있을까. 나는 심심하면 속으로 내 얘기를 들어줄 사람의 비위까지 어림짐작으로 맞춰가며 요모조모 내 이야길 꾸며갔다.

이상 소설 속의 한 부분이지만 거의 소설적인 허구가 아닌, 나의 한 시절의 진솔한 자전적인 부분이기에 그대로 인용했다.

그러나 자신의 이야기로 소설을 꾸미지 못했다는 게 어찌나 한 사람뿐이겠는가. 사람들은 저마다 자기만의 삶을 살고, 자기에겐 자기의 삶만큼 기구한 것도 없는지라, 누구나 자기 얘기가 한 권의 기막힌 소설이 될 수 있다고 생각한다. 나 역시 어떤 계기가 없었던들 내가 살아온 얘기야말로 기막힌 소설거리라고 벼르고 아쉬워하다가 말았을 것이다.

그 계기는 뒤늦게도 40세가 되어서 나왔다. 그땐 내가 생각해도 그렇고, 남 보기에도 그렇고, 살림 외에 딴것을 생각하는 게 가당찮아 보일 만큼 나이도 들고 주부로서의 관록도 붙어 있었다. 편지를 너무 안 써서 외국 가 사는 가장 친한 친구와의 우정이 끊어질 만큼 비문학적인 환경에 함몰되다시피 하고 살고 있었다. 아이가 자그마치 다섯이었고, 시부모를 모신 맏며느리였다. 가계부도 건망증 때문에 못 쓸 만큼

조로 현상이 두드러지게 나타나기 시작한 40세의 평범한 주부였다.

그러나 나에게 찾아온 계기를 피할 수는 없었다. 그 계기를 설명하려면 다시 6·25로 거슬러올라가야 할 것 같다.

오빠가 죽은 후 남은 식구는 늙은 어머니와 올케와 어린 조카 둘과 나와 도합 다섯 식구였다. 그 난리통에 식구 한두 사람 잃지 않은 집은 없는지라 사람들도 그만큼 모질어졌다. 부부가 양식을 구하러 시골로 나갔다가 도중에서 기총소사로 남편을 잃고 혼자만 돌아온 아내도 그 곡식으로 밥을 해 자식들하고 꾸역꾸역 잘도 먹었다. 의용군으로 두 아들을 몽땅 빼앗긴 부부가 다음날도 먹고살려고 온종일 뙤약볕 아래서 극성맞게 참외 장사를 했다. 학정虐政, 폭격, 기아의 공포 분위기 속에서 사람들의 생명력은 오히려 더 질기고 싱싱해졌다.

그러나 우리 식구들은 그렇지가 못했다. 어머니와 올케는 허구한 날 줄기차게 비탄에만 잠겨 있다가 차츰 심신의 허탈상태로 들어가 산송장처럼 멍해졌다. 그 멍한 상태는 너무도 오래 계속됐다.

어머니가 할 수 있는 말은 젊은 남자만 눈에 띄면 "왜 저 사람은 살았냐?"가 고작이었다. 오빠가 그렇게 된 소식을 듣고 위로 차 찾아온 오빠의 친구한테도 맞대놓고 "당신은 왜 안 죽었어? 어떻게 살았느냐 말야?"라고 저주처럼 메마른 소리로 중얼대니 누가 우리집에 얼씬이나 하겠는가.

우리집은 다섯 식구나 살았으면서도 마치 아무도 안 사는 폐가처럼 돼갔다. 사람들이 우리집을 외면하고 꺼려서만 폐가처럼 되는 게 아니었다. 식구들이 도무지 살 뜻이 없었다. 매정하게 살아 있는 젊은이를 보고 왜 안 죽었느냐고 들이대듯이 자신이 살아 있다는 것에도 문득문득 모욕감을 느끼는 것 같았다. 그렇다고 목숨을 끊을 만한 적극적인 의욕도 없이 그날그날을 죽지 못해 살고 있었다.

나 역시 처음엔 어머니와 올케의 죽지 못해 살고 있을 뿐이라는 생활 태도에 열심히 동조했다. 그러나 있는 것을 파먹고, 남이 동정해주는 걸 염치없이 받아먹고, 돈 될 만한 물건을 팔아먹다가 그도 저도 다 바닥이 나 이제부터 굶어 죽을 차례만 남게 되자, 나는 슬며시 앙큼한 생각이 들면서 죽지 못해 살고 있을 뿐이라는 생활 태도에서 이탈할 마음이 생겨나기 시작했다. 어머니는 목숨보다 중한 외아들을 잃었고, 올케는 하늘 같은 남편을 잃었으니 앞으로 살아봤댔자 어차피 행복하긴 틀렸지만 나는 아니라는 생각이 들었다.

나는 아직 젊고 미혼이었다. 얼마든지 행복할 수 있는 가능성이 있었다. 나는 가장된 오랜 슬픔에서 깨어나 비로소 제

정신을 찾았고 제정신을 찾고 보니 연년생의 어린 조카들에 대한 책임감도 생겼다. 그 어린것들까지 죽지 못해 연명하다가 마침내 죽게 할 수는 없다는 생각이 나를 용기 있게 했다. 나는 마침내 나라도 나서서 돈을 벌어야겠다고 생각했다.

"네가 돈을 벌겠다구?"

어머니는 당신은 왜 안 죽었느냐고 물을 때처럼 메마른 소리로 물었다. 어머니의 멍한 눈동자와 메마른 목소리는 나의 삶의 의욕을 이단시하고 저주하는 것 같았지만 나는 주눅이 들기는커녕 더욱 치열하게 살고 싶었다. 여지껏도 단지 어머니의 눈치를 보느라 죽지 못해 사는 척했을 뿐, 실은 살고 싶어서 재미나고 행복하고 보람 있게 살고 싶어서 욱신욱신하는 건강한 몸과 마음을 가지고 있었던 것이다.

어머니가 싸늘하게 비웃건 말건 나는 뭔가 할 수 있는 일을 찾아서 무턱대고 거리로 나섰다. 때는 1951년 겨울이었다.

그때의 서울은 폿소리가 지척에서 들리는 최전방 도시여서 한강 도강은 삼엄하게 금지돼 있었다. 군인 외의 주민이라곤 피난지에서 도저히 자리를 못 잡은 극빈자와 미군부대 경기를 따라다니는 양공주, 펨푸, 양키 물건 장수와 미처 피난을 못 간 노약자가 전부였다. 종로 일대의 중심 상가는 지난 가을 인민군이 패주하면서 불지르고 파괴한 그대로의 폐허였고, 전화를 비교적 덜 입은 주택가도 밤에 불이 켜지는 집이 열 집의 하나도 안 되었다.

텅 빈 폐허의 도시에 일자리가 있을 리 없었다. 게다가 내 나이는 방년 21세였다. 유엔군이라는 갖가지 인종이 혼합된 외국 군인이 들끓는 기지촌에서 젊은 여자가 할 수 있는 손쉬운 밥벌이는 너무도 뻔했다. 거의 선택의 여지없이 내 앞에 열린 한 가닥의 훤한 전략의 길에 나는 소스라쳤다. 한때는 대학생이었다는 것, 양반자세하기 좋아하는 양갓집 출신이라는 것 등 당시엔 아무도 안 알아주는 내 출신이 그래도 차마 그 길만은 못 들어서게 했다.

그 길 외에 정당한 밥벌이는 없을까, 허구한 날 헛되게 헤매던 끝에 마침내 커다란 행운을 잡게 되었으니 그건 미8군 PX에서 점원 모집하는 기회를 잡은 것이다. 내가 며칠 다니다 만 대학은 서울대 문리대 국문과였음에도 불구하고 나는 영문과 2년 재학중이라고 속였다. 그렇게 학력을 속이고도 털끝만치도 양심에 꺼리지 않았다. 재학 증명을 해오랄 것도 아니겠다, 탄로가 날 염려가 없는 거짓말이었기에 나는 사뭇 당당했다. 미군 서전트가 아래위를 한번 훑어보는 정도의 간단한 면접으로 나는 채용이 됐다.

취직이 되려니까 너무도 간단히 돼서 한동안 믿을 수가 없을 지경이었다. 당시의 서울에서 그 이상 가는 취직자리란 없다고 해도 과언이 아닐 만큼, 선망하는 일자리였다. 그때의 미8군 PX는 지금의 신세계백화점 자리였고, 지금의 도깨비시장도 그때부터 시작된 게 아닌가 싶다. 국내에선 거의 아무것도 생산이 안 될 때였으니까, PX에서 흘러나오는 거라면 담배나 껌, 치약 등 자자분한 일용품서부터 쓰다 버린 쓰레기까지 당장 현금으로 교환이 가능한 귀중품 취급을 받았고 없어서 못 팔았다. 자연히 PX를 중심으로 한 회현동 남대문시장 일대가 특이한 PX 경기를 누리며 번창하고 있었다. PX 근처를 온종일 배회만 해도 눈치껏만 굴면 밥벌이는 할 수 있다고들 할 때였으니 그 안에서 물건을 취급할 수 있는 점원으로 취직이 됐다면 대단한 행운을 잡은 거였다.

우리집이 조만간 굶어 죽게 되리라고 심심한 동정과 호기심을 가지고 지켜보던 이웃들이 내가 PX에 취직이 됐단 소리에 단박 선망의 눈초리를 보냈고 성급하게 나에게 아부하려는 사람까지 생겨났다. 이제 살게 됐다느니, 장차 떼돈을 벌 거라느니 싫지 않은 덕담도 해주었다. 올케까지도 죽지 못해 살고 있을 뿐이라는 그 오랜 산송장 상태에서 기지개를 켜고 일어나 어린것들 데리고 살아보려는 생기를 보이기 시작했다. 나는 나의 취직이 가족들을 그만큼 고무할 수 있었다는

데 크게 만족했다.

그러나 출근하라는 날짜에 출근해서 몇 마디 회화 테스트를 거치고 패스포트까지 받고 배치된 곳은, 당시로선 꿈의 상품이라고밖에 표현할 길 없는 그 황홀하게 반짝이는 미제 물건 파는 매장이 아니었다. PX 안에서 취급하는 물건은 두말할 나위도 없이 모두 미제 일색임에도 불구하고 내가 배치된 곳은 불행히도 단 하나의 예외에 속하는 매장이었다.

그곳은 초상화부였다. 아마 내 영어 실력이 형편없다는 걸 뒤늦게 알아차리고 그런 인기 없는 데로 배치한 것 같았다. 쉽게 취직이 됐다는 데 도취해서 전혀 짐작도 못했던 일이었다. 말이 초상화부지 극장에서 간판을 그리던 간판쟁이를 대여섯 모아놓고 어수룩한 미군을 꼬여서 초상화를 그리게 하고 그 공전을 받는 그곳은 화려한 매장과는 칸막이로 차단된 더럽고 우중충한 한구석이었다. 내가 할 일은 매장 쪽으로 난 견본 초상화가 진열된 진열장 앞에 앉아서 지나가는 미군을 붙들고 초상화를 그리도록 유인하는 일이었다.

정말 어처구니없는 일이었다. PX 물건이야 다 정가대로 팔면 되니까 겨우 숫자만 셀 수 있을 정도의 짧은 영어로도 지장이 없지만 내가 맡은 일은 우리말로 하래도 여간 말재간이 있지 않으면 힘든 일이었다. 나는 속으로 참 재수 더럽게 걸렸구나 지레 자포자기하고 말았다. 이왕 취직이라고 했으니 한 달 월급이나 받고 물러날 작정이었다. 그럴 만한 말문이 열릴 리도 만무했거니와, 남들은 다 힘 안 들이고 큰돈을 버는데, 나만 월급만 바라고 적성에 안 맞는 부질없는 노력을 할 신명이 나질 않았다.

그러나 벙어리인 척 버티기엔 한 달은 너무 길었다. 화가들이 가만히 있질 않았다. 나는 월급제였지만 화가들은 그림 그리는 분량에 따라 수당을 받게 되었다. 전임자가 맡아놓은 주문이 거의 바닥이 나가자 원성이 자자해졌다. 나는 나에게 우리 식구 밥줄이 달려 있는 생각만 했지 다섯 명의 화가 식구들의 밥줄까지 달려 있단 생각은 미처 못했었다. 나는 내 가냘픈 어깨에 자그마치 40명의 밥줄이 걸려 있음을 깨닫고 아연했다. 그들은 나를 원망도 하고 애걸도 했다. 내 식구에 대한 책임감보다 그들이 걸머진 식구들에 대한 책임감이 나를 무겁게 짓눌렀다.

궁하면 통한다고, 나도 조금씩 말문이 열리기 시작했다. 미군들도 제 얼굴을 그려달라는 이는 거의 없고 대개는 애인이나 아내, 어머니나 누이의 사진을 보이고 초상화를 부탁했다. 사진을 내보이게 하기까지가 문제였다.

차츰 관상도 좀 보게 되어 계급이 낮고, 어수룩한 미군을 속으로 봉이다!라고 점찍으면 거의 실패가 없었다. 처음 수작은 당신은 참 핸섬하고 차밍하다로 시작한다. 나의 봉은 천진무구하게 웃기도 하고 얼굴이 살짝 상기하기도 한다. 그러나 그가 딴 흑심을 품기 전에 재빨리 네 애인 혹은 아내는 얼마나 미인일까, 그 행복한 여자를 보고 싶다고 말해야 한다. 얼굴에 간절한 선망의 빛을 띠고. 애인이나 아내가 없다면 그런 멋쟁이 아들을 둔 어머니나 누이 등 가족에 대해 궁금해해도 무방하다.

대개의 젊은 미군은 벌쭉벌쭉 웃으면서 패스포트를 꺼내게 마련이고, 그들의 패스포트는 적어도 12폭 병풍 정도는 되게 줄줄이 미인들의 사진을 풀어낸다. 그러면 일은 반 이상 성사가 된 걸로 봐도 무방했다. 그가 짚은 애인의 사진을 보고 까무러칠 듯이 과장된 찬사를 보내면서 만일 당신이 그녀의 초상화를 그녀에게 선물한다면 그녀가 얼마나 감격하고 행복해하겠느냐고 부추기면 대개는 사진을 맡기고 초상화를 부탁했다.

조금 떨떠름하게 굴면 화가들을 가리키면서 저들 같은 우리나라 일급 화가의 그림을 전시니까 싼값으로 얻어가질 수가 있지 평화시 같으면 어림도 없다고 슬며시 공갈까지 쳤다.

이렇게 해서 초상화부에서 서너 달 구는 동안 종전 수준의 주문을 맡을 수가 있게 되었다. 그렇다고 해서 화가들하고의 사이가 좋아진 건 아니었다. 나는 화가들한테 그림 주문을 맡아주는 걸로 떳떳하게 월급을 받을 수가 있고, 화가들은 내 능력 발휘 여하에 따라 수입이 늘기도 하고 줄기도 하니까 결국은 상부상조하는 사이였다. 그런데도 불구하고 우린 서로 상극했다. 내 성질이 워낙 못돼먹었기 때문이기도 했지만 서로의 일의 성질이 또 그랬다.

주문을 맡아서 하는 일이란 주문을 맡는 것으로 끝나는 게 아니라 그것을 찾으러 왔을 때가 더 문제였다. 다 된 초상화를 마음에 들어 하지 않고 고개를 갸우뚱 떨떠름한 얼굴을 하면 갖은 아양을 떨면서 떠맡기는 수와, 다시 그려주마고 반품을 받는 두 가지 방법이 있었다.

반품을 받으면 화가들은 삯은 한 번 받고 두 번 일을 해야 할 뿐 아니라 손해난 재료비까지 물어내야 하므로 손해가 이만저만이 아니었다. 그림을 신통찮게 그리는 화가일수록 내가 아양을 떨어서 반품을 안 받을 수 있길 바라고 은근히 내 비위도 맞추고 모양 좀 내라느니 화장 좀 짙게 하라느니 압력을 가하기도 했다. 대학교 들어가고 미처 파마도 하기 전에 난리가 나서 그때까지도 생머리로 있던 머리를 파마한 것도 그런 압력에 못 이겨서였다.

나는 지금까지도 파마할 생각만 하면 미리 넌더리가 나고 고역스러워서 볼품없는 생머리로 지낼 때가 많은데, 첫 파마 때의 굴욕스러운 인상이 아직도 의식 속에 남아 있기 때문이 아닌가 싶다. 그때만 해도 지금처럼 약만 칠하는 파마가 아니라 이글이글한 숯불이 든 집게 같은 걸 머리 하나 가득 뒤집어쓰는 불파마였는데, 어느 초라한 야미 파마집에서 양공주들과 섞여 그 파마를 했었다. 거울에 비친 내 모습은 흡사 커다란 불화로를 뒤집어쓴 형상이었고 나는 마침내 맨 밑바닥까지 전락한 내 모습을 본 것처럼 느꼈다.

화가들이 나에게 압력을 가하는 것만치 나도 화가들에게 끊임없이 압력을 가했다. 수틀리면 호락호락 반품을 받았고, 이것도 그림이라고 그렸느냐고 야유했고, 불만이 많은 화가는 윗사람한테 말해서 해고시키겠다고 위협하기도 했다.

화가들은 대개 사십대여서 나에겐 아버지뻘은 되었는데 나는 그들을 김선생님, 이선생님, 하다못해 김씨 아저씨, 이씨 아저씨 해도 좋으련만 꼬박꼬박 되바라진 소리로 김씨, 이씨라고 마치 집에서 부리는 하인 부르듯 했다.

그들이 초상화를 그리는 책상 사이를 뒷짐지고 왔다갔다 하면서 얼마나 안하무인의 버르장머리 없는 말씨로 그들의 그림 솜씨를 타박주고 인격을 모독했는지 지금 생각해도 얼굴이 화끈하고 온몸에 닭살이 돋는다. 내 잘난 척도 알고 보면 실은 나의 자포자기한 방법일 뿐이었다. 그때 나는 대학생이라는 긍지는커녕 정상적인 가정교육을 받은 양갓집 딸이라는 최소한의 체면조차 포기한 막돼먹은 계집애였다.

어느 날, 박씨라는 덩치만 크고 어수룩하기 짝이 없는 화가가 술이 두꺼운 화집을 한 권 끼고 나왔다. 박씨는 붓도 공용의 허드레 붓을 안 쓰고 자기 것을 꼬박꼬박 챙겨가지고 출퇴근을 해서 속으로 꼴값한다고 비웃고 있는 터였다.

나는 또 한번, 꼴값하네 화집이나 끼고 다니면 누가 간판쟁이를 화가로 봐줄 줄 알고 하는 조소를 머금고 그는 못 본 척했다. 그러나 박씨는 구태여 가지고 온 화집을 나한테 들이대며 보길 권했다. 일제시대 때 선전鮮展에 입선한 그림들을 모은 묵은 화집이었다. 그가 그중의 한 그림을 짚으면서 자기의 그림이라고 했다. 시골 여자 둘이서 절구질을 하고 있는 그림이었다.

나는 내가 마구 구박하던 간판쟁이들 중에 정말 화가가 한 사람 섞여 있었다는 데 경악했고, 나의 갈 데까지 간 버르장머리 없음에 처음으로 수치감을 느꼈다.

박씨가 왜 그 화집을 보여주었는지는 지금까지도 확실하지 않다. 제 자랑을 하고 싶은 티는 조금도 없었고, 나의 구박을 다소나마 면할 수 있길 바라고 그런 것 같지도 않다. 명색이 대학생이 거기서 그런 모양으로 막돼가는 게 안 돼 보여 전시에 엉뚱한 곳에서 엉뚱한 것으로 생계를 이어가는 게 나뿐이 아니고, 또 그게 결코 자포자기할 만큼 부끄러운 일도 아니란 걸 슬며시 일깨워주려 했는지도 모른다. 아니면 아무런 저의 없이 그냥 심심하고 외로워서 그 정도의 자기표현을 하게 됐는지도 모르겠다.

아무튼 박씨가 화가라는 걸 알고부터 나의 PX 생활이 한결 견디기가 쉬워진 것만은 사실이다. 가끔 서로의 가족 이야기도 하고 퇴근길에 차를 마시면서 전쟁 걱정도 하는 정도의 사귐이 큰 위안이 되었다. 특별히 친하게 지내지 않고도 동병상련 같은 연민의 교류는 나의 사람됨을 더이상 각박해지지 않게 하는 데 도움이 되었다.

그 박씨가 바로 고 박수근 화백이다. 그러나 그가 훗날 그렇게 유명한 화가가 될 줄은 꿈에도 몰랐다. 만약 나에게 그럴 만한 안목이 있었다면 그의 그림 몇 점쯤 소장할 수도 있었으련만. 하다못해 반품 들어온 양녀洋女의 초상화라도 거두어두었더라면 한 화가의 불우했던 한 시절의 생생한 증거품이 될 수도 있었으련만.

그러나 내가 그걸 어떻게 감히 억울해할 수 있으랴. 그 자신도 그가 지금처럼 유명해지는 걸 보지 못했고, 우리나라에서 몇 손가락 안에 드는 높은 그림값도 생전의 그가 누린 바 없는데 말이다.

8호 정도의 초상화를 단돈 4달러(그에게 실제 돌아간 액수는 1달러나 1달러 50센트 정도 됐으리라) 받고 그려서 겨우겨우 연명하면서 남긴 그의 그림은 사후 비로소 평가를 받았고, 그의 그림값도 믿을 수 없을 만큼 치솟았다. 나는 그런 사실을 그가 작고한 지 몇 년 만에 열린 유작전을 보고 알고, 깜짝 놀랐지만 왠지 맥빠진 소리로 제기랄 하고 중얼거릴 수밖에 없었다. 제기랄, 그후에도 그가 사후에 누리는 고가한 그림값과 예술적 정당한 평가와 존경에 접할 때마다 그 소리가 나왔다.

그가 제대로 평가받는 데 대한 기쁨과 놀라움이 클수록 그의 생전의 가난이 억울했고, 한 예술가의 운명에 대해 비감을 금할 수가 없었다. 나의 제기랄은 이렇게 단순치가 않았다. 그것은 또한 보기에 따라서는 가장 예술가답게 살았달 수도 있는 그의 삶의 방법을 도저히 승복할 수 없는 나의 속물스러움의 표현이기도 했다. 제기랄, 그러나 내 복잡스러운 감정은 제기랄만으로는 직성이 풀리지 않았다.

그가 어떻게 살았다는 걸 증언하고 싶었다. 그리하여 그에 대한 평가에 보탬이 되고 아울러 그의 그림을 거래함으로써

수지를 맞추기에 급급한 화상畫商들의 장삿속엔 충격이 되었으면 싶었다. 나는 그의 전기를 쓰기 시작했다. 마침 『신동아』지에서 1년에 한 번씩 실시하는 논픽션 모집 마감일이 임박하여 나의 마음을 더욱 조급하게 했다.

그러나 막상 시작을 하고 보니 붓이란 게 그렇게 뜻대로 나가는 게 아니었다. 하도 오래간만에 글이라는 걸 써보니 그럴 만도 했다. 마냥 지지부진하다가 느닷없이 쾌속으로 나갈 때가 없는 것도 아니었다. 쾌속으로 나갈 뿐 아니라 쓰는 데 쾌감까지 느꼈다. 그러나 그렇게 잘 써진 부분일수록 다음날 읽어보면 실화가 아닌 내가 멋대로 꾸민 거짓말이었다. 전기를 쓴답시고 근거 없는 거짓말을 꾸며댈 수는 없는 일이었다. 별수 없이 그 부분을 파기하고 나면 다시 지지부진 안 써져서 끙끙거리는 상태로 돌아왔다.

그의 전기를 쓰는 데는 거짓말과의 싸움 말고도 또 난관이 있었다. 자꾸만 내 얘기가 하고 싶은 거였다. 도처에 투사된 내 모습도 그의 전기를 순수치 못하게 했다. 자꾸만 끼어들려는 자신의 모습과 거짓말을 배제하기는 쉬운 노릇이 아니었다. 그걸 완전히 배제하면 도무지 쓰고 싶은 신명이 나지 않았다.

쾌감이든 고통이든 신명 없이 글을 쓸 수는 없는 일이었다. 나는 전기를 쓰기를 단념했다. 그러나 섣불리 전기를 쓴답시고 고전하면서 덤으로 맛본 거짓말시키는—약간 고상한 말로 바꾸면 상상력을 마음껏 구사하는—쾌감과 자기표현 욕구까지 단념할 수는 없었다. 특히 그때까지 내 속에 짓눌려 있던 나의 이야기들은 돌파구를 만난 것처럼 아우성치기 시작했다.

나는 논픽션을 단념한 대신 픽션을 쓰기로 작정했다. 그렇게 해서 된 게 나의 처녀작 『나목裸木』이다. 초보적인 문학 개론서 같은 데서 소설을 일컬어 허구를 통한 진실의 표출 어쩌구 하는 말을 흔히 보게 된다. 그걸 체험적으로 느꼈다고나 할까. 전기를 소설로 바꿈으로써 상상력이 제한을 안 받게 되자 도리어 있었던 사실만을 모아 그를 구성할 때보다 훨씬 내가 이해한 그의 진실에 흡사한 그를 창조할 수가 있었고, 그와 내가 함께 호흡한 한 시대를 보다 생생하게 재현할 수가 있었다.

전기를 소설로 바꿈으로써 논픽션에 응모할 자격은 자연히 상실하고 말았으므로 그보다 두 달 후가 마감인 『여성동아』 장편소설 모집에 응모하여 당선이 되었다. 내가 당선될 무렵만 해도 문예지는 『현대문학』 하나밖에 없었다. 그때의 내 꿈은 『현대문학』에 1년에 한두 번 단편을 발표할 수 있는 작가가 되는 거였다. 그러나 그후에 많은 문예지가 생겨났고 나는 비교적 고른 지면의 혜택을 받아 어느 틈에 다작하는 작가가 되고 말았다.

1970년대 작가 소리도 듣고 인기 작가 소리도 들어왔지만 그런 평가엔 무신경한 편이다. 달가워하지도 않지만 아니라고 발뺌을 할 마음도 없다. 누가 나에게 사기꾼 같다고 했다 치자, 나는 아무렇지도 않을 것 같다. 남이 나를 어떻게 보든 그건 그쪽의 자유지 내가 간섭할 일이 못 된다. 그러나 누가 내가 사기치는 걸 보았다고 말하면 가만히 안 있을 것이다. 그건 분명한 중상모략이기 때문이다.

처녀작 『나목』을 비롯해서 「부처님 근처」「카메라와 워커」「부끄러움을 가르칩니다」「세상에서 제일 무거운 틀니」「저녁의 해후」「아저씨의 훈장」「엄마의 말뚝」 등으로 이어지는 일련의 작품들은 이른바 분단문제를 다룬 작품이고, 그런 작품들을 통해 나는 나의 비통한 가족사를 줄기차게 반복해왔다.

내 작품세계의 주류를 이루는 이런 작품들의 결정적인 힘은 6·25 때의 체험을 아직도 객관화시킬 만한 충분한 거리로 밀어내고 바라보지 못하고 어제인 듯 너무 생생하게 간직하고 있는 데서 비롯됨을 알고 있다. 알고 있건만 모든 기억들은 시간과 함께 저절로 멀어져가 원경이 되는데 유독 6·25 때의 기억만은 마냥 내 발뒤꿈치를 따라다니는 게 이젠 지겹지만 어쩔 수가 없다. 그래서 6·25를 주제로 한 소설은 아무리 써봤댔자 대작을 쓰긴 틀렸다는 막연하면서도 확실한 예감 같은 걸 가지고 있다. 그렇다고 해서 이제 그런 소설은 그만 쓰겠단 뜻은 결코 아니다.

나의 동어반복은 당분간 아니 내가 소설가인 한 계속될 것이다. 대작은 못 되더라도 내 상처에서 아직도 피가 흐르고 있는 이상 그 피로 뭔가를 써야 할 것 같다. 상처가 아물까봐 일삼아 쥐어뜯어가면서라도 뭔가를 할 수 있는 싱싱한 피를 흐르게 해야 할 것 같다.

왜냐하면 그건 내 개인적인 상처가 아니라 우리 모두의 무참히 토막난 상처이기 때문이다.

「엄마의 말뚝 2」로 이상문학상을 탈 때 수상 소감에서도 나의 분단문학에 대한 소신을 다음과 같이 술회했다.

> 우리 겨레의 분단은 이제는 하나의 기정사실입니다. 분란은 오래전에 피 흘리기를 멈추고 굳은 딱지가 된 채 통일을 꿈꾸지 않은 지 오래됩니다.
>
> 통일이란 말은 도처에 범람하고 있습니다만 산 채 분단된 자의 애절한 꿈으로서가 아니라 그것을 직업으로 삼고

사는 사람들이 만들어낸 구호로써 행세하고 있을 뿐입니다. 통일이 직업인 사람은 될 수 있는 대로 많은 구호를 만들어내어 분단을 치장하면 되겠지만 진실로 통일이 꿈인 사람은 끊임없이 분단된 상처를 쥐어뜯어 괴롭게 피 흘리게 할 수밖에 없습니다.

고통스럽지만 방법은 그것밖에 없습니다. 토막난 채로 아물어버리면 다시는 이을 수 없게 되리라는 걸 알고 있기 때문입니다.

문학이 구호에 봉사하느냐, 이런 숨겨진 처절한 아픔 편에 서느냐는 기로에 서 있다고까지는 생각하지 않습니다. 그러나 우리의 이웃이 부당하게 겪는 아픔과 슬픔, 몸부림, 그러면서도 결코 단념할 줄 모르는 그들의 꿈, 그런 것들과 무관하지 않기 위해선 끊임없이 정신을 쥐어뜯어야 할 만큼, 우리를 일률적으로 편안하게 만들어주는 구호의 최면술은 날로 막강해지고 있는 거나 아닌지요.

아물었으되 피 흘리고 있음을, 딱지 앉았으되 곪고 있음을, 잘 차려입었으되 헐벗었음을, 춤추고 있으되 몸부림치고 있음을 보고 느끼고 말하는 것도 문학이 숙명처럼 걸머진 형벌이자 자존심이라면 저도 잠시 한날 비통한 가족사를 폭로한 것 같은 부끄러움에서 벗어나 늠름해지고자 합니다.

요새는 다방면에 걸쳐 여성들의 활동이 두드러지지만 문학을 하는 여성 인구도 급격히 늘어나는 것 같다. 가끔 그런 모임에 불려나가게 되는데 그럴 때마다 내가 얼마나 문학개론적인 기초가 없이 작가가 됐나를 통감하게 된다. 단 10분도 지껄이지 못하고 그만 바닥이 나고 만다. 또 그들이 나에 대해 갖는 일률적이고 단순한 호기심마저도 충족시킬 재간이 나에겐 없다.

문학이란 무엇인가?라는 물음도 어렵지만 40세에 어떻게 글을 쓸 마음을 먹었느냐? 습작은 얼마나 했느냐? 누구에게 사사했는가 등등의 구체적인 질문에도 대답이 궁색하다. 사사도 한 바 없고 습작기도 없었다고 솔직히 말하면 으스대는 것 같아 망설여진다. 정말 나는 스승도 없이 습작도 안 하고 곧바로 소설가가 된 것일까? 자신을 다시 한번 돌이켜보게도 된다. 그렇다고 어느 평론가가 지적한 것처럼 만들어진 소설가가 아니라 태어난 소설가란 말에 전적으로 동의하는 것도 아니다.

모든 예술 분야가 다 그렇듯이 소설도 타고난 소질 없이는 어느 정도 이상은 갈 수 없는 건 사실이지만 타고난 것만으로 풀어먹을 수 있는 한계는 만들어진 한계보다 훨씬 더 협소하다고 생각한다. 나 역시도 곰곰이 돌이켜보면 거의 만들어졌다고 생각된다. 다만 만든 쪽이나 만들어진 쪽이나 그걸 의식하지 못했을 뿐이었다.

몇 년 전 어떤 문예지로부터 나의 문학론 비슷한 걸 써달라는 청탁을 받고 매우 난처해하며 여러 날 끙끙댄 끝에 쓴 짧은 글 중에 아쉬운 대로 그런 얘기들이 휘뚜루 포함돼 있기에 여기에 다시 반복 인용하는 걸로 이 글을 끝맺을까 한다.

문학이란 무엇인가? 그중에서도 소설이란 무엇인가에 대해 아무도 용훼容喙할 수 없는 완벽한 정의를 하나 가지고 싶어서 조바심한 적이 있다. 그 시기는 내가 소설을 쓰고 나서 훨씬 후였으니까 어처구니없게도 나는 소설이 뭔지도 모르고 소설부터 썼다는 얘기가 된다.

소설이 뭔지도 모르는 주제에 소설가 소리 먼저 듣게 돼버린 허술함 때문엔지 나는 그런 정의를 무슨 신분증처럼 지님으로써 마음을 놓고 싶었던 것 같다. 행여 누가 내가 소설가인지 아닌지 시험하려들거나, 진짜인지 가짜인지 의심하려는 눈치만 보이면 여봐란듯이 꺼내 보이기 위한 거였기 때문에 그 정의는 권위 있고 엄숙한 것일수록 좋았다.

소설이 뭔지도 모르고 소설부터 쓰고 본 주제에 내가 소설가라는 게 그렇게 소중하고 대견스러웠다. 그건 지금도 마찬가지다. 소설가 중에서도 뛰어난 소설가야 물론 우러러보이기도 하고 부럽기도 하지만 소설가 외의 딴 직업이나 신분은 아무리 높아도 부러워해본 적이 없다.

아직도 비록 신분증은 못 얻어가졌지만 "나는 소설가다"라는 자각 하나로 제아무리 장한 세도가나 내로라하는 잘난 사람 앞에서도 힘 안 들이고 기죽을 거 없이 당당할 수 있고, 제아무리 보잘것없는 바닥 못난이들하고 어울려도 내가 한 치도 더 잘난 거 없으니 이 아니 유쾌한가.

소설에 대한 엄숙한 정의를 하나 얻어가지고 싶어 조바심할 무렵 비로소 남들은 소설에 대해 뭐라고 말했는가에 솔깃하니 관심을 가지기 시작했고, 난해한 문학론 같은 것도 열심히 읽기 시작했는데 이것도 저것도 다 옳은 소리 같았다. 하다못해 소설은 마땅히 이런 거여야 한다, 아니다 마땅히 저런 거여야 한다고 싸우는 소리에도 흥미진진하게 귀를 기울였다. 지조 없게도 양쪽이 다 옳은 소리 같았다. 그러고 곧 그런 일에 싫증이 나고 말았다. 소설에 엄숙한 정의를 내리지 못해 조바심하던 시기는 그렇게 지나갔다.

나의 어렸을 적, 어머니는 참으로 뛰어난 이야기꾼이셨다. 무작정 상경한 삼모자가 차린 최초의 서울 살림은 필시 곤궁하고 을씨년스러운 것이었을 텐데도 지극히 행복하고 충만한 시절로 회상된다.

어머니는 밤늦도록 바느질품을 파시고 나는 그 옆 반닫이 위에 오도카니 올라 앉아 이야기를 졸랐었다. 어머니는 무궁무진한 이야기를 가지고 있었을뿐더러 이야기의 효능까지도 무궁무진한 걸로 믿으셨던 것 같다.

왜냐하면 내가 심심할 때뿐 아니라, 주전부리를 하고 싶어할 때도, 남과 같이 고운 옷을 입고 싶어할 때도, 약아빠진 서울 아이들한테 놀림받아 자존심이 다쳤을 때도, 고향 친구가 그리워 외로움을 탈 때도 시험 점수를 잘 못 받아 기가 죽었을 때도, 어머니는 잠깐만 어쩔 줄을 모르고 우두망찰하셨을 뿐, 곧 달덩이처럼 환하고도 슬픈 얼굴이 되시면서 재미있는 이야기로 나의 아픔을 달래려드셨다.

어머니가 당신의 이야기의 효능에 그만큼 자신이 있었다기보다는 이야기밖엔 가진 게 없었기 때문에 말의 모든 상처에 그것을 만병통치약처럼 들이댈 수밖에 없었지 않았나 싶기도 하다.

그러다가도 어머니는 때때로 낮은 한숨을 쉬시면서 이렇게 조바심하셨다.

"이야기를 너무 바치면 가난하다는데."

그건 이야기를 즐겨 만드는 사람, 즐겨 듣는 사람, 쌍방에 다 적용될 수 있는 얼마나 그럴싸한 예언인가.

내가 아직도 소설을 위한 권위 있고 엄숙한 정의를 못 얻어가진 것도 "소설은 이야기다"라는 단순 소박한 생각이 뿌리깊기 때문인지도 모르겠다.

뛰어난 이야기꾼이고 싶다. 남이야 소설에도 효능이 있다는 걸 의심하건 비웃건 나는 나의 이야기에 옛날 우리 어머니가 당신의 이야기에 거셨던 것 같은 다양한 효능의 꿈을 걸겠다.

서울 살림

나는 여덟 살 되던 해 봄에 처음 서울에 왔다. 그때가 봄이었다는 건 나중에 어머니한테 들어서 그렇게 알고 있을 뿐 내 기억 속에서 그때는 분명 한겨울이었다. 어머니가 서울서 해갖고 오신 연두색 바탕에 빨간 꽃무늬가 있는 교직수단交織繻緞 두루마기를 입고 있었고 처음 보는 까만 털신을 신고 있었다는 걸 선명하게 떠 올릴 수 있으니 말이다. 그뿐이 아니다. 마을에서 개성역까지의 20리 길은 사람들 발길에 충분히 다져진 매끄럽고 새하얀 눈길이어서 나는 자주 미끄러졌고 지게에 서울 갈 짐을 싣고 앞서가던 호뱅이(그때의 우리집 머슴)가 보다못해 어디서 새끼를 한 발품 얻어 털신에 칭칭 동여매어주던 일도 잊지 않고 있다.

바람이 쌩쌩 불 때마다 나는 뒤통수가 몹시 시렸다. 나는 서울 간다고 머리끝서부터 발끝까지 흠뻑 호사를 하고 있었는데도 처음 해본 단발머리 때문에 위축되어 있었고 우울했다.

나는 어려서부터 내 뒤통수에 대해 묘한 콤플렉스를 갖고 있었다. 서울 오기 전까지 내 머리는 다른 계집애들처럼 머리를 여러 갈래로 땋아서 댕기를 드리는 종종머리라는 걸 하고 있었는데 주로 고모가 빗겨줬었다. 고모는 내 머리를 빗겨줄 때마다 뒤통수를 한 번씩 쥐어박으며 "계집애 뒤통수가 이렇게 톡 튀어나왔으니 이다음에 시집가서 쪽찌면 얼마나 꼴불견일까?" 하며 놀려댔다. 나는 자연히 내 뒤통수가 남보다 이상하고 보기 싫게 생겼다고 생각하고 있을 수밖에 없었다.

그런데 서울에서 나를 데리러 오신 어머니가 내 종종머리를 잘라내고 해준 서울식 단발머리란 게 하필 뒷머리를 높이 치깎고 뒤통수를 하얗게 면도로 밀어내는 거였다. 그건 그 시절의 그 두메산골의 상식으론 뒤통수가 잘났건 못났건 간에 상관없이 기상천외의 망측한 머리였다. 나는 동네 아이들로부터 뒤통수에도 얼굴이 달린 계집애라고 놀림감이 됐다.

어머니는 서울만 가면 다 괜찮아진다고 나의 딱한 처지를 일소에 붙였다. 나는 응석꾸러기에다 울기 잘하는 계집애였는데도 어머니에겐 고분고분하게 굴었다. 오랜만에 만난 어머니는 누가 보기에나 서울 사람이 돼 있었고 그것이 나를 주눅 들게 했다.

하직 인사를 여쭈러 사랑에 들렀더니, 할아버지는 50전짜리 은전 한 닢을 던져주시면서 "꼴 보기 싫다"는 한마디로 나를 외면하셨다. 나는 할아버지께 나의 망측한 뒤통수를 보이지 않기 위해 뒷걸음질쳐 물러났다. 할아버지는 그때 내가 단발머리하고 서울 가는 걸 분명히 못마땅해하셨다. 할아버지는 여지껏 당신 비위에 안 맞는 일을 참으신 일이 없는 분이었다. 그런데도 적극적으로 나를 붙잡지 못하신 건 할아버지도 나처럼 어머니에게 주눅 들어 있기 때문이라고 나는 생각했다. 어머니의 서울 사람다움에.

처음에 오빠를 서울서 공부시켜보겠다고 집 떠나실 때만 해도 웃어른들 앞에 엎드려 빌다시피 해서 겨우 허락 아닌 묵인이나마 얻으실 수 있었던 어머니가 나를 데리러 오셨을 때는 그렇게 의젓하고 당당하고 권위마저 있어 보였다. 어머니의 그런 변모 때문에 나는 어머니의 서울 살림을 우러르고 동경하는 마음이 가득했고 단발머리의 우울도 참을 수가 있었다.

그러나 막상 내가 도달한 어머니의 서울 살림은 형편없이 궁색한 것이었다. 평지의 반듯반듯한 기와집 동네를 다 그냥 지나쳐 꼬불꼬불한 돌사닥다리 길을 한없이 기어올라가 깎아지른 듯한 축대 끝에 제비집처럼 매달린 초가집의 우중충한 문간방이 어머니 서울 살림집이었다.

방 세간은 오빠의 책상과 궤짝과 궤짝 위의 이불이 전부였다. 어린 눈에도 강렬한 빨강, 노랑, 파랑으로 사슴과 거북과 학과 구름과 불로초가 인쇄된 종이로 바른 궤짝은 시골집의 나뭇결이 그대로 드러난 투박한 반닫이와는 격이 다르게 천박해 보였다.

어머니는 울고 싶도록 을씨년스러운 내 마음을 살필 척도 안 하고 차근차근 셋방살이의 도를 설교하기 시작했다. "안집에 드나들지 마라" "안집 애하고 싸우지 마라" "안집 애가 주전부리하는 거 바라보지 마라" "안집 애의 장난감을 만지지 마라".

서울에서의 첫날 밤, 늦도록 창밖에선 처음 들어보는 노랫가락이 바람결에 흘러가고 흘러오고 했다. "만주나 호야, 호오야. 만주나 호야, 호오야", 나는 그 말귀를 전혀 못 알아들었지만 충분히 구슬펐다. 나는 이불 속에서 소리를 죽여가며 울었다.

큰 집 앞의 미끄럼들

시골집 뒤란은 어린 날의 나의 낙원이었다. 뒤란은 동산 모양을 하고 있었고 개나리로 울타리가 쳐져 있었고 앵두나무와 개살나무와 돌배나무가 있었고 바닥은 온통 딸기 줄기로 덮여 있었다. 아이들이나 강아지가 함부로 드나들 수 있도록 허술한 울타리 밑에 꽈리나무가 무성하게 자라 덤불을 이루고 있었다. 초가을에 그곳에서 먼저 익은 꽈리를 찾아내는 기쁨은 꼬마 사람이 새빨간 초롱을 켜들고 꼭꼭 숨어 있는 걸 찾아내는 것처럼 짜릿짜릿한 것이었다.

꽈리나무가 있는 곳과 반대쪽엔 터줏가리가 있었다. 터줏가리란 터줏대감을 모셔놓은 곳으로 짚으로 된 원추형의 어른 키만한 고깔인데 집집마다 뒤란엔 그게 있었다. 터줏가리 근처에선 부추가 저절로 무성하게 자라고 있었고 옻나무도 한 그루 있었다. 옻나무는 가을이면 독한 빛깔로 물들어 그 가장귀를 터줏가리의 정수리에 마수처럼 뻗쳤다.

터줏가리 근처는 나의 낙원의 음지였다. 옻나무는 옻이 오를까봐 무서웠고 터줏가리는 귀신이 나올까봐 두려웠다.

아버지가 돌아가시고 할아버지가 중풍 드시고 집안이 기울고 나서 터줏가리에 고사를 지낼 때의 할머니의 모습은 너무 간곡하고 비굴해서 꼭 신들린 것 같았다. 나는 그런 할머니가 싫고 무서워서 울 것 같았지만 곧 고사떡을 나누는 일을 맡게 되면 그런 건 다 잊어버리고 신바람이 났다.

터줏가리 근처는 얼씬 안 하고도 뒤란은 얼마든지 넓었기 때문에 나는 그곳에서 온종일 동네 꼬마들과 소꿉장난도 하고 사방치기도 하고 술래잡기도 할 수 있었다. 특히 스무 개도 넘는 키 크고 배부른 독이 듬성듬성 놓인 장독대는 아이들의 술래잡기를 위한 더할 나위 없는 명당자리였다.

그러나 어머니 따라 서울 사람이 된 나에겐 뒤란이 없었다. 뒤란은커녕 손바닥만한 마당도 안집 아이들 것이지 내 것은 아니었다. 어머니는 내가 행여 안집 아이들과 싸울까봐 어떻게든 나를 안집 아이들과 따로 놀게 하려고 했다. 그래서 바느질하는 당신 곁에 붙들어 앉히고 옛날얘기를 해주시든지

"나가 놀아라. 시원히 나가 놀아라" 하시면서 밖으로 내몰든지 하셨다.

밖에도 뜰은 없었다. 좁고 비탈진 골목뿐이었다. 나는 매일 조금씩 집으로부터 멀리 벗어나보았다. 그러나 조금도 신통한 경치나 넓은 뜰이 나타나진 않았다. 그러다가 한 아이를 사귀었다.

그 아이는 나보다 한두 살은 더 먹었음직한데 학교에 다니진 않았다. 그 아이는 동그란 고무줄을 여러 개 이어서 길게 만든 것을 한 가닥은 저희 집 문고리에 매고 한 가닥은 나한테 붙들라고 하더니 내가 알아들을 수 없는 일본 노래를 부르면서 고무줄을 가랑이에 끼고 나폴나폴 춤을 추었다. 한참 그러다가 "걸렸다" 하면 내가 붙들고 있던 고무줄을 자기가 붙들더니 내 차례라고 했다. 나는 못한다고 했다. 그애는 "너는 시골뜨기구나" 하더니 마음씨 좋게도 자기가 대신 해주겠다고 했다. 그렇게 해서 그애는 내 차례도 자기가 하고 자기 차례도 자기가 했다. 그래서 그애는 곧 지치고 싫증이 났다.

"우리 미끄럼 타러 갈래?"

그애가 새로운 제안을 했다. 나는 고개를 끄떡였다. 나는 그애와 손잡고 처음으로 집에서 가장 멀리 벗어났다. 네 개의 철길이 깔린 큰길까지 왔다. 네 개의 철길이 두 개로 합쳐지면서 끝나는 데서 그애와 나는 길을 건넜다. 그것은 전찻길이었고 전찻길도 돌아가게 길 한가운데 떡 버티고 있는 큰 문이 저만치 보였다.

"독립문이야."

그애가 시골뜨기를 노골적으로 무시하는 투로 으스대며 말했다.

길 건너 우리 동네와 반대쪽엔 너른 마당을 가진 큰 집이 있었다. 그 집은 어찌나 큰지 시뻘건 벽돌담이 10리는 되게 길어 보였고 큰 철문엔 칼 찬 순사가 지키고 서 있었다. 나는 무서워서 뒷걸음질쳤다.

"괜찮아, 죄 없는 사람은 안 잡아가."

그애가 나를 안심시켰다.

철문이 달린 큰 집은 너른 마당보다 높은 데 있었기 때문에 그 사이엔 층층다리가 있었다. 층층다리 양쪽에 빗물이 잘 흘러내릴 수 있도록 양회로 매끄럽게 발라놓은 곳이 아이들의 미끄럼틀이었다.

우리 말고도 아이들이 여럿 미끄럼을 타고 있었고, 나도 따라해보니 참으로 재미있는 놀이였다. 그러나 그것에 너무 열중하고 나니 저녁때 나는 엉덩이가 너덜너덜한 속바지를 입고 있었고 속살도 긁히고 피 맺혀 있었다.

잃어버린 뒤란

미끄럼 타다가 엉덩이를 해뜨린 내복은 내가 서울 와서 처음 입어본 메리야스 내복이었다. 시골서 아랫도리가 터진 솜바지만 입던 나에게 몸에 꼭 끼면서도 활동이 자유롭고 얇으면서도 따뜻한 메리야스 내복은 신기하고도 소중했었다.

하찮은 장난에 팔려 신기한 새 옷이 못 쓰게 되는 것도 몰랐던 게 억울하기도 하고 어머니한테 야단맞을 게 겁이 나기도 해 나는 큰 소리로 울면서 집에 들어왔다.

너무 큰 소리로 울었던지 어머니는 내가 어디 크게 다친 줄 알고 버선발로 뛰어나오셨다가 내복만 해뜨린 것을 보고는 오히려 다행스러워 하셨다. 그러나 어머니 역시 새 내복이 아깝긴 나와 마찬가지여서 다시 그런 못된 장난하면 혼날 줄 알라고 뒤늦게 무서운 얼굴을 하셨다. 나는 다시는 안 그러겠다고 약속했다. 어머니는 내가 어디서 그런 못된 장난을 했나에 대해선 묻지 않으시고 무명 조각으로 해어진 엉덩이를 누덕누덕 기워주셨다.

나는 어머니와의 약속은 곧 잊었지만 꽁무니가 짜릿짜릿하는 미끄럼 타기의 매력은 잊지 못했다. 어느 날 내가 처음으로 사귄 아이는 나에게 다시 미끄럼 타러 가자고 꼬였고 나는 망설이지도 않고 그 꾐에 넘어갔다. 누가 가르쳐주지 않았지만 엉덩이에 힘을 덜 주기 위해선 무릎을 세우고 발바닥으로 미끄럼을 타면 된다는 것을 알게 되었다.

한창 신나게 미끄럼을 타고 있을 때 내 친구가 급한 비명을 지르며 달아나기 시작했다. 그 아이는 나한테도 같이 달아나자고 손짓을 했고 나는 영문을 모르는 채 더럭 겁부터 나서 조심스러운 발바닥을 급한 엉덩이 미끄럼으로 바꿔서 너른 마당으로 쏜살같이 낙하해서 그 아이 뒤를 허둥지둥 따랐다. 그 아이는 너른 마당가에 있는 회색빛 이층집 그늘로 숨었다. 나도 덩달아 그렇게 했다.

그 아이는 발로 세 번 땅바닥을 쾅쾅 구르고 나서 나도 덩달아서 그렇게 하지 않으면 큰일날 것처럼 호들갑을 떨었다. 나는 거기까지 도망 오기는 영문 모르고 했지만 그 괴상한 짓까지 영문 모르고 할 수는 없어서 멍청히 서 있었다.

"이 바보야. 부정 타고 가만히 있으면 어떻게 해. 빨리 부정을 풀어야지."

"부정 타는 게 뭔데?"

"이런 바보. 지금 전중이 봤잖아?"

"전중이?"

"그래 전중이."

그 아이는 생생하게 두려운 얼굴로 우리가 미끄럼을 타던 층층다리 위를 가리켰다. 그 위 길고 긴 벽돌담 길을 한 떼의 붉은 옷을 입은 사람들이 어깨에 똥통 같은 걸 메고 느리게 걷고 있었다. 그들의 붉은 옷은 말라붙은 핏빛처럼 불길한 빛깔이었고 발목엔 쇠사슬이 달려 있었고 검정 옷에 칼 찬 순사가 앞뒤와 중간중간에서 지키고 있었다.

나는 가슴을 떨면서 그 아이가 한 것처럼 발로 세 번 땅을 구르고 세 번 침을 뱉었다. 나는 부정을 타는 게 뭔지 부정을 푸는 게 뭔지 이해하지 못했지만 내가 느닷없이 맛본 공포감을 그렇게라도 다소 덜어보려 했다. 그러나 그 공포감은 조금도 덜어지지 않았고 집에 돌아온 후에도 혼자 감당하기에 벅찬 것으로 남아 있었다.

나는 어머니에게 미끄럼을 탈 수 있는 층층다리가 있는 큰

집 앞에서 본 전중이(罪人)에 대한 얘기를 안 할 수가 없었다.

"뭐라구? 그럼 네가 여지껏 놀러다닌 데가 감옥소 마당이었단 말이냐?"

어머니는 불같이 노하셔서 내 종아리를 걷고 자막대기로 매질을 하기 시작하셨다.

"이년, 어디 가서 못 놀아서 감옥소 마당에서 노냐, 놀길. 내일 당장 시골로 내려가거라."

그러면서 어머니의 눈에선 번쩍 어리는 게 보였고 물론 나도 울었다.

내가 감옥소 앞마당을 놀이터 삼았다는 건 어머니에게 있어서나 나에게 있어서나 곤궁한 서울 살림의 비참감을 살을 저미는 것처럼 절실하게 해준 사건이었다.

그러면서도 나는 시골로 쫓겨가면 안 된다고 생각했다. 그때 나는 마음속에서 개나리 울타리에 둘러싸인 터줏가리가 있고 장독대가 있고 앵두나무와 돌배나무와 꽈리나무가 있는 나의 뒤란을 상실하고 있었다.

한아버님전 상사리

나는 다시는 감옥소 앞 너른 마당으로 미끄럼 타러 가지 않았다. 말라붙은 핏빛처럼 탁하고 불길한 전중이의 붉은 옷은 대낮에도 나를 가위눌리게 했다.

어머니의 잔소리는 한 가지 더 늘었다. "안집에 들어가지 마라" "안집 애하고 싸우지 마라" "안집 애가 주전부리하는 거 바라보지 마라" 그리고 "감옥소 앞마당에서 놀지 마라".

밖에 나가면 골목은 좁고 비탈지고 더러웠다. 동네 아이들은 텃세가 세서 나를 붙여주지 않았다. 말을 시키는 아이도 나를 붙여주기 위해서가 아니라 내 사투리를 놀려먹기 위해서였다.

처음 사귄 애하곤 어머니가 못 놀게 했다. 그애는 열 살이 되도록 학교도 안 다니고 나한데 못된 장난만 가르쳤다고 해서 어머니의 눈 밖에 난 것이었다.

어머니는 빈촌의 단칸 셋방에서나마 딸 하나는 곱게 길러 보겠다는 생각이 지나쳐 당신 눈에 거슬리는 민촌의 풍속으로부터 어떻게든 딸을 격리시키려고만 했지, 정작 격리당한 딸의 고독에 대해선 이해하려들지 않았다.

나는 말수 적고 우울하고 손톱을 질겅질겅 씹는 외톨이가 됐다.

우리가 세든 방은 문간방이어서 새벽이면 대문간에 신문 떨어지는 소리가 찬물 끼얹는 소리처럼 싱그럽게 들렸다. 어머니는 여전히 안집 거라면 털끝 하나 건드리지 못하게 괴팍하게 구셨지만 문간에 떨어진 신문을 안집 마루까지 갖다놓는 심부름만은 꼬박꼬박 나에게 시키셨다.

나는 그때 한글을 알고 있었기 때문에 신문 심부름을 하면서 큰 글자를 붙여 읽어 뜻이 있는 말을 만드는 데 재미를 붙이게 됐다.

한글은 시골집에서 할머니한테 배웠는데 할머니는 내가 한글을 알게 된 것을 "언문을 깨쳤다"고 대수롭지 않게 여기셨다. 나 역시 한글이란 부호가 지닌 각기 다른 음을 구별해서 외울 수 있게 된 것이지, 지닌 참다운 뜻을 몰랐었다. 즉 그 부호를 연결해서 뜻이 있는 말이 된 것을 해독한 경험이 그때까지 없었다. 안집 심부름을 하면서 내가 아는 부호로 말을 만들 수 있다는 것을 알게 된 후 나는 그 일에 탐닉했다. 그것은 놀라운 경험이었다.

새벽에 신문 떨어지는 소리는 나의 몽롱한 의식에 상쾌한 찬물을 끼얹으면서 나는 전혀 새롭게 낯선 기쁨에 몸을 떨며 곧장 잠에서 깨어났다. 그리고 신문을 대문간 장작더미 뒤에 숨겼다가 어머니가 아침을 지으시는 동안 우리 방에서 몰래 신문을 읽고 나서 안집으로 들여갔다. 그러나 그것은 곧 어머니한테 들켰고 어머니는 내가 각오하고 기다리고 있었던 것만큼 심한 꾸지람을 하지 않으셨다. 도리어 신통해하셨고 남들한테 자랑까지 하시려들었다.

"글쎄, 우리 애는 저절로 언문을 깨쳤답니다. 어디 가서 '가' 자 뒷다리 한번 짚어준 일 없건만 신문을 줄줄 붙여 읽지 뭐예요."

어머니는 딸의 총명함을 이렇게 자랑했고 나는 내가 저절로 한글을 깨친 게 아니라 할머니한테 배웠다고 말할 기회를 놓친 김에 그대로 입다물고 괴롭게 칭찬을 감수했다.

어머니는 이렇게 딸의 총명함을 자랑하는 것만 갖고는 모자라 좀더 화려하게 유포할 방법을 생각해내셨다. 그것은 나로 하여금 시골에 계신 할아버지께 편지를 쓰게 하는 일이었다.

할아버지는 중풍으로 반신불수가 되어 3년째 바깥출입을 못하시고 사랑에 들어앉아 계셨다. 서울 오기 전, 나는 할아버지의 손발이었다. 여름엔 특히 할아버지 곁을 잠시도 떠날 수가 없었다.

할아버지는 홧김에 줄담배를 피우셨는데 겨울엔 화롯불에 담뱃대를 꽂고 빠금빠금 몇 모금 빨면 불이 붙었지만 여름엔 화롯불 대신 성냥을 그어야 하는데 한 손만 가지곤 그게 안 됐다. 나도 겁이 많아 성냥을 못 그었지만 성냥갑을 움직이지 않게 붙들고 있어서 할아버지가 한 손으로 성냥 긋도록 도와드릴 순 있었다.

올여름엔 누가 그 일을 해드릴 것인가, 어린 마음에 몹시 걸려 편지에 그 이야기를 꼭 쓰려고 했으나 어머니는 어른들한테 올리는 편지는 그렇게 함부로 쓰는 게 아니라고 하시면서 편지 사연을 처음부터 불러주셨다.

"한아버님전 상사리. 기체후 만안하옵시고 한머님께서도 안녕하옵시고, 가내제절이 별고 없으신지요. 이곳 손녀는 한아버님 하념하옵신 은총 입사와……"

이런 투였다. 글씨만 내 글씨였지 내 생각이 끼어들어지는 것은 조금도 없었다.

문밖에서

깎아지른 듯한 비탈 동네라 대문밖만 나서면 발밑으로 기와지붕 초가지붕이 급하게 곤두박질쳐내리는 게 보이고, 그게 멈춘 곳에 한줄기 한길이 보였다.

한길엔 네 가닥의 검은 금이 그어져 있고 그 위로 전차가 다녔다. 상자 곽같이 생긴 전차는 곤충의 더듬이 같은 걸 세우고 있어 그게 공중에 걸린 전깃줄과 닿는 곳에선 가끔 새파란 스파크가 생겼다. 특히 어둑어둑할 무렵에 바라뵈는 이 도시의 도깨비불은 어린 계집애의 마음을 무진장 산 늙은 여자처럼 서글픈 추억에 젖게 했다. 추억 속에서의 떠나온 고향은 그야말로 머나먼 고향이었다.

전찻길 너머론 감옥소의 긴긴 벽돌담이 보였다. 벽돌담 길로 전중이들이 지나가는 게 보일 적도 있었다. 아무리 멀리서 봐도 그것은 두려웠다. 나는 별수 없이 내가 처음 사귄 서울애한테 배운 대로 몸서리를 치면서 발로 세 번 땅을 구르고 퉤퉤 침을 세 번 뱉는 괴상한 의식을 거행해야만 다소 안심이 되었다. 그러나 나는 전중이가 뭔지 알고 있지 못했다. 아무도 그걸 가르쳐주지 않았다.

정체 모를 것에 대한 두려움엔 이미 경험이 있었다. 그것은 시골집 뒤란에 있는 터줏가리에 대한 공포였다. 그러나 터줏가리에 대한 공포는 전중이에 대한 공포에 비해 그래도 뭔가 서정적이었다.

전자가 신비한 것에 대한 외경이라면 후자는 막연하지만 악이라는 것에 대한 혐오감이었다. 전자는 동심에 여러 가지 상상력을 유발할 수 있는 숨구멍을 터놓고 있었지만 후자는 동심을 무조건 억압했다.

어른이 되어 어머니 노릇은 물론 할머니 노릇을 할 날도 머지않은 요즈음, 내가 어린 날 받은 교육에 대해 슬그머니 비평적인 회상을 할 때가 있다. 대개는 긍정적으로 받아들이게 되고 다소 잘못됐다 싶은 것도 그 시대, 그 상황, 그 환경에서 그럴 수밖에 없겠다 싶은 것들뿐이지만 전중이를 그렇게 인식시킨 것만은 옳지 않았다고 생각한다.

그때 나는 여덟 살이었다. 전중이를 안 보았다면 모를까 본 이상, 또 전중이가 사는 감옥소와 이웃에 살고 있는 이상 전중이가 뭔가를 바르게 알고 있는 편이 옳지 않았을까.

전중이는 한때 나쁜 짓을 해서 벌받고 있는 중이지만 나쁜 사람이나 무서운 사람은 아니라는 것, 그중에는 나쁜 짓은커녕 훌륭한 짓(그때가 일제 말이었으니까 상당수의 독립투사도 전중이로 있었을 테니까)을 한 사람도 섞여 있다는 걸 조금씩 알게 할 방법은 있었을 거라고 생각한다.

그러나 순박한 촌부이신 어머니는 자식이 행여 도시의 악에 물들까 지레 겁이 난 나머지 악의 상징 같은 전중이가 있는 동네에 산다는 데 당신이 먼저 공포감과 수치감을 느끼고 계셨음직하다.

그러나 그 동네는 어머니가 다녀본 중에서 서울에서 제일 방값이 싼 동네였다. 우리 식구가 발붙일 수 있는 유일한 동네였다. 어머니의 꿈은 어떻게든 그 동네를 면하고 문안 사람이 되는 거였다.

당시의 서울의 반반한 주택가는 다 사대문 안에 있었고 문안이냐 문밖이냐에 따라 집값에 엄청난 차이가 났을뿐더러 사람의 신분까지도 은근히 암시했었다.

나의 학교 갈 날이 가까워왔다. 문밖에 살면서 문밖 특히 감옥소 동네를 경멸하고 문안에 연연하시던 어머니는 학교만이라도 문안 학교에 넣을 꾀를 내시었다. 국민학교도 시험 쳐야 들어갈 때였지만 지금의 학군제 같은 게 있어서 주거지에 따라 지원할 수 있는 학교가 정해져 있었다.

어머니는 나의 기류계를 문안 동네인 사직동에 사는 친척집에 옮겨놓고 매동국민학교에다 입학원서를 냈다.

그때부터 나의 또하나의 고역이 시작했다. 어머니는 나에게 두 가지의 주소를 외우게 하고는 마치 기습이라도 하듯이 시시때때로 이런 질문으로 나를 시험하려 하셨다.

"너 어디 살지? 지금 너 길을 잃어버린 거야."

그럴 때 나는 즉각 실제로 살고 있는 집주소를 대어야 했다.

"너 어디 살지? 지금 너 시험 치러 와서 선생님 앞에 서 있는 거야."

그럴 때 나는 가짜 주소, 즉 문안에 사는 친척 주소를 대야 옳은 답이었다.

거짓말을 가장 엄하게 다스리던 어머니로부터 거짓말 교습을 정식으로 받는 건 묘한 기분이었다. 교습이 거듭될수록 두 개의 주소는 머릿속에서 혼란을 거듭했다.

시험 준비

어머니는 당시로서는 교육열이 대단한 분이셨던 것 같다. 내가 국민학교 시험에 떨어질까봐 여간 근심하시는 게 아니어서 시험 날짜가 임박하고부터는 밤늦도록 나에게 시험 칠 연습을 시키셨다.

어머니가 예상한 시험문제란 집주소 외에도 하나에서 백까지 셈하기, 부모 형제 나이 알기, 자기 이름과 가족들의 이름을 한문으로 쓰기 등이었다. 어머니는 또 나의 시골뜨기 티와 당신이 가르쳐줄 수 없는 일본어로 시험문제가 나올 것에 대해 가장 많이 근심하셨다.

시험 치기 바로 전날 나는 처음으로 이발소라는 데를 갔다. 서울 올 때 머리꼬리는 자르고 단발머리 흉내를 내고 있었지만 어머니가 눈썰미와 솜씨만 믿고 손수해주신 비슷하지만 어색한 단발머리였다.

이발소는 서울에서도 내가 가장 동경하던 곳이었다. 유리로 된 원통 속에서 빨갛고 파란 빗금이 온종일 빙글빙글 돌고 있는 이발소의 표시등이 그렇게 신기할 수가 없었다.

과연 그 속은 신기했다. 정결하고 으리으리하고 숨이 막힐 것처럼 향기로웠다. 흰 가운을 입고 머리가 투구를 쓴 것처럼 견고하게 반짝거리는 이발사가 수없이 많이 바쁘게 움직이고 있었다. 좀 나중에 안 일이지만 벽면이 거울로 돼 있어서 이발사의 수효도 실제보다 많아 보였고 내부도 더 으리으리하게 보였던 것이다.

의자의 양쪽 팔걸이에다 널빤지를 걸쳐놓고 이발사가 나를 번쩍 들어다 그 위에 앉혔다. 그때 나의 후각을 강하게 자극하던, 게울 것처럼 느글느글한 포마드의 향기를 지금도 잊을 수가 없다. 그것은 어린 마음에 역하지만 그런 내색 안 하고 길들여야 할 도시의 냄새였다.

나는 의자에 높이 앉아 거울 속에서 내가 면도하는 걸 지켜보았다. 참으로 신기했다. 삐뚤삐뚤하던 앞머리가 단 한 번의 가위질로 눈썹 위에 일직선으로 그어졌다. 좌우가 다르던 옆머리도 귓불을 내놓을 만한 높이에서 정확하게 대칭의 사선을 그으며 뒤로 넘어갔다. 부글부글한 비누 거품이 뒤통수와 이마를 뒤덮고 새각새각 상쾌하게 면도날이 지나갔다. 마지막으로 면도한 뒤통수와 이마에 분가루가 뿌려졌다. 거울 속의 나는 영락없는 도시 아이가 돼 있었다. 나는 거울 속의 내 모습에 황홀했다. 지켜보시던 어머니도 만족해하셨다.

"참 돈이 좋긴 좋구나. 그만하면 촌티를 말끔히 벗는 걸 가지고……"

내 손을 잡고 집으로 돌아오면서 이렇게 중얼거리셨다.

그때는 학기초가 사월이었으니까 시험은 삼월에 있었을 텐데도 날씨가 몹시 추웠다. 나는 눈길을 헤치고 서울에 올 때와 똑같은 차림으로 두루마기에 털신을 신고 어머니가 친척집에서 얻어온 흰 토끼털 목도리를 했다. 빨간 유리구슬로 눈까지 박힌 예쁜 목도리였다.

이렇게 한껏 멋을 부리고 매동학교로 시험을 보러 갔다. 나는 어머니가 나를 '문안에 있는 좋은 학교'에 보내고 싶어하신다는 데 이의가 없었지만 그런 좋은 학교에 가려면 전차를 타고 번화가 쪽으로 가는 줄 알았다.

그러나 웬걸, 전찻길과는 반대 방향으로 우리집에서 더 높이 현저동 꼭대기까지 올라가더니 산을 넘기 시작하는 것이었다. 산은 시골집에서 송도로 나오면서 넘은 산처럼 험준하진 않았고 제법 번듯한 길도 꼬불꼬불 나 있었지만 나무가 울창하고 인적이 드물었다.

어머니는 내 손을 잡고 산을 넘으면서도 되풀이해서 모의시험을 보려드셨다. "너 어디 살지? 나이는? 본적은? 열둘에다 열여섯을 더하면 몇이지?" 등등.

그리고 또 말씀하셨다. "지금 넘고 있는 산은 문둥이가 많은 산이니 학교 다닐 때 한눈팔지 말고 누가 사탕 사준다고 가자고 해도 들은 척도 말고 그저 쏜살같이 앞만 보고 다녀야 한다"고.

그리고 덧붙여서 위협하듯이 말씀하셨다.

"학교에 붙어야만 이 길을 다닐 수가 있는 거야. 알았지?"

그거야말로 진퇴양난의 위협이었다. 나는 학교에 떨어지는 것도 두려웠지만 문둥이가 많은 산을 매일 넘어 다녀야 한다는 것은 더 두려웠다. 내가 그때까지 문둥이에 대해 알고 있는 건 불확실하고도 엽기적인 뜬소문이 전부였다.

소 잃고 외양간 고치기

그때 국민학교 시험 치러 갈 때가 아마 서울 온 지 2, 3개월 후련만 나는 그날 시험장에서 만난 아이들을 처음 만난 서울 아이들처럼 기억하고 있다. 왜냐하면 그동안 사귄, 감옥소가 바라보이는 인왕산 기슭 비탈 동네 아이들은 내 눈에 암만해도 서울 아이답지가 않았다. 시골에 있는 나의 친구들보다 더 구질구질하고 욕을 잘하고 손이 트고 코를 심하게 흘리는 아이들뿐이어서 속으로 잔뜩 무시하는 마음이었었는데, 시험장에서 만난 아이들은 너무 깨끗하고 옷도 잘 입고 예뻤다. 내가 아무리 모양을 냈다고는 하지만 그애들에 비하니까 단박 시골뜨기 티가 난다는 걸 느낄 수가 있어서 주눅이 들었다. 내가 앞으로 그런 애들과 더불어 공부하고 친구가 되고 하는 일이 있을 것 같지가 않았다.

나는 그들과 피부 빛깔까지 다른 딴 인종 같은 소외감 때문에 울상이 되어 엄지손가락을 입에 물고 어머니 치마꼬리에 매달려 있었다. 어머니는 몇 번이나 손가락 빼지 못하겠느냐고 주의를 주셨지만 나는 아우 본 애가 빈 젖꼭지에 집착하듯이 나의 손가락밖에 의지할 데가 없었다.

마침내 내 차례가 되었다. 어머니는 나를 치마꼬리에서 뜯어내 등을 밀어 시험장으로 떠밀었다.

"손가락 빼고……"

어머니의 말씀이 등뒤에서 들렸다. 어머니의 말씀이 아니더라도 절망적인 용기 같은 걸로 나는 삽시간에 의젓해 있었다.

주먹을 쥐고 책상에 앉았던 남자 선생님이 상냥하게 웃으면서 내 눈앞에서 주먹을 펴니까 한 주먹에서 하얀 바둑알이 네 개, 또 한 주먹에선 까만 바둑알이 세 개가 나왔다.

"모두 몇 개냐?"

선생님이 물으셨다.

"일곱 개여요."

얼른 그렇게 대답하면서 속으로 나는 백까지도 셈을 할 줄 아는데 이건 너무 쉽다고 생각했다. 다음은 연필로 그린 그림을 두 장 보여주었다. 한 장의 그림엔 넥타이 맨 신사하고 가방을 든 학생하고 같이 서 있었고 또 한 장의 그림엔 중절모와 학생모가 그려져 있었다. 선생님은 신사를 가리키며 무슨 모자를 쓰게 했으면 좋겠느냐고 물었다. 나는 중절모를 가리키고 나서 선생님이 묻기도 전에 앞질러서 학생모와 학생을 한꺼번에 가리켰다. 나는 시험문제가 너무 쉽다고 생각하고 있었고 어떡하든 내가 그 이상 가는 실력이 있다는 걸 과시하고 싶었다. 선생님이 고개를 끄덕이면서 빙그레 웃었다. 나는 속으로 선생님이 나를 그 학교에 붙여줄 것을 믿어 의심치 않았다.

그러나 시험은 그걸로 끝난 게 아니어서 선생님은 또 그림을 한 장 꺼냈다. 예쁜 양옥집이 있고 양옥집 굴뚝에선 연기가 무럭무럭 나와 한쪽으로 나부끼고 있는 그림이었다. 선생님은 그 그림을 보여주면서 엉뚱한 질문을 했다. 바람이 어느 쪽으로 부냐는 거였다. 그림 속에 바람은 그려져 있지 않았다. 나는 이번 문제에서도 뭐든지 단박 알아맞춘 실력을 발휘해야 된다고 생각했기 때문에 생각하지 않고 얼른 연기가 나부끼는 쪽에서 바람이 불어오는 것처럼 가리켰다. 선생님은 또 미소지었다.

나의 국민학교 입학시험은 그것으로 끝났다. 어머니의 예상문제는 하나도 안 나오고 말았다. 그러나 어머니가 걱정하시던 일, 일본말로 시험을 보면 어떡하나 하는 일도 안 일어났다. 뒷문으로 해서 시험장 밖으로 나오니까 기다리고 계시던 어머니는 나를 대뜸 사람들이 없는 곳으로 끌고 가면서 시험 잘 쳤냐고 물으신다.

"응, 다 맞았어."

나는 의기양양 그렇게 대답했다.

"다 맞았다는 애 붙는 거 못 봤다."

어머니는 이렇게 내 자부심에 찬물을 끼얹으면서 내가 치른 시험문제를 하나하나 캐묻기 시작하셨다.

나의 자세한 보고를 들으시면서 어머니의 긴장도 차츰 누그러졌다. 그러나 연기와 바람 문제에서 걸리고 말았다. 어머니는 낙담을 하셨다.

다시 산을 넘어 집으로 돌아오면서 내내 바람에 나부끼는 나의 머리카락, 당신의 옷자락, 산의 나무들을 예로 들어가며 모든 가벼운 것은 바람과 같은 방향으로 나부낀다는 걸 가르쳐주셨다. 그러면서 탄식하셨다.

"아유, 지금 가르쳐봤댔자 소 잃고 외양간 고치기지 뭐."

서울 친척

어머니가 하도 실망하셔서 나는 으레 떨어졌으려니 하고 속으로 은근히 기뻐하고 있었다. 그때는 지금하고는 반대로 공립학교에 떨어지면 시험 안 치고도 갈 수 있는 사립학교가 있었다. 우리 동네에도 엎어지면 코 닿을 데 그런 사립학교가 있었고 동네 사람들은 그 학교를 '똥통학교'라고 불렀지만 촌계집애인 내 눈엔 너무 훌륭한 붉은 벽돌의 이층집이었다.

어머니가 간절히 소망하시는, 시험 쳐야 들어갈 수 있는 공립학교는 나에겐 너무 까마득했다. 문둥이들이 곳곳에 숨어 살고 있다는 산이 가로놓여 있기 때문이기도 했지만 시험 치러 가서 만난 아이들이 한결같이 똘똘하고 예쁘고 옷 잘 입고 있는 것도 나와는 먼 딴 세상 아이들 같았다. 그 학교에 내가 다닌다는 건 암만 생각해도 당치 않고 불편했다. 떨어져서 사립학교로 가게 되는 게 분수를 찾는 것처럼 속 편했다.

그러나 어머니의 속마음은 그렇지만은 않으셨던지 합격, 불합격 통지서가 배달될 임박에서는 매일같이 사직동 친척 집에 다녀오시는 거였다. 주소를 그리로 옮기고 친 시험이니까 통지서도 그리로 배달될 것이기 때문이었다. 어느 날 어머니는 희색이 만면해서 돌아오셨다.

"서울 애들도 별거 아니더라."

어머니는 내가 서울 애들을 물리치고 합격했대서 이렇게 으스대셨다. 그때 국민학교 시험이 몇 대 몇의 경쟁률이었는지는 알 길이 없다. 따라서 내가 몇 사람의 서울 애를 물리쳤는지도 알 길이 없다. 아마 정 공부할 능력이 없는 애만 떨어내는 정도의 시험이었음직하다. 그러나 나의 어머니는 대단히 의기양양해하셨다.

다시 어머니의 문둥이가 있는 통학로에 대한 설교와 진짜 주소와 가짜 주소를 헷갈리면 어렵게 들어간 학교를 당장 쫓겨날 테니 그리 알라는 위협이 시작됐다. 나는 차라리 똥통학교를 다니더라도 진짜 주소 하나만 알고 있으면 얼마나 좋을까 싶었다.

실상 학교에 입학을 하고 보니 학구제를 어긴 주소 문제가 그렇게 까다로운 게 아니었다. 그게 탄로가 난다고 해서 쫓겨날 리도 없었고 탄로가 날 만한 계기도 없었다. 그러나 어머니는 순박한 촌부였다. 공문에 써낸 거짓말을 지나치게 두려워한 나머지 어린 딸에게까지 그걸로 가위눌리게 하기를 서슴지 않았고 또 기회 있을 때마다 거짓말을 단단하게 다지려 들었다.

입학하자 며칠 후부터 시작된 가정방문 때만 해도 그랬다. 어머니는 어떡하든 입학시험을 위해 속인 가짜 주소에서 선생님을 맞아야 한다고 생각하였다. 그래서 주소를 빌려준 친척 댁에 양해를 구해 그날 하루 어머니가 그 집주인 노릇을 하기로 했다. 거짓말은 애당초 시키기가 잘못이었다.

일은 점점 더 복잡하게 했다. 먼 친척이어서 나는 그 집을 별로 가본 일이 없었고 그 집은 꼬불꼬불 복잡한 골목 속에 있었고 나는 촌 계집애답게 길눈이 어두웠다.

어머니는 연 사흘을 학교에서 그 집까지 가는 연습을 나에게 시켜주셨다.

나는 그 친척 댁의 사는 모습에서 처음으로 전형적인 서울의 중류 생활양식을 볼 수가 있었다. 골목이 좁고 기와집이었으나 지붕이 낮고 행랑채와 안채로 나뉘어져 있었다. 대문간에서 볼 수 있는 행랑방은 더럽고 냄새나고 누덕누덕 기운 이 부자리가 낮에도 펴 있었고 그 속에선 행랑아범이 코를 골고 있었다. 행랑어멈은 늘 바지런하게 공처럼 굴러다니면서 주인집 아이들을 작은아씨 아니면 도련님으로 불렀고 어른은 나으리, 마님, 아씨로 부르면서 얼굴엔 늘상 비굴한 아부의 웃음을 띠고 있었다. 어린 마음에도 서울서 못사는 사람이 시골서 못사는 사람보다 훨씬 천격스러워 보였다. 행랑어멈의 여러 아이들이 흰 밥풀은 하나도 안 섞인 샛노란 조밥을 아귀아귀 먹는 모습은 숫제 무서웠다.

안채는 바깥채에서 댓돌을 두 단쯤 더 올라간 곳에 있었고 마루는 새까맣고도 반들반들했고 찬장도 뒤주도 반들반들했다. 장독대 위에 놓인 크고 작은 독들도 반들반들했고 학과 사슴과 거북이 입에 불로초를 물고 한가로이 거닐고 있는 그림이 있는 화초담은 보기 좋았다.

안방은 대낮에도 침침했고 머리를 곱게 쪽찌고 안경을 쓴 친척 할머니는 언제나 바느질을 하고 계셨다. 그러나 안경 너머로 나를 보는 눈은 섬찟하도록 차가왔다.

가정방문

드디어 가정방문하는 날이 되었다. 지금도 그렇겠지만 그때도 일주일쯤의 가정방문 기간이 있어서 하루에 한두 동네씩 동네별로 나누어서 다녔고 하루 전에 내일은 누구누구네 차례라고 일러주도록 돼 있었다.

어머니는 그날 아침 일찍부터 기름 발라 머리 곱게 빗으시고 제일 좋은 옷으로 갈아입으시고 사직동 친척집으로 가서 주인행세하고 앉아 계시기로 했다. 아아, 그 눈빛 차갑고 거만한 서울 친척 어른이 어머니를 괄시나 하지 마셨으면 좋으련만, 나는 아침부터 조마조마했다.

방과후에 미리 호명한 사직동 아이들과 함께 교실에 남아 있다가 직원실을 다녀 나오신 선생님 뒤를 따라 교문을 나섰다. 나는 별로 선생님 손을 잡고 싶지 않았는데 반 아이들은 다투어 선생님 손 아니면 치맛자락이라도 잡아서 선생님은 보행이 어려우실 텐데도 즐거운 비명을 지르시면서 기꺼이 자기를 조금씩 공평하게 나눠주려드셨다. 나는 조금 떨어져서 혼자서 걸었다. 어린 마음에 걱정이 태산 같았다.

우리 친척집보다 훨씬 좋은 집으로 한 아이가 선생님을 모시고 들어갔다. 우리들은 밖에서 기다렸다. 바로 사직공원에 인접한 집이었다. 사직공원엔 오월의 신록이 아름답고 벚나무엔 아직 익지 않은 새파란 버찌가 무수히 매달려 있었다. 나는 그런 동네에 사는 아이들한테 부러움을 느꼈다.

밖에서 기다리고 있던 아이들 중 한 아이가 나를 가리키면서 "우리 동네서 처음 보는 아이"라고 말했다. 반 아이들은 일제히 "그래그래" 하면서 동의했다. 그도 그럴 것이 같은 사직동 아이들끼리는 조금씩 서로 안면이 있었던 것이다. 나는 가슴이 덜컥 내려앉았지만 그래도 임기응변으로 시골서 이사 온 지 얼마 안 되었다고 말했다. 나는 그 아이들과는 판이한 촌스러운 복장을 하고 있었기 때문에 아이들은 "어쩐지……" 하면서 내 말을 믿어주었다.

아이들 수효가 점점 줄어서 두 아이가 남게 됐다. 그때 비로소 나는 선생님의 손을 잡아볼 수가 있었다. 나는 거북하고 답답했다. 가정방문 때가 아니더라도 아이들은 언제나 극성스럽게 선생님 주위에 몰려들어 손이나 옷자락을 잡고 싶어 했지만 나는 그 일이 조금도 즐겁지 않았다.

마지막으로부터 두번째가 우리집 차례였다. 친척집 골목으로 들어서면서 내가 그 집을 가리키자 마지막으로 남은 한 아이가 깜짝 놀라면서 자기 집은 바로 다음 골목이니 아침마다 서로 불러서 학교에 같이 가자고 말했다. 나는 울상이 되면서 "안 돼. 내일모레 우리 또 이사 갈 거야"라고 거짓말을 시켰다. 가슴은 걷잡을 수 없이 두근거렸다. 거짓말이 내 뜻과는 상관없이 그 부피를 더해가는 게 악몽처럼 두려웠다.

친척집 대청마루에 의젓하게 앉아 계시던 어머니가 반색을 하며 선생님을 맞으셨다. 선생님은 마루끝에 걸터앉겠다고 하시고 어머니는 방석을 내오시며 굳이 올라오시라고 잡아끌고 그런 작은 실랑이를 지켜보는 것도 나는 그저 조마조마하기만 했다. 어머니는 기어코 선생님을 끌어올려 수방석 위에 올라앉히셨다. 행랑어멈이 쟁반에다 화채 그릇을 받쳐 들고 들어왔다. 친척 할머니는 어디에 숨으셨는지 보이지 않았다.

말씀은 선생님보다 어머니가 훨씬 더 많이 하시는 것 같았다. 나는 그것도 보기 싫었다. 말끝마다 "애가 시골뜨기라서……" 하시면서 아무쪼록 잘 돌봐주십사고 간절히 부탁하면서 머리를 수없이 조아리시는 것이다.

선생님은 어머니 앞에서 내 머리를 쓰다듬어주시면서, '창가'하고 '체조'는 잘 못해도 공부는 썩 잘한다고 칭찬을 해주셨다. 어머니는 좋아서 어쩔 줄을 모르시면서 허둥지둥 선생님에게 화채 그릇에 든 노란 국물을 권하셨다. 선생님은 그것을 딱 한 모금을 드시고 일어서셨다.

어머니는 방에 꼼짝 않고 숨어 계시다 나오신 친척 할머니한테 내가 '창가'하고 '체조'만 못하고 공부는 잘한다고 자랑을 하셨다. 그러고 "그까짓 창가, 체조" 못해도 괜찮다고 연신 창가, 체조를 얕잡으셨다. 나중엔 공부 못하는 애나 "그까짓 창가, 체조"는 잘하는 법이라고까지 극단의 말씀을 하셨다.

서울 아이

가정방문 때 나의 가짜 주소인 친척집 동네에서 만난 우리 반 애는 그후에도 쭉 나의 화근이었다. 나는 그애 앞에선 주눅이 들고 비굴해졌다. 내가 주소를 속인 걸 그애만은 알고 있을 것 같았고 곧 아이들한테 풍길 것 같아 조마조마했다. 나는 어떡하든지 그애 비위를 맞춰야 할 것 같았다.

아이들 사회엔 아이들 나름의 어른의 눈에 보이지 않는 세력 분포가 돼 있는 법이다. 남자아이들 사이에선 대개 힘에 의해 세력이 결정되지만 여자아이들 사이의 세력 분포는 그렇게 단순하지 않아서 공부 잘하는 것, 옷 잘 입는 것, 얼굴 예쁜 것, 선생님한테 귀염받는 것 등의 정도의 차이로 세력이 결정된다. 나는 촌뜨기라는 자격지심 때문에 그런 세력 분포에서 스스로 소외돼 외톨이 노릇을 했지만 그 아이하고의 관계만은 그렇지 못했다. 나는 그 아이하고 잘 어울렸고 그 아이가 시키는 궂은일을 마다하지 않고 해줬기 때문에 딴 아이들이 나한테 그 아이의 '꼬붕(부하, 또는 심부름꾼 같은 뜻으로 쓰임)'이라고 놀렸다.

그 아이는 날로 의기양양해져서 운동장에서 놀다가도 운동화 한 짝을 벗어 멀리 던지고는 주워오라는 심부름을 곧잘 시켰고 나는 말없이 그런 심부름을 했다. 자리를 바꿀 때 그 애와 짝이 되자 그애는 더 자주 그런 짓궂은 짓을 했다. 일부러 연필이나 지우개 같은 걸 떨어뜨리고는 주워달라고 떼를 썼다. 그애 때문에 나의 학교생활은 날로 우울했다. 그러나 나는 그애를 싫어하면서도 깊이 좋아하고 있었다. 그애는 살갗이 희고 목이 길고 늘 예쁘고 깨끗한 옷을 입고 노래와 유희를 잘했다. 그애가 교단에 나가 〈봄이 왔다〉라는 일본 노래를 부르면서 나풀나풀 춤을 출 때 나는 입을 딱 벌리고 황홀해했고 그애의 '꼬붕'인 걸 영광으로 생각하기까지 했다. 그애야말로 진짜 서울 아이였다.

학부형회 날이 왔다. 1학년 첫 학부형회라 거의 모든 학부모님들이 모이셨다. 어머니하고 딸은 참으로 비슷비슷했다. 나의 어머니는 나의 어머니답게 촌스러웠고 그 아이 어머니는 그 아이 어머니답게 젊고 예쁘고 멋쟁이였다. 만약 그애가 갖고 있는 것 중에서 한 가지라도 나하고 바꿀 수 있는 게 있다면 나는 서슴지 않고 그애 엄마를 골라잡겠다고 했을 것이다. 나는 그때 나의 촌스러움보다는 어머니의 촌스러움이 창피해서 은근히 고민하고 있었다.

학부형회가 끝난 다음 나는 그애한테 "느네 엄마 참 예쁘다"는 선망의 말을 했다. 그러나 그애는 조금도 좋아하지 않았고 도리어 뾰로통하더니 한참 만에 자기 비밀을 하나 가르쳐줄 테니 절대로 반 아이들한테 풍기면 안 된다고 했다. 나는 이제부터 들은 얘기를 아무한테도 말 않겠다는 맹세로 그애와 새끼손가락 걸기를 했다.

그애는 내 귀에다 대고 그 엄마는 의붓엄마고 친엄마는 나쁜 의붓엄마 때문에 쫓겨났다고 했다. 내가 아는 의붓엄마는 콩쥐팥쥐의 엄마, 장화홍련의 엄마가 전부였으므로 그애가 의붓엄마하고 살면서도 매도 안 맞고 예쁜 옷 입고 학교 다니는 게 암만해도 이상했다. 그애는 내가 믿지 않는 걸 알자 나쁜 의붓엄마라는 걸 어떻게든 나에게 인식시키기 위해 그 의붓엄마가 바에서 술 따르던 여자였다는 얘기까지 했다. 그러고는 그 말을 누구한테 풍기지 말라고 거듭거듭 다짐하고 안달을 했다. 나는 내가 안 한다고 한 말은 절대로 안 하는 신용

있는 아이라는 걸 그애한테 인식시킬 수 있는 한 방법을 생각해냈다. 그것은 나 역시 그애한테 나의 비밀을 가르쳐주는 거였다.

나도 그애와 마찬가지로 엄숙하게 새끼손가락 걸기를 하고 나서 내가 주소를 속이고 이 학교에 들어왔다는 것과 나의 정말 주소는 고개 너머 현저동 감옥소가 있는 동네라는 고백을 했다. 그애는 나의 고백을 별로 탐탁하게 듣는 것 같지 않았다. 그애가 탐탁해하지 않자 나는 내 비밀이 그애의 비밀만 못한 것 같아 무안했다.

그러나 그애는 내 비밀을 지켜주지 않았다. 내가 감옥소 동네 아이란 소문이 확 퍼졌다. 나는 너무 분하고 원통해서 차라리 선생님이 나를 내쫓아주기를 바랐다. 그러나 그런 일은 안 일어났다. 당시의 학구제란 시험 때만 잠시 유용한 거였다. 그때 일이 나에게 어떤 계기가 됐다면, 그건 내가 다시는 그애의 '꼬붕' 노릇을 안 하게 된 것이다. 나는 그애를 그때부터 경멸했기 때문이다.

작두춤

서울에서의 나의 학교생활은 우울한 것이었으나, 벗어날 도리는 없었다. 벗어나기는커녕, 여름방학이 가까워오자 어머니도 그랬고 서울 아이다워지기 위해 각별한 노력까지 했다.

나도 의식적으로 시골말을 안 쓰고 고운 서울말을 유창하게 썼다. 어머니는 어느 날 나를 데리고 야시장에 나가시더니 나를 위해 옷감을 고르시는 것이었다. 어머니가 마음에 드시는 옷감도 내가 싫다고 하면 어머니는 고집부리지 않으셨고, 내 눈에 좋아 보이는 것도 어머니가 탐탁지 않으신 눈치면 나도 싫은 척했다. 어머니나 나나 옷감을 옷감 중에도 양장감을 고르는 것은 생전 처음이라 지나치리만치 신중을 기하면서도 속으론 크게 흥분하고 있었다.

어머니는 나도 함께 마음에 드는 옷감을 마침내 찾아내고, 옷감장수의 허풍스러운 동의까지 얻어내고 나서도 값을 에누리하는 데 적지 않은 시간이 걸렸고 한 치라도 더 받아내려는 실랑이 때문에 또 한동안이 걸렸다. 그동안이 나에겐 지루하고도 아슬아슬했다. 파랑 바탕에 흰 꽃무늬가 있는 옷감을 받아쥔 나도 천신만고를 한 것처럼 큰 한숨을 내쉬었다.

그렇게 어렵게 끊은 옷감을 어머니는 힘 안 들이고 마름질을 하셨다.

"모시 두루마기도 그림같이 짓는 내 솜씨가 그까짓 내리닫이 못 지으랴?"

어머니는 양재를 배우신 일도, 어깨너머로 남이 양복 만드는 것을 보신 일도 없으실 텐데 "그까짓 내리닫이"라고 얕잡으시면서 쉽게 가위질을 해서 사직동 친척댁 재봉틀에다 박음질을 해오셨다. 그러니 내가 서울 와서 한 최초의 양장은 꽤나 꼴불견이었을 게다. 그러나 나는 좋기만 했다. 내 눈에, 나는 나무랄 데 없는 멋쟁이 서울 아이였다.

서울역에서 기차 타고 신촌역, 신촌역 다음에 수색역, 수색역 다음에 능곡역…… 지금은 모두 서울특별시 땅이지만 그때는 머나먼 내 고향으로 이어지는 시골의 작은 역들이었다. 고향의 친구들은 아직도 종종머리를 땋고 있었고 학교에 다니는 친구는 한 명도 없었다. 그때 우리 마을에서 5리쯤 떨어진 곳에 간이학교가 하나 생긴 지 얼마 안 된 때였는데 계집애를 거기 보내는 집은 한 집도 없었다.

친구들은 나를 반겨주지도 않았고 놀아주지도 않았다. 멀찍이서 바라다보기만 했다. 그러나 이상한 것은 나는 그게 조금도 고통스럽지가 않았다. 내 마음속엔 서울 아이라는 자만심이 잔뜩 들어 있어서 친구들이 나를 경원하는 걸 당연한 대접으로 받아들이면서 약간 거만하게 오락가락하면서 여름방학을 별로 심심치 않게 보냈다.

겨울방학에 귀향할 때는 스케이트를 가지고 갔다. 어머니가 친척집에서 얻어온 건데 방에서 한번 신어봤더니 제대로 설 수도 없었다. 그보다 앞서 오빠하고 어느 고궁의 얼음판에서 스케이트를 타는 구경을 한 적은 있었다. 눈에서 썰매 타는 것만 보던 눈에 그건 무슨 요술처럼 신기한 광경이었다. 그런데 어머니는 어디서 들으셨는지 얼음판에서 그 스케이트라는 것만 신으면 저절로 그렇게 탈 수 있다고 가르쳐주셨다. 그러니까 어머니도 나도 스케이트라는 걸 배우고 익혀야 하는 도구로서가 아니라 요술을 부리는 신기한 걸로 잘못 인식했던 것이다.

나는 시골 아이들 앞에서 그걸 타고 요술을 부릴 생각만 해도 가슴이 울렁거렸다. 시골에 얼음판은 얼마든지 있으니까.

그러나 웬걸. 얼어붙은 논바닥에서 썰매를 타는 아이들 틈에서 그것을 신고 재주를 부려보려니 가까스로 일어서고, 일어서는데 몸의 균형도 잡지 못해 쩔쩔매는 게 고작이었다. 그때 집에서 머슴이 뛰어나와 황급히 나를 사랑으로 업어들였다. 할아버지가 사랑에서 내 꼴을 바라보시고 불호령을 내리신 것이다.

"그게 뭣하는 짓이냐? 집안 망신을 시켜도 분수가 있지. 하필 덕물산(개성에 있는 유명한 무속의 본산) 무당의 작두춤 흉내를 내다니……"

할아버지의 담뱃대가 내 정수리를 사정없이 내리쳤다. 나는 엉엉 울면서도 속으론 고작 덕물산 무당의 작두춤이 상상력의 한계인 할아버지를 경멸했다. 세상은 넓고 신기한 것도 많건만 할아버진 아무것도 모르신다. 이렇게 해서 나는 서울 아이가 돼갔다.

한여름밤의 숨바꼭질

여름방학이고 겨울방학이고 방학만 했다 하면 그날로 고향으로 내려갔다가 개학 전날에나 올라오기를 국민학교 때부터 고등학교를 졸업할 때까지 변함없이 계속했었다. 아마 대학에 입학하던 해에 6·25만 안 일어났어도 대학생활까지 그렇게 할 수 있었으련만 휴전 후 불행히도 우리 고향(개성)은 다시 갈 수 없는 휴전선 이북이 되고 말았다.

해마다 두 차례 고향에서 긴 방학을 보낼 수 있을 때만 해도 고향이 없이 서울에서 방학을 보내는 아이들이 참 불쌍해 보였었다. 그애들도 똑같이 방학을 즐거워한다는 것조차 믿을 수가 없었다.

나에게 방학이란 바로 자연으로 돌아가는 것을 의미했다.

돌아갈 자연이 없는 순 서울 토박이 아이들이 긴긴 방학을 좁은 골목에서 기껏 고무줄이나 사방치기를 하며 보낼 생각을 하면 동정을 금할 수가 없었고, 내가 시골뜨기라는 데 행복감을 느꼈다. 실상 국민학교 때까지도 나는 시골뜨기 티를 못 벗어 종종 서울 아이들의 놀림감이 됐고 마음속 깊이 열등감을 느끼고 있었기 때문에 열등감이 우월감이 될 수 있는 방학이 더욱 행복했는지도 모른다.

그 시절(1930년대)만 해도 시골의 여자아이들은 거의 학교에 보내지 않고 어릴 적부터 고된 가사노동을 익히게 했었다. 특히 농사일이 바쁜 여름철엔 계집애가 대여섯 살만 돼도 귀한 일손이었다. 다 해진 무명 띠로 동생을 온종일 업어줘야 하고 먹이고 씻기고 기저귀 빨래도 해야 했다. 학교 갈 나이엔 벌써 밥을 지을 줄 알았고 치마 주름 정도는 달아 입을 줄도 알았다.

나는 서울서는 시골뜨기 티를 못 벗은 주제에 고향에 가서는 엉뚱하게도 서울서 신식 공부한 서울내기 티를 내지 못해 했다. 그런 내가 얼마나 같잖아 보였던지 시골 아이들은 곧잘 나를 골탕 먹였다. 내가 무서워서 비명을 지른 뱀을 왼눈 하나 까딱 안 하고 막대기로 때려잡아 막대기 끝에다 채찍처럼 휘휘 감아 보이기도 했고 즈네들은 먹는 버섯을 따면서도 나한테는 식용버섯과 독버섯을 가리는 법을 가르쳐주지 않았다. 그애들이 자연으로부터 먹을 것을 얻어내는 솜씨는 신기하고 놀라웠다. 내가 서울 학교에서 배운 지식은 그런 일에 조금도 도움이 되지 못했다.

방학이 끝나갈 무렵이면 그애들보다 내가 아는 게 더 많다는 같잖은 우월감 따위는 말끔히 가시고 그애들을 마음으로부터 우러르며 졸졸 따라다니게 된다. 그러나 그애들이 나와 함께 실컷 놀아준 것은 아니다. 낮 동안 그애들은 너무 할 일이 많기 때문에 나는 걸리적대기만 했고, 나도 그게 얼마나 그애들한테 미안한 일이란 걸 알고 있었기 때문에 될 수 있는 대로 집안에서 심심한 걸 참았다.

그러나 밤만 되면 집집마다 마당에 멍석을 깔고 모깃불을 피웠다. 어른들은 멍석에 모여 앉아 두런두런 세상 근심, 농사 근심, 동네 소문 등 시름에 겨운 이야기를 나누고, 낮 동안의 고된 일에서 해방된 아이들은 기력에 넘치는 기성을 지르며 떼를 지어 뛰어다녔다. 이 집 모깃불에서 저 집 모닥불로 매캐한 모깃불 연기를 부나비처럼 누비며 온 동네를 돌기도 하고, 냇물에 풍덩 뛰어들어 서로 간지럼을 태우며 미역을 감기도 했다. 그때는 나도 스스럼없이 아이들과 어울렸다.

동네 노인 중에는 옛날얘기 잘하는 노인도 있어 그런 노인은 아이들한테 인기였다. '할멈 할멈, 떡 하나 주면 안 잡아먹지' '단 방귀장수' '잘생긴 신랑으로 변한 복숭아벌레' 등이 다 그때 들은 옛날이야기다. 나는 이야기를 몹시 바치는 편이어서 집에서도 어머니나 할머니한테 졸라서 많은 옛날얘기를 들어서 알고 있었지만 여름밤 모깃불가에서 동네 노인들한테 들은 옛날얘기는 그보다 훨씬 구수하고 소박했던 것 같다. 어머니의 옛날얘기가 문자를 통해 전해내려오는 고대소설에 근거한 거라면 동네 노인의 옛날얘기는 입에서 입으로 전해내려오면서 이야기꾼들의 상상력이 자유롭게 가미된 것이어서 훨씬 흥미 있고 자유분방한 것이었다.

그러나 나는 귀신이 나오는 무서운 이야기는 질색이었는데 동네 아이들은 마지막 판에 가서는 꼭 무서운 이야기를 졸랐다. 처녀귀신, 총각귀신, 뒷간귀신, 달걀귀신 등 괴기한 귀신 이야기는 그 어떤 이야기보다도 오싹오싹하게 재미가 있었지만 그 이야기판이 우리집 마당이 아닐 경우 집에 돌아갈 일이 지레 겁이 나서 귀를 막고 싶었다. 나는 그때 이미 길엔 가로등이 있고 집은 다닥다닥 붙은 도시에 익숙해진 서울내기여서 시골 밤길이 싫고 무서웠다. 그러면서도 나의 이런 도시적인 소심증을 시골 아이들에게 드러내 보이길 수치스럽게 여겼기 때문에 속으로는 더욱 전전긍긍했다.

귀신 이야기를 실컷 듣고 나서 혼자 집에 가는 것보다 더 무서운 일은 숨바꼭질을 하는 일이었다. 밤이 이슥해 모깃불도 사위어가고 어른들도 멍석에 네활개를 펴고 코를 골 무렵이면 아이들은 모깃불과 함께 흥이 사위어가는 걸 두려워하듯이 숨바꼭질 하자고 새로운 흥을 북돋았다. 시골의 여름밤은 으슥하고 캄캄한 구석이 무궁무진하게 많았다. 집집마다 가을에 비를 매려고 마당가에 둘러 심은 싸리나무만 해도 아이들 키가 넘었고 삼나무 밭은 서울내기의 어린 소견으로는 정글만큼이나 깊이 모를 미개지였다. 뒷간, 헛간, 외양간, 굴뚝 모퉁이, 장독대, 뒤란의 터줏자리 등 우리의 작은 몸을 숨길 데는 무궁무진했다. 물론 우리가 숨을 수 있는 한계는 미리 정해놓고 놀이를 시작했지만 누구네 집과 그 텃밭이란 한계가 서울내기의 좁은 소견으로는 황당하도록 넓게 느껴졌다.

불행히도 술래가 되어 감쪽같이 숨은 아이들을 찾아 으슥한 여름밤의 유난히 짙은 어둠이 고인 곳들을 하나하나 뒤질 때의 고독감을 무엇에 비길까. 옛날이야기 속의 귀신이 뒤쫓아오는 것 같아 제 발소리에 소스라치기도 여러 번 했었다. 그러나 아무리 짙은 어둠도 사람을 감춘 어둠은 독특한 숨결을 가지고 있다는 걸 알게 된 것도, 죽자꾸나 자신의 소심증과 싸울 수 있었던 것도 그 여름밤의 숨바꼭질 덕이 아니고 무엇이랴.

요새 아이들은 숨바꼭질을 안 하는 것 같다. 다른 재미있는 놀이가 많이 생겨난 까닭도 있겠지만 접시처럼 빤하게 까진 주거 환경 탓도 있으리라. 아이들이 숨바꼭질할 으슥한 구석 하나 안 남겨놓고 구석구석 편리하기만 해진 우리의 생활 양식이 문득 아쉽게 느껴진다.

성차별을 주제로 한 자서전

내가 태어나서 일곱 살까지 살던 시골집은 뒷간이 집 옆을 지나는 개울 건너에 있었다. '뒷간과 사돈집은 멀수록 좋다'는 원칙을 철저히 지킨 셈이었다. 물론 며느리들도 당시로서는 꽤나 먼 고장인 서울, 파주, 공주 등지에서 맞아들였었다.

할아버지께서 그 먼 뒷간에 갔다오시다가 넘어지신 게 그저 실수가 아니라 중풍이어서 별안간 집안이 발칵 뒤집혔던 게 어릴 적의 가장 큰 사건으로 남아 있다.

그보다 앞서 아버지가 급환으로 돌아가셨지만 세 살 적 일이어서 전혀 생각나지 않는다. 아버지의 급환은 전해지는 증세로 봐서 맹장염이 분명한데 벽촌이라 침 맞고 푸닥거리하다가 달구지로 읍내로 싣고 갔을 때는 이미 때가 늦어 허망하게 돌아가셨다고 한다.

맏며느리이자 서울 며느리인 어머니는 그게 철천지한이 되어 자식만은 어떻게 하든 서울에서 공부를 시켜야겠다고 시부모님의 허락도 없이 오빠를 데리고 서울로 가신 후였다. 촌살림을 주관해야 하는 종부로서 대단한 용기였지만 당시의 어른들로선 용서할 수 없이 괘씸한 방자요 부덕이었다.

그래서 어려서부터 어른들이 어머니를 헐뜯는 소리와 서울서 지지리 고생을 하다가 초라한 몰골로 돌아오길 바라는 소리를 자주 들었다. 어른들이 말하는 서울이란 눈감으면 코 베어가는 끔찍한 고장이었으므로 나는 어머니가 나까지 데려가길 바라기보다는 나만 시골에 남겨둔 걸 여간 다행스러워하지 않았다.

타관으로의 출입이 잦은 할아버지의 두루마기 자락에선 늘 딴 고장의 바람 냄새가 묻어 있어 어린 계집애의 가슴을 울렁거리게 했다.

그런 할아버지가 중풍으로 왼쪽을 못 쓰게 되시어 사랑방에만 계시게 된 후부터 집안이 우울해졌다. 나는 저녁때면 우두커니 동구 밖을 바라보며 사랑에 계신 할아버지의 흰 두루마기 자락을 청승맞게 기다리곤 했다.

정정하실 적의 할아버지는 타관에서 돌아오실 때마다 사

탕 봉지를 빠뜨린 적이 없으셨다. 아버지 밑으로 두 숙부님이 다 결혼해서 한집에 살고 있었지만 그때까지 아이가 없어 나는 집안의 귀여움을 독차지하고 있었고, 사탕 봉지는 내 차지였다. 색색마다 눈깔사탕의 감미는 엿의 찐득하고 탁한 감미와는 달리 혀가 사르르 녹아날 듯이 순수했다.

출입을 못하게 된 할아버지는 매일 큰 소리로 역정만 내시더니 사랑에다 서당을 차리셨다. 인근 동네의 머슴아들이 꽤 많이 모여들어 서당은 성황을 이루었다. 나는 바깥마당으로 난 사랑마루를 오르락내리락하면서 글 읽는 소리를 흉내내기도 하고 회초리 맞는 머슴아를 놀려주기도 했다.

하루는 할아버지께서 나를 사랑으로 불러들이시더니 천자문을 내주시었다. 나도 서당의 학생이 된 것이었다. 서당에서 유일한 계집애였을 뿐 아니라 가장 어렸다. 서당엔 학령이라는 게 따로 없었으므로 머슴아들의 나이는 차이가 많았다. 가장 가까운 소학교가 20리 길이어서 학교 가는 대신 서당에 온 코흘리개부터 장가까지 든 껑충한 신랑도 있었다.

나는 달달달 외는 것은 선수여서 그중에서 뛰어났다. 할아버지는 매우 만족해하셨고, 머슴아들은 엄한 스승의 손녀인 나에게 아부를 일삼았기 때문에 나도 한껏 교만해졌다. 그애들에게 업어달라기도 하고 함부로 잔심부름을 시키기도 했다. 나보다 몇 배 덩치가 큰 머슴아들이 나의 부당한 명령에 굽신굽신 순종하는 게 나는 그렇게 즐거울 수가 없었다.

천자문을 떼고 책걸이로 떡까지 해먹은 지 며칠 안 되어서 서울 가신 어머니가 처음으로 돌아오셨다. 서울에서 지지리 고생이나 하다가 잔뜩 주눅이 들어서 돌아오길 기대한 어머니는 고생한 티는 완연했지만 주눅은 들지 않고 너무도 당당했다. 어머니와 어른들 사이에선 가끔 큰소리까지 오갔다. 어머니는 나까지 서울로 데려다 공부를 시키겠다는 것이었고 어른들은 천부당만부당하다는 듯이 처음엔 숫제 상대도 안 하려들었다.

그러나 어머니의 고집을 꺾을 것 같지 않다는 걸 차츰 깨닫기 시작한 어른들은 "너 환장을 해도 단단히 했구나, 계집앨 서울까지 데려다 공부를 시키겠다고? 너 뭘 해서 돈을 그렇게 많이 벌었냐? 아서라 아서! 동네에 우세스러운 소문날까 겁난다" 이렇게 막말로 나오기 시작했다. 할아버지께서도 네가 공부 공부 안 해도 걔는 벌써 천자문 떼고 동몽선습 배우는 중이라고 점잖게 나무라셨다.

"그게 어디 공부시키는 겁니까? 재롱 보시는 거죠. 전 걔도 공부를 시키고 싶어요."

어머니가 이렇게 말에 답을 하자 집안이 얼마나 발칵 뒤집

혔었나를 어머니는 지금까지도 가끔 이야기하신다.

어머니는 어머니의 결심이 얼마나 확고부동하다는 걸 시위라도 하려는 듯이 어느 날 내 머리를 빗겨주는 척하다가 싹둑 잘라 단발머리를 만들어버렸다. 그때까지 내 머리는 빨간 헝겊을 넣고 가닥가닥 땋아내리는 종종머리였다. 그 시절의 단발머리는 뒷머리를 뒤통수까지 높이 잡아올리고 그 자리를 하얗게 면도질하는 것이어서 나는 뒷거울을 보고 기절초풍하고 말았다. 어머니는 서울 아이들은 다 그런 머리를 하고 깡총한 내리닫이 입고 학교 다닌다고 나를 위로했지만 그때 그 시골의 안목으로는 너무도 기상천외의 머리였다.

그때까지도 나는 어머니를 따라 서울 가고 싶기도 하고 말고 싶기도 했었는데 머리가 그 모양이 되고 보니 서울로 갈 수밖에 없다는 쪽으로 체념하게 되었다. 그 머리는 흉하기도 했지만 뒤가 허전해서 나는 집안에서 꼼짝을 못했다. 물론 서당에도 못 나왔다.

드디어 어느 날 어머니와 나는 할아버지께 하직 인사를 드리러 사랑에 들어왔다. 서당 아이들이 오기 전 이른 아침이었다.

"흥, 뒤에도 얼굴이 하나 더 있구나. 꼴 보기 싫다. 어서 가라."

할아버지는 이렇게 씹어뱉듯이 말씀하시고 쌈지에서 50전짜리 동전을 하나 꺼내 내 앞에 던지셨다. 데구르르 구르는 보오얀 은전을 엎드려 주우면서 맛본 이상한 슬픔은 지금까지도 잊히지 않는다. 그건 어쩌면 재롱부리는 시절과 하직하는 슬픔이었는지도 모르겠다.

할머니가 우리 모녀를 동구 밖까지 배웅해주시면서 하신 말씀도 "매정한 것, 우리 늙은이들 슬하에 단 하나 남은 재롱까지 빼앗아가는구나"였다. 할아버지가 나에게 천자문을 가르친 건 계집애도 배워야 한다는 새로운 생각에서가 아니라 다만 재롱을 즐기기 위해서였음을 실토하신 셈이었다.

서울역에 내려서 가장 반가웠던 건 모든 아이들이 다 나처럼 뒤통수에도 얼굴이 달린 것 같은 머리를 하고 있는 거였다. 그렇지만 내가 보기에도 나의 시골뜨기 티는 너무도 완연해서 나는 잔뜩 주눅이 들었다. 또 어머니가 세 들어 살고 있는 현저동 꼭대기의 허술한 초가집 문간방도 나에게 큰 실망을 안겨주었다.

어머니는 그 문간방에서 바느질품을 팔면서 근근이 살고 계셨다. 나는 집에 가고 싶다고 칭얼대기 시작했다. 처음엔 1전에 다섯 개씩 하는 알사탕으로 달래주시던 어머니가 나중엔 아주 간곡하게 타이르셨다.

"넌 서울에서 학교 다니고 공부 많이 해서 신여성이 돼야 한다. 그게 엄마의 소원이란다."

신여성이란 말을 할 때 어머니의 태도는 엄숙하고도 진지했으므로 나는 덩달아 엄청난 사명감 같은 걸 느꼈다. 나도 그걸 내가 도무지 감당할 수 있을 것 같지가 않았지만 어머니의 태도가 간곡해서 차마 못하겠다고도 못했다.

"신여성이 뭔데?"

"신여성은 머리를 쪽찌지 않고 히사시까미하고, 치마는 짧은 통치마로 입고, 버선 대신 살색 비단 양말 신고, 고무신 대신 뾰족구두 신고, 한도바꾸 들고 다닌단다."

"학교 안 가면 그렇게 못하나?"

"신여성이란 또 공부를 많이 해서 이 세상 이치에 대해 남자들처럼 모르는 게 없고, 마음먹은 건 뭐든지 마음대로 할 수 있는 여자란다."

나는 물론 그게 무슨 뜻인지 알아듣지 못했다. 그러나 어머니가 그걸 얼마나 간절히 바라고 있다는 것만은 알 수가 있어서 차마 싫다고는 못했다.

그때 어머니는 온종일 남의 삯바느질을 하셨기 때문에 나는 그 곁에서 헝겊을 가지고 쏙닥거리기도 하고 홈질 감침질의 흉내를 내기도 했다. 처음엔 반듯하고 일정하게 홈질, 박음질을 해서 꼴을 만드는 법을 가르쳐주시던 어머니가 내가 그걸 점점 잘하게 되자 공부를 잘해서 신여성 될 생각은 안 하고 바느질은 왜 배우려드느냐고 별안간 벌컥 화를 내시면서 내 소일거리를 몽땅 빼앗아가셨다.

신여성, 신여성 그저 말끝마다 신여성이었다. 그러나 그때 겨우 여덟 살밖에 안 된 내가 그 신여성 속에 농축된 한 많은 구식 여자의 꿈을 이해할 수 있을 리 만무하다.

그후 어머니는 나에게 한글을 가르치셨다. 지금이니까 한글이지 그때 어머니는 그걸 언문이라고 하셨고 그 글이 얼마나 배우기 쉬울뿐더러 대수롭지 않다는 걸 이렇게 말씀하셨다.

"언문은 세종대왕이라는 아주 어지신 임금님이 뒷간에서 뒤보시다가 문설주를 보고 생각해내신 글씨란다. 새로 만드는 데도 똥 누는 시간밖에 안 걸린 쉬운 글이니까 누구든지 하룻밤에 깨친단다."

임금님이 뒤보시는 동안에 만든 글이란 어머니의 말씀이 한글에 대한 얼마나 얼토당토않은 큰 오해였다는 걸 안 건 그후 오랜 세월이 흘러 해방을 맞고 나서였다.

국민학교에 들어갈 준비로 한글 말고도 일본 가나도 배웠다. 어머니는 가나를 어디서 익혔는지 그걸 가르쳐주실 때는 한결 더 으스대시는 것 같았다. 그러나 나는 가나를 읽고 쓰는 건 단박 배웠지만 한글을 익히는 데는 상당히 오랜 시간이 걸렸다.

한글을 깨치고 나자 어머니는 나에게 시골에 계신 조부모님께 편지를 쓰게 했다. 편지는 처음부터 끝까지 어머니가 불러주셨다.

그때 나는 할아버지 할머니께 하고 싶은 말이 참 많았다. 시골집의 뒤란이 절절하게 그리웠고, 할아버지의 손발처럼 했던 잔심부름은 누가 하고 있나도 궁금했다.

그러나 어머니의 편지투는 그런 나의 감정을 개입시킬 틈이 도무지 없는 견고한 것이었다. 어머니가 불러주시는 말뜻을 못 알아들어서 되물어도 편지는 그렇게 쓰는 법이라는 해답밖에 들을 수가 없었다. 또 당시의 우리 형편으론 집에 동화책 한 권 있을 리가 없었으므로 내가 깨친 최초의 글로써 내가 할 수 있는 건 어렵기만 한 거짓말을 꾸며댄 편지 쓰기가 고작이었다.

그건 적지 아니 불행한 일이었다. 물론 그 시기가 한글이 박해받던 일제시대란 탓도 있었겠지만 나는 그후 한글을 읽고 쓰는 데 대한 흥미를 잃었을 뿐만 아니라 국민학교에 들어가 한글을 아는 애가 거의 없다는 걸 알고부터는 내가 한글을 알고 있다는 걸 촌티처럼 창피하게 여기게까지 되었다.

그릇된 이해의 시작은 글에 대해서 뿐이 아니었다. 성性에 대한 이해도 잘못 시작된 게 그 무렵이었다. 나는 그전에도 내가 계집애라는 걸 알고 있었고, 나하고 신체의 일부가 다르게 생긴 아이가 사내아이라는 것도 알고 있었다. 또 계집애는 자라서 엄마가 되며 주로 집안일을 하고, 사내아이는 자라서 아버지가 되며 주로 힘든 바깥일을 한다는 남자 여자의 구실의 차이도 알고 있었다.

그러나 시골의 조부님도 서울의 어머니도 여자는 남자에게 어떻게 해야 된다는 여자다움이라는 것에 대해 가르쳐주신 일은 없었다. 할아버지가 나에게 한문을 가르치신 게 사내아이들에게처럼 학문으로서가 아니라 재롱으로서였다는 어머니의 지적은 제법 날카로운 것이었지만 어디까지나 어른들끼리의 반목에서 오고간 말이었을 뿐 내 알 바가 아니었다.

내가 여자다움이란 것에 대해 배울 기회는 돌연히 그리고 우연히 왔고 그건 내 생애에서 가장 충격적인 사건으로 지금까지도 내 기억 속에 극명하게 낙인찍혀 있다.

어느 날, 나는 대문밖 땅바닥에서 혼자 석필 장난을 하고 있었다. 그 무렵 나는 어머니를 졸라 어렵게 동전 한 닢을 얻어가지면 곧장 구멍가게로 가서 석필을 사곤 했다.

석필은 연필처럼 깎을 필요도 없고 부러지지도 않아 연필보다 편하고 신기했으며 종이가 따로 필요 없어 경제적이기도 했다. 나는 온종일 석필로 '히사시까미'하고 핸드백 들고 뾰족구두 신은 여자를 그리고 또 그렸다. 그것은 당시의 신여성상이었고 내가 이왕 서울에 온 이상 어떻게 하든 도달해야 할 최고의 이상이었다.

그때 어디서 허약하고 더럽고 못생긴 사내아이가 나타나 비실비실 웃으면서 내 그림을 보는 것까지는 참아주었는데, 그 녀석이 무슨 생각에선지 바지를 까내리고 내 그림 위에 오줌을 깔기는 것이 아닌가.

나는 화가 났지만 그 녀석이 겁나진 않았다. 그 녀석은 동네에서 가장 만만한 비실이였다. 늘 같은 또래들한테 얻어맞고 놀림받고 징징 울기 잘하는 울보였다. 내가 먼저 그 녀석한테 욕을 했다. 그 녀석은 성기를 들먹이는 쌍소리로 대꾸했다. 나는 참을 수가 없어서 온몸으로 그 사내아이한테로 덤벼들어 때리고 할퀴었다. 그 녀석의 뺨에 두 줄기의 손톱자국이 났다. 그 녀석의 힘은 보잘것없고 또 겁쟁이여서 변변히 맞서보지도 않고 울기부터 하면서 엄마를 부르면서 집으로 들어갔다.

나는 녀석의 엄마도 겁날 게 없었다. 자초지종을 얘기하기 위해 되레 가슴을 펴고 녀석의 엄마를 기다렸다. 녀석의 엄마도 처음엔 또 얻어맞고 들어왔느냐는 식으로 마지못해 끌려 나오다가 자기 아들을 때린 게 계집애인 걸 알자 당장 험악한 얼굴이 되어 펄쩍 뛰기 시작했다.

"이 지지리 못난 새끼야, 얻어맞다 얻어맞다 이젠 계집애한테까지 얻어맞고 꼴 조오타. 계집애한테 얻어맞으려면 진작 죽어라, 죽어."

이런 악담을 폭포수처럼 퍼붓고도 분에 못 이겨 나한테로 덤벼들더니 내 양손을 붙들어다가 뒤로 꼼짝 못하게 결박을 짓고 아들한테 어서 나를 때리라고 명령했다.

"자아, 실컷 때려라. 실컷 때려. 사내 녀석이 오죽 못났어야 계집애한테 얻어맞고 우냐, 울긴."

그 녀석이 나를 때릴 때마다 그 엄마는 이렇게 장단을 맞췄다. 나는 있는 힘을 다해 그 아이가 잘못했다고 울부짖었지만 소용없는 일이었다. 그동안에 누가 일렀는지 우리 어머니가 나오셔서 나는 그 무서운 엄마의 결박으로부터 놓여날 수 있었지만 어머니의 태도는 더욱 나를 당혹스럽게 했다.

어머니만은 잘잘못을 가려주실 줄 알았는데 그게 아니었다. 그 엄마한테 공손하게 사과 먼저 하시고 나를 호되게 나무라시는 것이었다. 어머니 역시 내가 왜 그 아이를 때렸나보다는 계집애가 감히 사내아이한테 대들었다는 걸 더 중요하게 여기셨다.

나는 경우 바른 어머니만은 우리가 왜 싸웠나와 잘잘못에 대해 바르게 알고 싶어하실 줄 알았다. 그러나 내 설명은 집에서도 받아들여지지 않았다. 다만 계집애가 그렇게 사나워서 무엇에 쓰냐는 걱정만 하셨다.

여자라는 게 모든 잘잘못 이전의 더 큰 잘못이 된다는 걸 나는 이해할 수도 참을 수도 없었다. 저지른 잘못이 아닌 태어난 잘못에 나는 도저히 승복할 수가 없었다.

그때 나는 그 사건의 잘잘못을 설명하기를 단념하자 너무 분해서 온몸으로 난동을 부리다가 종당엔 경기까지 하고 말았다. 그러나 경기 끝에 기진한 나의 머리맡에서 어머니의 한숨 섞인 걱정도 역시 계집애 성질이 저렇게 고약해서 장차 팔자가 드셀까봐 걱정이라고, 역시 계집애 한탄이었다.

어머니가 딸에게 건 최고의 기대인 신여성은 당시로선 가장 팔자 사나운 여자들이었다. 그러면서도 딸이 팔자 사나울까봐 두려워했던 어머니의 모순은 지금 생각해도 우습고 슬프다.

우습지만 않고 슬프기까지 한 것은 그후 반백 년이 흐르고 세상도 많이 변해 신여성이란 말뜻을 아무도 알아듣지 못하고, 해방된 여성이란 말조차 진부하게 들릴 만큼 여성의 지위가 향상된 오늘날, 내가 내 딸에게 우리 어머니가 나에게 한 것과 조금도 다르지 않은 모순을 범하고 있기 때문이다.

나는 내 딸을 공부시키면서, 여자라고 건성으로 간판이나 따려고 공부하지 말고 공부란 걸 전문화해서 평생토록 일을 가질 것을 귀 아프게 강조해왔다. 여자도 일을 통해 경제적으로 독립하지 않고는 남녀평등이란 한낱 구호나 환상에 지나지 않는다는 소신 때문이었다.

딸 중엔 남자도 하기 힘든 전문직을 가진 애도 생겨났다. 그러나 그 딸이 평생 그 일을 하기 위해선 얼마나 어려운 고비를 수도 없이 넘겨야 할지 생각만 해도 안쓰럽다. 여자가 결혼하고도 일을 갖기가 얼마나 어려운 일인지 큰딸 때의 경험으로 뼈저리게 깨달았기 때문이다.

큰딸도 좋은 직업을 갖고 있으면서 결혼했다. 그 직장에선 결혼한 여자는 사직해야 된다는 야만적인 규칙 같은 건 없었지만 임신하고 출산이 임박하자 사직을 안 할 수가 없었다. 아이를 누가 기르느냐가 문제였다. 시댁은 시골이고 아무리 생각해도 나 아니면 길러줄 사람이 없었다.

딸의 일을 위해서 내 일을 희생하느냐 마느냐로 나는 심각하게 고민했다. 가정을 가진 여자가 일을 갖기 위해서 딴 여자를 하나 희생시켜야 한다는 걸 뒤늦게 깨달은 느낌은 매우 맥빠지고 낭패스러운 것이었다. 결국 나는 나의 일이 희생당하지 않기 위해 여자는 뭐니 뭐니 해도 가정을 잘 지키고 아이 잘 기르는 게 가장 행복한 삶이라는 쪽으로 그 문제를 해결했다.

나와 나의 어머니의 딸에 대한 모순된 생각은 매우 비슷하다. 그렇지만 나의 어머니와 내가 딸을 기르는 가르침에 있어서 똑같은 헛수고를 했다고 생각하진 않는다.

자신의 삶을 통해 체험한 여자이기에 감수해야 했던 온갖 억울한 차별 대우를 딸에게만은 물려주지 않으려는 어머니들의 진지한 노력과 간절한 소망에 의해 여성들의 지위가 더디지만 조금씩이라도 나아가고 있는 게 아닐까.

2부

서 있는 여자의 갈등

서 있는 여자의 갈등

올해 초에 책을 한 권 냈다. 『서 있는 여자』라는 장편소설인데 본디 '떠도는 결혼'이란 제목으로 어느 여성 잡지에 연재했던 것을 제목만 바꾼 것이다. 내용을 조금도 고치지 않고 제목만 바꾸는 것은 어쩐지 속임수의 냄새가 풍겨서 남이 그렇게 하는 것도 탐탁지 않게 여겼는데 내가 그 짓을 하려니 많이 망설여졌다.

그러나 장편을 연재하다보면 처음에 했던 구성과는 다르게 제멋대로 빗나가 작가가 도저히 처음 마음먹었던 줄거리대로 고삐를 당길 수가 없을 때가 있다. 그 소설 연재를 시작할 때의 내 생각은 영화 〈무도회의 수첩〉의 구성과 비슷한 수법으로 권태기에 접어든 한 가정부인이 겉보기에 행복하게 사는 친구들의 집을 차례차례 순례하면서 남들은 어떻게 사는지를 구경하는 얘기로 꾸밀 작정이었다. 얼굴이 저마다 다른 것처럼 혼인의 모습도 천태만상이되 공통의 특질이 있을 듯했다. 여태까지 여자들이 최고의 미덕으로 삼고 감수하던 일방적인 굴종과 인내와 희생에 대해 회의를 품을 때에 혼인의 모습은 커다란 변화가 생기지 않을까? 나는 이 소설에서 혼인한 여자들이 종래의 부덕을 혼인을 확고부동하게 받쳐주던 뿌리로 보고, 그 뿌리가 약해지면서 떠돌게 되는 혼인의 모습을 보여주려고 했다. 그래서 '떠도는 결혼'이란 제목으로 연재를 시작했는데 쓰다보니 제멋대로 빗나가 어느 모녀의 서로 다른 혼인의 모습을 대조적으로 부각시키는 데에 열중하고 말았다.

그렇다고 처음에 마음먹은 의도에서 빗나갔다고는 생각하지 않는다. 같은 시대를 사는 사람들의 혼인 모습을 여러 가지 보여주는 것보다 신식과 구식인 두 세대의 혼인생활 모습을 견주어 보여줌으로써 오늘의 혼인의 문제가 무엇인지를 한층 더 뚜렷하게 드러낼 수도 있다고 생각했다. 이렇게 줄거리가 달라지다보니 주인공도 모녀가 되고 말아서 자기 나름의 삶을 추구하는 딸의 이미지를 살려 『서 있는 여자』로 제목을 바꾸게 된 것이다.

여기서 왜 길게 책 제목 얘기를 늘어놓았느냐 하면 같은 이야기가 이름을 바꿈으로써 뜻하지 않게 전혀 새로운 독자층과 만나 얘기를 하고 싶기 때문이다. '떠도는 결혼'일 때는 재미있는 가정소설쯤으로 읽히던 것이 『서 있는 여자』가 되자 남녀평등에 대한 강렬한 욕구를 가진 여자들이 찾는 소설이 되고 말았던 것이다. 같은 욕구나 갈등을 가진 여자끼리 모인 작은 집안에서 그 책을 읽고 토론하는 자리에 참석을 요청받는 일도 자주 생겼다. 그 자리에 다 참석하지는 못했지만 여자문제를 정면으로 다룬 읽을거리를 찾는 여자가 얼마나 많은지를 확인한 셈이었다. 그것은 또한 평등하게 살아가기를 절실히 갈망하면서도 실제로는 그게 안 되어 고민하는 여자가 얼마나 많은지를 말해주는 것이기도 했다. 그런데 그런 강렬하고 진지한 욕구를 충족시키기에는 멀리 못 미치는 졸작이어서 적이 당혹스럽기도 했다.

그러나 정말 당혹스러웠던 것은 그다음이었다. 연재하는 동안에 독자로부터 가장 많은 항의를 받은 것이 시집간 주인공이 남편에게 가사를 떠맡겨 밥도 시키고 설거지도 시키는 대목이었다. 그건 혼인하기 전에 두 사람이 약속을 했기 때문이었다. 아내가 직장을 갖고 돈을 버는 동안에 남편은 공부를 하면서 가사를 도맡아하기로 약속했음에도 불구하고 남편은 어떻게 하든지 그걸 피하려 하고 아내는 약속을 고집하는 장면이 자주 나오는데 독자들이 그걸 그렇게 못마땅해했다. 보수적인 독자들이니까 그러려니 했는데 『서 있는 여자』로 이름을 바꾸고 새로 만난 독자도 마찬가지였다. 그 책을 읽고 토론하는 부인들의 모임에 참석한 일이 있었는데, 다 좋으나 그 대목만은 좀 너무했다는 평이 맨 먼저 나왔고 그것을 모두 입을 모아 동의하는 것이었다. 끝내는 남편이 설거지하는 장면을 성토하느라고 그 소설이 정작 말하고자 하는 바를 짚고 넘어갈 겨를도 없이 그 모임은 끝나고 말았다. 뒷맛이 씁쓸했다. 그 글에서 아내가 남편이 그렇게 싫어하는 일을 왜 한사코 시키려 하는가라는 배경 설명이 충분히 있었고, 남자에 대한 그 여자의 뿌리깊은 피해의식 따위의 무수한 복선을 깔았음에도 불구하고 그랬다.

오로지 '남자가 설거지를 한다'는 대목 하나만 떼어내서 그렇게 못마땅해하는 까닭은 뭘까? 남자의 설거지가 무슨 대역죄라도 된단 말일까? 내가 만난 독자가 특별히 보수적이었다고 해도 그런 반응은 도무지 이해가 안 됐다. 왜냐하면 아내가 한 것 중에는 남편한테 설거지를 시킨 것보다 훨씬 더 보수적인 독자의 비위를 건드릴 만한 부도덕한 짓이 많았다. 이를테면 시집 식구들을 처음부터 깔보는 것이라거나 첫 임신을 남편한테 의논 한마디 안 하고 중절해버린다거나 하는 대목도 얼마든지 있는데 하필이면 설거지만을 붙들고 늘어졌다. 지엽적인 데에 집착하느라고 큰 줄거리를 놓친다면 그건 독서법에도 문제가 있는 듯했다. 그러나 난해한 소설이 아닌데 비추어 독자의 학력이 너무 고급이었으니 잘못 읽었다고 하기도 좀 뭣했다. 결국 그 장면—남편이 설거지하는—만 나중까지 남을 만큼 불쾌한 인상을 남겼단 얘기밖에 안 된다.

여기서 나는 부부가 가사노동을 나누어 하는 것을 꺼리는 쪽은 당연히 남편일 것이라는 옛날에 갖고 있던 생각을 바꾸지 않으면 안 되었다. 또 아내들의 집밖의 역할이 늘어남에 따라 가사노동의 분담도 순조롭게 이루어질 수 있으리라는 생각이 지나치게 낙관적이었다는 것도 깨닫게 되었다. 어떻게 보면 아내가 자기 몫의 일인 가사노동에 애착을 갖고 그것을 남에게 빼앗기지 않으려는 것은 바람직한 일이라고 볼 수도 있겠다. 그러나 집안일에 애착도 없고, 가끔 지겨워하면서 밖으로만 그 일을 여자만의 성역처럼 꾸미는 것은 어쩌면 욕구불만의 표현일 수도 있다. 더구나 밖에서 남편과 동등한 일을 하고 있으면서도 가사노동을 혼자만 하려고 한다거나, 앞으로 일을 갖기를 희망하면서도 가사노동도 함께해야 한다는 사명감 때문에 두려워한다면 가사노동을 여자만의 성역으로 보는 것은 하루빨리 깨뜨려야 할 미신이 아닐까?

가사노동을 완벽하게 잘하지 못하면 딴 일을 제아무리 잘해도 아내로서 떳떳하지 못하다는 고정관념 때문에 일을 가진 아내들은 더욱더 고달플 뿐 아니라 때로는 위선까지 떨게 된다. 살림을 대강대강 하다가도 남 보는 데서는 살림꾼처럼 설치기도 하고 죽지 못해 하는 것처럼 찡그리고 하다가도 기쁨과 보람에 넘쳐 하는 것처럼 꾸미기도 한다.

여자의 일이 전문적이거나 평범한 사무직이거나 단순노동이거나 천직인 가사노동을 소홀히 하는 것을 꼴사납게 여기는 풍조는 우리 사회의 보수성 때문일까? 좀 역설적인 이야기가 될지 모르지만 보수성을 과감히 깨뜨리고 남자와 나란히 전문직에서 자기 위치를 확보하고 성공을 거두어 이른바 여류 명사의 대열에 낀 앞선 여자들의 잘못도 있다고 생각한다. 여류 명사일수록 생활이 공개되는 수가 많다. 아무리 오므리고 내보이지 않으려고 해도 산업사회가 한번 상품이 된다고 점찍은 것이면 당해낼 도리가 없다. 그래서 잡지에 사진이 나기도 하고 인터뷰 기사라는 것이 실리기도 한다. 생활이 상품화될 때에도 딴 상품과 마찬가지로 포장과 미화의 과정을 거친다.

여류 명사를 미화시키는 방법으로 가장 버릇이 되다시피

한 것이 이른바 1인 몇 역이라는 것이 아닐까? 아무개 여사, 또는 아무개 박사는 그런 지위에서 그런 많은 일을 하면서도 절대로 집안일과 아내, 어머니, 며느리 역할을 소홀히 하지 않고 완벽하게 해낼 듯한 인상을 일반 대중에게 심어주려고 한다. 우리 사회의 욕구가 여자가 한 가락 하고 싶으면 그 정도는 되어야지 선불리 덤비는 것은 못 봐주겠다는 것이니 만큼 거기 맞춰 한 가락 하는 여자를 미화시키려든다.

나도 이른바 한 가락 하는 여자 축에 들어서 그런 취재를 당하는 일이 더러 있다. 영락없이 낮엔 악착같이 살림을 하고 밤에 글 쓰는 여자로 나온다. 새벽에 글 쓰는 것은 내 버릇이고 단순노동이랄 수 있는 가사는 될 수 있는 대로 남에게 맡기고 나는 조금밖에 안 한다고 해도 겸손의 말로밖에는 받아들여지지 못하는 듯하다. 그렇지만 다시 곰곰이 생각해보면 나 또한 현모양처의 딱지만은 끝까지 붙이고 있고 싶어서 그 쪽의 위선은 떨지 않았을까? 이제부터라도 그 가면을 벗기 위해서 좀더 적극적이어야 할 듯하다.

가사노동과 전문직을 함께 해내는 일은 결코 쉬운 일이 아니다. 가사노동이 옛날에 견주어 많이 가벼워진 것은 사실이나 단순노동이 줄었을 뿐이지 자녀교육, 가정경제, 재정 관리, 친족과 이웃의 친교 같은 일들은 오히려 늘어난 부분이 더 많다. 이 남자 중심 사회에서 여자가 이른바 한 가락 하려면 남다른 노력과 극심한 경쟁을 뚫지 않으면 안 된다. 그러고도 가사노동까지 완벽하게 했다면 새빨간 거짓말이 아니면, 스스로가 초인이란 말이 된다. 먼저 사회에 진출을 해서 성공을 거둔 여자가 가사노동만 가지고 보람을 못 느끼고 사회적인 일이나 자기 발전적인 일을 갖기를 갈망하는 여자들에게 희망이요 목표가 되는 것도 사실이지만 초인이란 또 얼마나 큰 절망이요 장애일까?

때로는 여자들이 감히 자신의 일을 가질 엄두를 못 내어 일 가진 여자를 일부러 우상화시키는 것이나 아닐까 싶을 때도 있다. 지금 내로라하는 여류 명사뿐 아니라 역사 속의 여자까지도 그렇게 꾸며지고 있는 것을 보게 되니 말이다. 가장 유명한 신사임당만 해도 그녀가 그 시대로선 파격적으로 시집살이를 덜 했던 것은 감춰지고 자신의 예술을 그 높은 경지까지 끌어올리면서도 그 시대의 부덕에도 한 치의 어긋남이 없었던 것으로만 알려져 있다.

남보다 앞서 사회에 진출한 여자들은 길을 닦는다는 뜻으로도 자신과 남이 공모해서 만든 허구에서 벗어나 정직해져야 한다. 똑같이 바깥일에 시달리다 돌아온 부부가, 아내가 밥을 안치는 동안 남편은 찌개거리를 장만하고, 밥을 먹은 뒤에 아내가 식탁을 훔치고 아이들 숙제를 돌봐주는 동안 남편이 설거지를 하는 게 뭐가 나쁘단 말일까? 초인적인 아내가 초인적으로 일하는 동안 커피 타오너라, 재떨이 가져오너라 하면서 텔레비전이나 보는 남편은 생각만 해도 비인간적이다. 초인과 비인간인 부부보다는 백지장도 맞들려는 부부가 얼마나 더 아름다울까?

가사노동이 싫고 고된 게 아니라 재미있고 할 만한 일이라도 혼자만 해서는 안 된다. 여자가 남자의 일을 나누어 함으로써 새로운 삶의 보람을 느끼듯이 남자도 여자의 일을 나누어 함으로써 사람 사는 재미를 새롭게 느껴야 한다. 더구나 싫고 고된 일이라면 더욱더 나누어야 한다. 기쁨과 슬픔, 좋은 일과 어려운 일을 함께 나누라는 게 바로 부부의 약속이 아니었을까?

먼저 사회에 일을 가진 여자가 자신의 일과 가사노동을 다 잘하는 것처럼 보이려는 것은 장차 일을 가지려는 여자에게 뿐만이 아니라 가사에만 전념하려는 여자에게도 이득보다는 해가 더 된다. 다 잘하는 것처럼 보이려면 초인으로 행세하거나 아니면, 가사노동은 아주 쉬운 일, 틈틈이 덤으로 할 수 있는 일로 취급해야 하기 때문이다. 남은 덤으로 하는 일을 자기는 본업으로 전념하고 있다고 생각하는 것은 적잖이 스트레스가 쌓일 일이다. 이런 열등감에서 벗어나려고 본업을 그야말로 덤처럼 소홀히 하고 취미활동이란 이름이 붙은 것을 골고루 순례하는 여자들을 많이 보게 된다.

가사노동의 덤 의식은 뜻밖에 뿌리가 깊고 제도화되어 있다. 여자가 법적인 문제에 부딪혔을 때 가사노동이 직업으로 인정을 받는 일은 전혀 없다. 부부가 애면글면 장만한 집에 대해서도 만일에 불행한 사태로 이혼을 하게 됐을 때에 아내에겐 아무런 권한이 없다. 가사노동이 경제적으로 남편과 동등한 공헌을 했다는 것을 전혀 인정해주지 않는다. 기껏 생각해서 몇 푼의 위자료를 던져주지 않으면 법에 호소해야 하지만 법에서 인정해주는 가사노동의 공헌도 또한 남편이 번 데다가 덤을 조금 보탠 것으로 칠뿐이다. 가정부인이 교통사고라도 당해보아라. 그 집안에선 부인이 평소에 얼마나 많은 일을 했는지 금방 드러날 것이다. 평범한 부인이 한 일이라도 유능한 남편이 월급을 몽땅 털어넣어도 아마 대신 살 순 없으리라. 또 직장을 쉬고 몸소 대신 하려고 해도 아내만큼 잘할 수 있는 노릇도 아닐 것이다. 가정부인의 일이란 이렇게 부인이 그 자리에 있을 때는 모르다가 없을 때에 그 진가가 드러나기 마련이다. 그렇지만 이렇게 집안에서 새삼스럽게 부인의 진가를 인정했더라도 막상 보상문제에 부딪치면 그 부인의 값은 완전히 무직과 무능력자의 값밖에 안 된다. 남편의 값의 덤에 해당하는 값밖에 못 받도록 되어 있는 게 현실이다. 값도 아니다. 하긴 덤이란 바로 거저 주는 것이니까.

이렇게 가사노동이 경제적인 가치를 전혀 인정받지 못하게 사회적으로 짜여 있으니 부인들이 어떻게 가사노동에 직업의식을 가질 수가 있을까? 남은 덤으로도 하는 일을 그리고 실제로 덤의 가치밖에 인정받지 못하는 일에 전념하면서 어떻게 만족감을 느낄 수가 있단 말일까? 꼭 필요한 일, 가족의 행복과 직결된 일에 심신을 고달프게 쓰고 난 부인은 행복과 보람을 느낄 권리가 있다. 가사노동 밖의 직업을 가진 여자가 가사노동을 남편이나 그 밖의 사람과 나눌 권리가 있는 것처럼 말이다.

부인들도 이제 힘을 모아 그들의 정당한 권리를 요구할 줄도 알아야겠지만, 먼저 그것을 요구할 자격으로 자신의 가사일의 질을 높이고 떳떳한 직업의식을 가져야겠다. 그러기 위해서 성숙해야 할 여러 사회적인 여건 중에는 가사 말고 집밖에 다른 일을 가진 여자가 가사노동을 덤으로도 할 수 있다는 인상을 줌으로써 가사일에 전념하는 여자들의 사기를 떨어뜨리지 말 것도 마땅히 들어 있어야 할 줄 안다.

그렇다면 밖에 일을 가진 여자들은 육아문제는 어떻게 해결하고 있을까? 육아는 딴 가사노동처럼 초인의 힘만 가지고도 안 되려니와 덤처럼 대강대강 넘어갈 수 있는 일은 더군다나 아니다. 언젠가 어떤 여기자가 그냥 놀러왔다고 들른 적이 있었다. 그 여기자는 자기는 아직 병아리인데 병아리 시절에 공부 삼아 평소에 어떻게 사는지가 궁금했던 인사의 집을 두루 방문하고 있다며 좀 맹랑하게 자기소개를 했다. 그 여기자한테 들은 얘기에서 지금까지 잊히지 않는 얘기가 하나 있다. 그가 돌아본 사람 중에는 여교수가 꽤 많았는데 여교수들의 공통점이 무엇인가 하니 친정어머니가 살림을 해주고 있더라는 것이었다. 아마 시어머니도 있었겠지만 그 여기자는 이렇게 말했었다.

그때 나는 그 소리를 듣고 괜히 뜨끔했었다. 나 또한 친정어머니 처지이고 시집간 내 딸 중에는 아이를 가져서 부득이 직업을 포기한 딸도 있고, 아이와 직업을 함께 가지고 고전하는 딸도 있기 때문이었다. 내가 도와주기만 하면 일을 계속할 수도 있는 딸을 나는 모르는 체했다. 나는 딸의 일보다 내 일이 더 소중했기 때문이다. 그러나 만일에 내가 내 일을 따로 갖지 않은 보통 가정부인이었다면 나 또한 딸이 일을 계속할 수 있도록 도와주었을 듯하다. 내 딸이 엄마를 잘못 만나 하고 싶은 일을 중단했다고 생각하는 것은 그다지 유쾌한 일이 아니었다. 그런데 그런 얘기마저 듣고 보니 가책이 되는 것을 어쩔 수가 없었다.

그 여기자의 말은 어디까지나 그의 개인적인 인상일 뿐이지 정확한 통계는 아니었음은 두말할 것도 없다. 그러나 내가 아는 사람들만 보아도 혼인하고 아이를 가진 뒤에도 마음놓고 일을 계속하는 여자들은 대개가 다 친정어머니나 시어머니가 살림을 해주고 있었기 때문에 그 여기자의 말이 믿을 만하게 들렸다. 보통 일도 아니고 딸의 일이 교수직쯤 되면 그 어머니는 희생을 한다기보다는 자기가 못 이룬 꿈을 딸이 대신 이룬다는 충분한 만족감을 맛볼 수도 있을 것이다.

그러나 전문직에 종사하는 여자들이 육아문제를 언제까지 그 어머니 세대의 대리 만족에 맡길 수 있을 것인지는 한번 깊이 생각해보아야 할 문제가 아닐까 싶다. 어쩌면 그런 대리 만족은 오늘날의 여교수의 어머니 세대로 끝날지도 모른다. 그것은 요즈음의 여교수에게 그의 딸을 위해 그의 어머니가 한 것과 같은 희생을 할 수 있나를 물어보면 더욱더 자명해질 것이다. 나처럼 자신의 일을 위해서뿐 아니라 자신의 취미나 좀더 오붓한 생활을 위해서 육아 의무는 자기 자식 대에서 끝내려는 신식 노인이 급속히 늘어나고 있다고 보는 것은 오직 나의 자기변명을 위한 편견만은 아닐 것이다.

딸이 육아를 위해 직업을 포기하지 않을 수 없음을 도와주지는 못했지만 속으로는 많이 안타까워했었다. 여자들의 취업률이 늘어난 데에 견주어 일과 육아를 함께할 수 있도록 도와주는 탁아소 같은 사회 시설이 거의 없다는 게 이상하고도 속이 상했었다.

그때 내가 꿈꾼 탁아소는 이런 것이었다. 여교수가 많은 여자대학에 탁아소가 없다는 것은 이해할 수 없는 일이었으므로 그 탁아소는 여자대학 캠퍼스 안에 가장 먼저 두기로 했다.

아이를 낳은 지 반 해에서 한 해 동안 느긋하고 당당하게 유급휴가를 즐긴 엄마 교수가 아이를 안거나 차에 태우고 출근을 한다. 연구실이 있는 건물 안에 마련한 탁아소의 보모는 적어도 그 대학 유아교육과를 우수한 성적으로 졸업한 전문가들이다. 그러니 제자의 취직난까지 해결한 셈이다. 방음이 잘 되고 시설이 완벽한 학교 안 탁아소에 아기를 맡기고 엄마는 연구실로 간다. 강의를 하는 틈틈이 가볼 수 있지만 너무 자주 가지 않는 게 좋다. 왜냐하면 탁아소에 맡긴 아기가 한둘이 아니기 때문에 엄마는 하루에 한 번만 가봐도 아기들은 온종일 방문객한테 재롱떠느라 저희끼리 사귈 새가 없을지도 모르기 때문이다. 그래도 점심은 꼭 아기와 함께 든다. 엄마 교수들이 탁아소에 모여 서로 아기 자랑도 하고 칭찬도 한다. 아기는 그런 기회에 마음껏 재롱도 떨고, 또 대가족 속에서 자라는 아이처럼 낯 안 가리고 양보하고 협동하는 것을 배운다. 점심때를 아기와 함께 느긋하게 보낼 엄마 교수는 집에 두고 온 아기의 안부를 하루에도 몇 번씩 전화로만 확인할 때보다 훨씬 다음 강의가 잘 된다.

이런 탁아소의 시설 투자나 유지비나 인건비는 학교에서 보조를 받되 수익자 부담을 원칙으로 한다. 우리 사회의 평균적인 봉급 수준을 훨씬 웃도는 고소득의 직업이니만큼 아기들을 위해서 넘치지도 모자라지도 않는 이상적인 시설을 갖출 탁아소의 본보기를 보여주어야 한다. 탁아소라면 오죽 어려운 환경에서 자라는 아기들이나 가느냐는 따위의, 심지어는 공산국가에나 있는 비인간적인 수용 기관으로 아는 어둡고 궁상스러운 생각은 씻어버려야 한다. 무엇이든지 시작이 중요하다. 시작이 본보기가 되어야 다음에 생겨나는 것도 아기들을 위한 충분한 여건을 갖추게 된다.

그것은 아마 양로원이 가장 좋은 본보기가 될 것이다. 양로원의 시작이 올데갈데없는 무의탁 노인을 국가나 자선 단체에서 목숨만 겨우 지탱하게 해주는 허술한 여건으로 수용한 것이기 때문에 양로원이라면 으레 죽지 못해 가는 끔찍한 곳으로 알고 있다. 중산층 노인 중에서도 꽤 많은 사람이 자식과 사는 것보다 자식의 경제적인 도움과 애정 깊은 보살핌은 받되, 비슷한 나이의 친구끼리 사는 게 더 편하고 재미있을 듯하다는 생각을 하고 있다. 곧 유료 양로원을 그리고 있는 셈이다.

그러나 노인 대부분은 양로원으로 들어가라면 펄쩍 뛰고 노여워할 것이다. 아주 시설이 엉망인 곳도 노인학교라거나 노인정이란 이름이 붙으면 노인들이 즐겨 찾고 또 거기 다니는 것을 자랑스러워 하지만 양로원에 가라는 것은 악담 중에도 고약한 악담이 된다. 그렇지만 노인문제가 노인의 의식주를 풍족하고 편안하게 보살펴드리기만 하면 되는 게 아니라, 외로움을 덜어드려야 한다는 문제까지 겹침으로써 가족 단위로 해결하기가 점점 힘들어지고 있다.

젊은이나 노인이나 겉으로 드러내기를 꺼릴 뿐이지 실은 노인들의 공동생활을 갈망하고 있는지도 모른다. 오직 그들이 꿈꾸는 의식주 걱정과 장래나 질병의 불안으로부터 자유롭고 외롭지 않은 이 세상 마지막 낙원을 차마 양로원이라고 이름 붙이기가 싫을 뿐이 아닐까? 지금 있는 양로원이 보여준 본보기가 그처럼 좋지 않았기 때문에 양로원의 필요성에 대한 욕구가 팽배해 있음에도 불구하고 그것을 겉으로 드러내기조차 꺼려하고 그 결과는 마땅히 있어야 할 양로원의 발전을 방해하고 있다.

이와 같은 길을 밟지 않기 위해서도 내가 꿈꾸는 탁아소는 가장 고급 여자 인력이 모인 환경에서 시작되어야만 했다. 그리고 그게 왜 실현되지 않을까 매우 궁금하게 생각했다. 그 궁금증의 열쇠가 딱히 친정어머니라고 단정하는 건 속단일지도 모른다. 그러나 구로공단에서 먼저 어머니 기능공을 위한 유아원이 생겨난단 소식을 듣고 보니, 고급 직업을 가진 여자일수록 여자 모두가 함께 관련된 문제도 될 수 있는 대로 겉으로 드러내지 않고 혼자서 은밀히 해결하려는 경향이 있는 듯하다. 소득이 넉넉하다는 것만으로도 문제를 혼자서 해결하기 훨씬 쉬운 처지에 있다. 그러니 저소득층일수록 끼리끼리 힘을 모으는 게 유리하다는 걸 더 빨리 발견하기 마련이다.

그러나 여자문제는 크게 보면 여자 모두에게 관련되어 있어 자기가 모면했다고 해서 정말 모면할 수 있는 것이 아니다. 또 고급 여자 인력 사이에서 시작되어야만 본보기가 되고 파급효과도 큰 만큼 문제성을 과감히 드러내어 여자 전체가 끼리끼리라는 친근감을 가질 필요가 있겠다. 그러려면 우선 이른바 고급 여자 인력이 1인 몇 역의 허구부터 깨뜨리고 나와야 하지 않을까.

위기의 남녀

보부아르 여사의 사망 소식을 듣고 그가 우리의 여성문제에 끼친 것들에 대해 이것저것 생각해보았다. 그의 작품을 하나도 안 읽은 사람도 그가 세계적인 지성이라느니, 사르트르와의 계약 결혼으로 유명한 작가라느니, 실존철학자라느니 하는 정도의 평가는 알고 있다.

그러나 그의 글을 읽고 안 읽고에 상관없이 더 나아가서는 그가 뭐하는 사람인지 전혀 모르고도 여성의 문제를 생각하는 방법에서 그에게 영향받고 있다는 건 별로 느끼지 못하고 있는 듯하다. 하긴 가장 광범위하고 심각한 영향이란 그런 게 아닌가. 심지어는 여성운동이라면 으레 팔자가 특별히 센 여자 아니면 팔자가 너무 좋은 여자들의 걸러지지 않은 거친 목소리려니 하고 두드러기를 일으킬 것처럼 싫어하고 기피하는 평범한 주부들이 혀를 차며 "쯧쯧, 남의 가정사에 웬 참견들일까. 제 일은 어련히 제가 알아서 헐라구" 하는 말 속에도 그의 영향은 스며 있다. 그는 여성들이 자신의 문제를 자신이 주인이 되어 자신의 눈으로 바라보기를 열심히 권했다고나 할까. 그런 소리가 지금의 시점에선 조금도 새롭지 않고 오히려 진부하게 들리는 것도 그의 영향이 그만큼 광범위하게 수용되고 성숙해 이제 우리 나름의 새로운 장을 열어야 할 단계까지 와 있기 때문인지도 모르겠다.

그의 죽음이 아니더라도 사월달엔 그를 생각할 일이 많았다. 그의 원작 『위기의 여자』를 각색해서 무대에 올린다기에 반가웠다. 그의 작품 중 『위기의 여자』만큼 많이 읽힌 작품도 없는 듯하고 또 번역물답지 않게 주부 독자가 많았었다. 그러나 그 작품이 무대에 오른 때도 과연 주부들이 많이 보러 올 것인가에 대해선 적이 회의적이었다.

나는 연극 구경을 좋아해서 자주 보는 편이지만 객석의 불이 켜져 있는 동안—막이 오르기 전과 막이 내린 뒤—이 그렇게 싫을 수가 없다. 내가 늙은 여자라는 걸 따갑게 의식해야 되기 때문이다. 연극 구경 가서 나만큼 늙은 여자는 고사하고 나이 지긋한 주부나, 정다운 부부의 모습을 보기는 하늘의 별따기만큼이나 힘들다. 그래서 늙은 얼굴을 쳐들고 앉았기가 쌀의 뉘처럼 눈치가 보이고 편치 못하다.

"저 할머니 주책이야"라는 소리가 들리는 듯하다. 벌써 몇 년 전 일이지만 다방에 들어가려다 문전에서 거절당한 일이 있다. 말쑥한 젊은 남자가 황급하게 문을 가로막으면서, "여긴 젊은이들 전용입니다. 앞집으로 가시죠" 하는 게 아닌가. 좁은 계단 위에 문을 마주보고 같은 이름의 다방이 둘이 있었다. 젊은이들 전용 쪽은 음악 소리가 귀청이 떨어지게 시끄럽고 너무 어둑시근해 그 안에서 도대체 무슨 일이 벌어지고 있기에 나이든 사람은 얼씬도 못하게 하는지 알 수 없었지만 문전에서 거부당한 느낌은 여간 고약한 게 아니었다.

집의 아이들이 '엄마가 상처받았다'고 놀릴 만큼 나는 그때 섭섭하고 당혹스러웠던 얘기를 하고 또 한 것 같다. 극장 문전에선 아직 늙었다고 안 들여보내는 일은 안 일어나고 있지만 그와 유사한 소외감을 느끼게 된다. 연극을 보는 재미는 무대와의 교감도 중요하지만 관객 상호 간의 말없는 공감도 중요하기 때문이다. 요샌 무대와의 교감도 거의 안 되는 경우도 많다. 그건 물론 전적으로 나의 잘못이겠지만 무슨 얘긴지 대사의 뜻도 파악 못하겠는 연극을 볼 때는, 나는 못 알아듣지만 젊은이들은 그래도 뭘 알겠지 싶어 무대와 객석 양쪽에서 겉도는 낭패감을 맛보게 된다.

말귀를 못 알아들으니 주제가 뭔지 짐작하는 건 더욱 어려워 저토록 난해하니 분명히 저질은 아닐 거라고 자위하며, 애써 고상한 얼굴을 꾸미고 물러나야 하는 건 암만해도 창작극보다는 번역극 쪽이 더 심했던 듯하다.

하여 『위기의 여자』도 그럴까봐 미리 근심한 건 기우였다. 주제가 인류 영원의 문제인 아내와 남편, 부모와 자식 간의 관계여서 그런지, 서로 '모리스'니 '모니크'니 하고 부르는 것만 빼면 번역극이라는 걸 느낄 수도 없을 만큼 대사가 유려하고 문제성이 친근했다. 또 적역을 맡은 노련한 연기자들은 관객과의 긴장의 관계를 조금도 늦춰주지 않는 열연을 했다.

나는 이 극을 시연회에서 보고 이런 연극엔 혹시 주부나 부부 동반의 관객이 들지도 모른다고 생각해왔다. 이건 물론 이 연극이 내가 여지껏 본 연극 중에서 최상의 것이었단 이야기하곤 다르다.

문학도 그렇지만 연극의 하는 일도 삶을 드러내 보이는 일이 아닐까. 우리 생활의 단면으로부터 마음속 깊은 곳에 숨은 악마적인 것, 신적인 것까지, 또는 우리를 얽어맨 현실적인 것으로부터 역사적인 것, 피할 수 없는 미래적인 것까지, 확실한 것으로부터 애매모호한 것까지를 드러내 보임으로써 관객으로 하여금 안일한 일상, 음흉한 현실 속에 함몰된 자신의 모습과 우리들의 문제와 맞닥뜨리게 한다. 감동이란 이렇게 해서 만난 자신의 모습이나 우리들의 문제에 충격을 받기도 하고 반가워하기도 하는 정서적 반응이다.

자신의 모습이나 우리들의 문제가 너무 구질구질해서 실망을 할 수도 있지만 때로는 그걸 뛰어넘으려는 꿈이나 용기를 가질 수도 있다. 그건 사람마다 다를 수밖에 없는 각자의 방법이지만 우선은 감동을 해야 한다. 내 집 쌀독에 쌀이 떨어졌는데 찾아온 친구가 비싼 옷 타령만 한다면 맞장구는커녕 참고 듣기도 힘들다.

주부하고 연극하고 사이가 멀었던 것은 그만큼 연극이 오늘의 주부의 문제에 무관심했기 때문이지 여자가 결혼만 했다 하면 극중의 남편의 비난처럼 지적인 일에 관심이 없어져서이기 때문은 아닐 것이다. 더구나 연극이 지적인 장난질이나 일삼고 있다면 일단은 치기를 벗어난 주부들한테 외면당하는 건 당연한 일이다.

지금은 저속의 대명사처럼 돼 있는 그 옛날의 신파극은 적어도 지적인 작업이라는 교만한 자부심은 없었다. 그래서 층층시하의 주부들도 반찬값을 아낌없이 털어 연극 구경을 갔고, 편안하게 손수건을 적시고 울 수가 있었다. 주부가 지적으로 변하는 것과 신파극이 쇠퇴하는 것과 거의 그 시기와 빠르기가 일치했다는 것은 결코 우연이 아닐 것이다.

신파극이 주부만 겨냥했다면 현대극은 '지적'만 겨냥하고 있다. 주부가 지적이 된 게 사실이라면 주부와 지적을 동시에 겨냥한 극도 나옴직하지 않은가. 더구나 현대의 주부들은 지적인 동시에 풍부한 시간적 여유까지 향유하고 있음에야.

『위기의 여자』를 보고 주부 관객을 예상해본 건 그런 까닭에서였다. 그리고 마침 그 극장(산울림)에서 관객들과 대화를 하는 날이 있다기에 또 구경을 갔다. 처음 간 것은 연극 구경을 간 거고 나중 간 것은 관객 구경을 간 셈이었다. 내 예상이 너무 잘 적중해서 오히려 어리둥절할 만큼 만원을 이룬 관객은 거의 중년층의 주부들이였다. 거기까지는 예상대로라고 해도 주부들이 연극이 끝난 후 그렇게 활발하고 거침없이 자기 생각을 말할 줄은 몰랐다.

대화의 자리를 마련했다고 해도 마련한 측에서 일방적으로 지껄이다 말려니 했는데 그게 아니었다. 그런 예상은 즐겁게도 빗나가고 말았다. 사회하는 사람이 말할 틈도 없을 만큼 서로 활발하게 연극을 본 소감을 말했을 뿐 아니라 남의 말이나 그 작품에 대해 이미 내려진 전문적인 평가에 구애됨이 없이 자기 나름의 생각을 자유롭게 털어놓으니까 자연히 다양한 의견이 되었다.

남편의 배신에 충격을 받았다. 남편이 흉내낼까봐 같이 보고 싶지는 않다는 등 소박하고 보수적인 의견이 있는가 하면, 더 많이는 어머니와 딸과의 문제에 관심을 보여 우리 사이에도 날로 심각해지는 세대 간의 갈등을 엿보게 했다. 부모가 자식의 겉을 닮지 속까지 닮는 게 아니라는 우리 식의 체념의 말은 웃음을 자아냈지만 세대 간의 갈등 역시 신식 문제가 아니라 인류 영원의 문제라는 걸 실감케 했다.

내가 연극을 구경하는 사람이 아닌 관객을 구경하는 입장에서 매우 흥미롭게 느꼈던 것은 위기에 처한 게 어찌 아내뿐이냐 남편도 얼마든지 당할 소지가 있는 문제라는 의견이었다. 살림에 몰두해 자기를 돌볼 줄 모르는 주부 못지않게 일에 몰두하는 걸로 남편의 의무를 다한 걸로 알고 자기 성장이나 자기 성찰과는 담을 쌓고 사는 남자도 많다. 그런 남편들에게 위기를 경고하는 발언은 신선하고 당돌하게 들렸다.

작가가 여자의 위기만 보여줬지, 그걸 어떻게 극복하느냐는 보여주지 않아서 불만이라는 소리도 있었지만 바로 그게 관객의 상상의 몫이라는 성숙한 반론도 있었다.

남편에게 배반당한 모니크가 상심을 딛고 일어서서 혼자서도 잘사는 여장부가 되길 바랄 수도 있고 다른 남자를 만나 새롭게 행복해질 수 있길 바랄 수도 있다. 한때의 바람기에서 깨어나 어깨를 축 늘어뜨리고 돌아온 남편과 다시 시작하게 될지도 모른다. 확실한 것 하나는 옛날하고 같아지지는 않으리라는 것이다. 자기는 뭔가라는 문제에 일단 눈뜬 그 여자는 상식적인 눈으로 행복하다느니 불행하다느니 왈가왈부할 수 없는, 스스로 보람을 느낄 수 있는, 그리고 허위스럽지 않은 삶을 살려고 끊임없이 애써야 할 것이다.

모니크가 남편의 외도를 통해 고통스럽게 획득한 걸 주부들은 그것을 구경만 하고 얻을 수 있다면 이 아니 슬기로운 주부가 아니리라.

무력증

딴 건 몰라도 건강엔 자신이 있어왔다. 건강처럼 좋은 건 없다지만 건강에 대한 자신 때문에 교만해진 적도 없지 않았다. 또 남의 고통을 헤아리는 데도 인색했었다. 내 나이쯤 되는 친지 중엔 아프다는 사람이 참 많다. 거의 한두 개의 지병씩은 가지고 있다. 몇만 모이면 병 자랑 판이 되기는 십상이다. 그들의 병이 쉽게 원인이나 치료법을 알 수 없는 '신경성'이란 딱지라도 붙으면 나는 속으로 혹시 심심해서 꾀병을 앓는 게 아닌가 하는, 참으로 인정머리 없는 생각까지 했었다. 나는 내가 별로 건강에 신경을 안 쓰고도 저절로 건강하다는 걸로, 건강관리에 유난한 사람을 보고도 젠장, 죽으면 흙 될 몸 저렇게 아낄 건 뭔가, 하고 비꼬는 교만한 마음을 가지고 있었다.

그러다가 우연한 기회에 나에게도 병이 있다는 걸 발견하게 됐다. 혈압이 높다나. 잘 믿어지지 않았다. 딴 병이면 몰라도 고혈압은 말도 안 된다 싶었다. 이렇게 있다는 병도 자신 있게 부정한 것은 건강에 대한 자신에서라기보다 선입관 때문이었다.

우린 대개 고혈압이라면 뚱뚱한 사람이 걸리는 걸로 알고 있다. 또 '화내지 말라'는 소리를 속된 말로 '혈압 올리지 말라'고 할 정도로 고혈압인 사람은 심성도 급하고 격하려니 막연히 믿고 있었기 때문에 자신이 한 번도 살펴본 적이 없고 성질이 냉정하다는 걸로 저혈압을 가정한 적은 있어도 고혈압은 뜻밖이었다. 믿기지가 않아 시일이 지난 후 다시 해보았고 병원에서 하라는 대로의 정밀검사도 거쳤지만 틀림이 없었다. 치료를 받아야 할 만큼 높은 혈압이라고 했다. 찰떡같이 믿던 건강에 배신을 당하니 서글펐다. 또 항간에 널리 퍼져 진실처럼 행세하고 있는 소위 의학 상식이란 게 얼마나 믿을 만하지 못한 거란 걸 깨닫게 된 것도 충격이었다.

그러나 앓고 보니 병 또한 건강 못지않게 좋은 거였다. 어디가 지딱지딱 아프지도 않는데 가족이나 친구가 염려하고 관심을 가져주니 얼마나 좋으냐 말이다. 내가 여지껏 남의 병

—특히 겉으론 멀쩡해 보이는데 여기저기 이상이 있다는 그런 병—의 증세를 귀담아듣고 동정하고 염려하는 데 매우 인색했었기 때문에 남이 내 병을 걱정해주는 게 참으로 고맙고도 신기했다. 내 병 같지도 않은 병을 통해 남들이 다 나보다는 착하고 따뜻한 마음을 가졌다는 걸 발견한 건 큰 수확이었다. 그걸 확인하는 게 어찌나 신나던지 그전에 병 자랑하는 사람을 흉보던 것도 잊어버리고 병 자랑에 익숙해졌다. 병은 자랑해야 한다고 우리의 속담에도 있듯이 병 자랑을 하면 얻는 게 많았다. 내가 여지껏 뭘 잘못해왔나를 낱낱이 알게 되었다. 몸에 해로운 것만 골라서 해온 것 같았다. 운동 부족, 입맛에 맞는 것만 골라 먹는 편식, 스트레스에서 놓여날 날이 없는 심신의 노역, 불규칙한 수면 등 지적당한 해로운 짓은 일일이 열거할 수도 없이 많았다. 나는 모처럼, 아니 일생에 처음으로 나의 생활을 객관화시켜 총점검을 할 수가 있었고, 또 이처럼 나를 염려해주는 사람에게 마음을 놓고 응석을 부릴 수가 있었다. 무엇보다도 남의 응석을 받기를 싫어하고 피해온 내가 응석부리는 데 재미를 붙여가고 있었다. 응석만 부린 게 아니라 남의 말도 잘 귀담아듣고 나쁜 짓을 고쳐나가는 데도 힘을 썼다. 덕택에 커피 말고도 맛좋고 향기롭고 몸에 좋은 차가 많다는 것도 알게 됐고 입맛을 그쪽으로 바꾸기를 서

슴지 않았고, 세 끼의 식탁도 입맛에 좋은 것에서 몸에 좋은 걸로 변화시켜나갈 수가 있었다. 죽으면 썩어 흙 될 몸이라고 학대를 즐기던 몸을 위해 바치기 시작한 건 역시 병보다는 건강이 좋아서인지, 차차 선종善終이란 것을 준비해야 할 만큼 나이가 먹어서인지, 아무튼 병 자랑 덕에 무리에서 벗어나 많은 것을 알게 된 게 큰 도움이 되었다.

그러나 요즈음엔 다시 병 자랑을 삼가게 되었다. 병 자랑을 하다가 친구들의 따뜻한 마음을 만나고, 맛있고도 이로운 차를 알게 되고, 치우쳤던 식사 습관을 변화시키고 몸에 밴 갖가지 악습을 반성하게 된 것까지는 좋았는데 뭐든지 넘치는 게 모자라는 것보다 못하듯이 한꺼번에 많은 것을 알게 되니 차츰 정보의 처치 곤란에 빠졌다. 특효약, 당장 낫게 해주는 의원, 신효한 생약, 심령 치료, 기도원 등에 관한 권고와 무성한 정보 중 어떤 것을 귀담아들어야 하고, 어떤 것은 기억할 가치도 없는 건지를 어떻게 구별하느냐 말이다.

그래서 병의 전문가인 의사가 있으련만, "너무 병원 의사만 믿다가 큰일나요" "그까짓 의사가 뭘 아나요"로 의사의 처방이나 지시 외의 것을 권고하는 것은 비단 가까운 친구뿐이 아니다. 같은 병원 대기실에서 진찰 순서나 약 타는 차례를 기다리는 환자들끼리도 그런 정보는 더욱 활발하게 교환되고 있었다. 전에 얻어들은 바에 의하면 병원 복도에서 그렇게 환자의 심정을 어지럽히는 사람들은 점장이나 돌팔이의 하수인이기가 십상이라고 했지만, 그렇지가 않았다. 지극히 인간적인 동병상련이 결국에 가서는 의사나 병원에 대한 의식을 조장하고 있는 듯했다. 같은 병원 대기실에 모인 환자끼리라면 그 병원을 신뢰하는 사람들끼리라는 최소한의 공통점이 있어야 하련만 정반대의 공통점—즉, 그 병원을 언제까지 믿고 다녀야 할 것인가 하는 불안과 회의를 지닌—을 가지고 있다는 건 놀랄 만한 발견이었다.

의사라면 전문직 중에서도 가장 길고도 고된 공부와 수련기간과 유난히 어려운 시험을 거쳐야 자격을 얻을 수 있는 직업이란 걸 모르는 사람은 없다. 또 사람이란, 이 세상의 무엇보다도 자기 몸을 위하게 돼 있으니 자기 몸에 이상이 생겼을 때는 의사뿐만이 아닌 그 의사가 몸담고 있는 병원의 시설까지를 생각해서 신중하게 소신껏 선택을 하게 된다. 병 자랑은 할수록 좋다는 속담이 나온 것도 의업이 지금처럼 전문화, 분업화되기 이전에 좋은 의사에 대한 정보를 얻을 수 있는 한 방편으로써였을 것이다. 또 좋은 의사의 혜택이 고루 미칠 수 없는 여건하에서 스스로 자신을 치료할 수 있는 적절할 방법을 찾아내기 위해 될 수 있는 대로 많이 남의 임상 경험을 얻어 들을 수 있는 방법도 될 수 있었을 것이다. 아무개는 무슨 약을 먹고 그 병을 고쳤고, 누구는 어떻게 해서 다 죽다가 살아났다는 남의 임상 경험이 자신의 건강관리에 도움이 되는 건 사실이나, 그걸 다 귀담아듣자면 병을 여남은 개를 앓아도 모자라게 된다.

의학의 상당 부분은 축적된 임상 경험을 토대로 하고 있고 의사란 그것을 배우고 분석하고 또 스스로도 임상 경험을 쌓아 환자에게 그중 어느 것을 적용시킬 것인가를 가장 잘 알고 있는 병의 전문인이다. 병 자랑은 그 누구보다도 의사에게 함이 마땅하고 병에 당해선 의사의 말을 믿고 따르는 게 순리련만 그것조차 말처럼 쉽지는 않다. 남의 말 중 취할 것과 무시해도 좋을 것을 가려내려면 유연성과 소신을 함께 지녀야 한다. 그러다보니 대단치 않은 성인병 하나 얻어걸린 주제에 마치 여론의 수렴과 소신의 조화에 고민하는 고위층이라도 된 듯한 기분을 맛보게 된다.

사람의 목숨과 직접적인 관계가 있으니만치 의학은 그 어느 분야보다 먼저 전문화됐고, 그 과정이 어려울 뿐 아니라 전문인으로서의 객관적인 승인을 얻기도 어려운 의사를 믿지 못하는 게 이 정도인데 딴 전문인에 대해선 오죽하랴 싶다. 이렇게 말하는 나부터도 믿을 준비보다는 심중에 늘 못 믿을 준비부터 돼 있다. 신뢰가 배반당했을 때 저주하고 분노할 준비부터 돼 있다. 그래서 한 병원만 열심히 믿고 다니다가 마침내 병이 골수에 사무쳤다든가, 오진으로 목숨을 잃은 얘기가 그 병원에서 고친 수많은 사례를 압도하면서 병원을 믿을 만하지 못하게 하고 어쩌다 우연히 한 건 들어맞은 돌팔이를 오히려 믿을 만하게 만들어버린다. 전문인을 믿지 못하는 풍조가 두려운 것은 당사자 개개인이 받는 피해보다도 우리 사회가 전반적으로 얼치기가 들어설 틈을 많이 주게 되는 데 있지 않을까. 전문인을 믿지 못하기 때문에 대수롭지 않게 알고 그만큼 또 힘 안 들이고 전문인 행세를 할 수 있다고도 생각하는 듯하다. 각 분야에 과감히 진출해서 전문인을 뒤로 밀치고 전문인 행세를 하는 얼치기들이 수도 없이 많다.

웅변학원을 경영하는 젊은이와 우연히 이야기를 주고받을 기회가 있었는데 이공계 출신이었고 도중에서 직업 전환을 할 만한 동기나 시간을 가지기엔 너무 젊었다. 언제부터 웅변에 관심을 갖고 배웠느냐고 물었더니 그까짓 걸 배울 게 뭐가 있냐면서 어려서부터 노가리를 잘 풀었다고 했다. 노가리라는 게 뭔지 그 정확한 뜻은 잘 모르지만 노가리가 즉 웅변이란 뜻이 된다. 그는 웅변이란 것의 전문성을 조금도 인정을 안 하는 것만큼 자기가 익히고 포기한 전문적인 지식에 대해서도 거의 미련이 없었다. 취직이 안 됐으니까 포기하는 게 당연하다는 말투였다.

웅변뿐 아니라 미술, 음악, 태권도, 주산 등 다방면에 걸쳐 이런 사람들이 가르치는 무슨무슨 학원이나 교실은 헤아릴 수도 없이 많다. 가르친다는 것은 그 방면에서 고도로 전문화됐을 뿐 아니라 가르치는 기술과 교육관도 전문화돼 있지 않으면 안 된다. 그래서 선생님은 아무나 되는 게 아니다. 실력에다가 교육자적 자질과 덕을 더해야 된다. 아무나 할 수 없는 어려운 관문을 통과해서 그 자격을 얻은 선생님을 믿지 못해 불만이 분분한 어머니들이 학교 외의 엉터리 교육기관에는 너무도 쉽게 아이들을 맡긴다. 본인이 오랜 세월 소질과 노력과 사명감을 다 바쳤을 뿐 아니라 공적으로 인정받은 자격증보다도 전공 외의 약간의 소질 쪽으로 외도한 걸 더 믿고 쳐주려는 경향도 있다.

이를테면 법대 나온 미술 선생, 영문과 나온 주산 선생이 더 그 미술 실력, 주산 실력에 천재성이 있는 듯 매력을 느끼는 모양이다. 같은 이유로 철학과 나온 의사가 진맥을 하고 처방을 한다면 영감이 있어 보이고 신비해 보인다. 젊은이가 노가리를 웅변으로 착각하는 것도 무리는 아니다.

그러나 전문직 주부들이 여가의 서예나 특화를 배우는 것까지는 좋은데 불과 1, 2년 배우고 연 전시회가 호화찬란하고 그 대가연하는 교만이 지나치면 전시회라는 것에 대해 겸손된 생각을 가지고 각고의 정진을 하는 진짜 서예가를 쓸쓸하게 할 뿐 아니라 생전 전시회를 안 갖고 싶게 할지도 모른다.

이렇게 전문인을 알아보지 않는 풍토는 전문인을 위축시키는 데 끝나는 게 아니라 엉터리를 득세하게 한다. 전문적인 교육에 들어간 국가적, 개인적인 투자와 노고가 조리에 물 붓듯 새어버리고 엉터리가 판을 친다는 것은 생각만 해도 서글픈 일이다.

전문직이 스스로 쓸모없이 전락했는지 사회적 경시가 그것을 무력하게 만들었는지는 모르지만 그런 현상은 결코 대학 교육의 시초의 잘못과도 무관하지 않을 듯하다. 앞으로 무엇을 전문적으로 선택할 것인가를 자신의 소질이나 사명감에 비추어볼 새 없이 우선 붙고 보자가 앞선 선택이었고 보니 미련은 없고 무시당해도 억울할 것도 없다고 여길 수도 있으리라. 그걸 거꾸로 뒤집으면 전문교육이 앞으로 가질 직업과 별로 상관이 없기 때문에 깊이 생각할 것 없이 되는 대로 선택한다고도 볼 수 있다.

닭이 먼저냐 달걀이 먼저냐 만큼이나 선후를 가리기가 어렵기 때문에 오히려 서로 핑계만 댈 게 아니라 먼저 책임을

지는 게 비리의 순환에서 하루빨리 벗어나 마땅하게 있어야 할 바른 인과관계를 만드는 길이 아닐까.

높은 혈압을 약으로 정상치로 내리고 나면 온몸의 기운이 쫘악 빠지고 꼼짝도 할 수 없는 무력증에 빠지게 된다. 자신의 몸에서 느끼는 어디로 기운이 걷잡을 수 없이 새는 것 같은 무력증을 우리가 사는 사회에서 느낀 적이 있다. 모두 열심히들 힘쓰고 부르짖는 것만큼 강한 사회가 되지 못하는 원인 중의 하나로 많은 돈과 시간을 투자한 전문직을 믿지 못하고 결과적으로 날림과 엉터리를 득세케 한 우리 사회의 구조적 모순 같은 것도 생각하게 된다.

어떤 폭력

국회의원이 장관을 불러다놓고 정부에서 하는 일을 이것저것 묻는 기사를 신문에서 읽으면 상당히 재미가 있다. 웬만한 코미디언보다 더 웃기는 질문을 하는 의원이 있는가 하면 부드러운 듯한 말 속에 잔뜩 가시가 돋친 질문을 하는 의원도 있다. 물론 국민을 대변해서 진지하고 나라 사랑이 넘치는 발언을 하는 의원도 있지만 어리석기 짝이 없는 말이나, 다만 발언을 위한 발언도 적지 않다. 정부 측의 대답도 국회의원의 질의에 지지 않게 천태만상이다. 그런 걸 신문에서 읽을 때마다 TV로 그런 모습을 볼 수 있으면 더 생동감이 있고 또 우리가 뽑은 국회의원이 실지로 무엇을 하고 있는가를 이해하는 데도 도움이 되련만 하고 아쉬워했었다. 뉴스 시간에 별의별

쓸데없는 가십 같은 걸로 시간을 메우면서도 정치의 장인 국회를 보여주는 데는 매우 인색한 게 우리의 TV였다.

그런 TV가 일전엔 국회의원 얼굴을 실컷 보여주었다. 그것도 주로 야당 의원만을. 예산안 통과를 저지하려고 밀고 당기고 뒤엎고 삿대질하고 라면 먹는 야당의원들의 모습은 결코 보기 좋은 모습은 아니었다. 보기 좋을 그림이 아닌데도 뉴스 진행자는 연방 폭력이니 폭언이니 난동이니 하는 깡패들한테나 쓰는 말로 비난을 퍼부으니 앞뒤로 연결을 해서 그 프로를 보지 않고 마침 그 시간에 텔레비전을 켠 시청자라면 국회가 아닌 폭력 단체를 비쳐주는 추적 몇 분인가 하는 프로인 줄로 알 수도 있을 것 같았다.

우리는 집에 혼자 있을 때 출출해서 사발면 같은 걸로 요기를 하다가도 마침 손님이 오면 괜히 겸연쩍어서 얼른 그것을 치우고 양치질을 하고도 어쩔 줄을 모르면서 손님을 맞게 된다. 하물며 국회의사당에서 의원이 사발면을 먹는 모습은 보는 쪽에서 먼저 얼굴을 돌리고 싶어진다. 모처럼 보여준 국회의원의 모습이 핏대를 올리면서 책상을 뒤엎는 모습 아니면 라면으로 요기하는 모습일 게 뭐였을까. 그야말로 카메라의 폭력이 아니었을까. 폭력이라고 해서 화면에 나온 의원들처럼 사람을 밀치고 삿대질을 하고 기물을 발길로 차는 것만이 폭력은 아니다. 고도의 폭력일수록 훨씬 더 조용하고 심지어는 눈에 보이지 않을 수도 있다. 야당 의원도 우리가 뽑은 국회의원이다. 표수가 많이 나오면 여당이 되고 적게 나와 야당 의원이 된 것은 결코 아니다. 한 명 한 명이 다 소중한 우리의 대변자다. 하여 그들은 일반 국민에겐 없는 특권이 부여되어 있다. 그런 그들이 마치 시중의 무뢰한이나 직업적인 폭력배처럼 난동을 부린다면 그럴 만한 이유가 있었을 것이다. 이건 결코 폭력이나 폭언을 옹호하려고 하는 소리가 아니다. 폭력이나 폭언이 싫고 더군다나 신성한 국회의사당에서 그런 일이 있어선 안 되겠기에 왜 그랬는가에 대한 친절한 설명을 더욱 아쉬워하고 있을 뿐이다. 물론 그 화면을 자세히 보고 전후로 나오는 말을 들은 시청자라면 예산안 통과를 저지시키려고 그랬다는 걸 알 수가 있다. 국민에게 세금을 얼마나 거두고 그 돈을 정부 각 부처가 어떻게 나누어 쓰는 게 마땅한가를 심의하고 통과시키는 일은 국민이 국회의원에게 위임한 막중한 책무이다. 아마 중학생만 돼도 국회의원이 하는 일 중 그 일을 첫째 손가락으로 꼽으리라. 거듭 말해두거니와 야당 의원도 귀중한 한 표 한 표가 뽑은 의원이다. 그들이 대화가 아닌 몸으로 맞서기까지는 갖은 우여곡절과 말 못할 비통한 사정이 있었다. 왜 그 지경까지 갔나에 대한 상황 설명은 빼고 그 지경만 보여주니까 그들은 영락없는 폭력배가 된다. TV가 폭력을 편들어도 안 되겠지만 폭력 그 자체가 되어선 더욱 안 될 줄 안다.

택시 기사와 유언비어

금세 취소되긴 했지만 택시 운전기사한테 유언비어를 유포하는 자를 보고케 하려는 발상은 참으로 불쾌하기 짝이 없는 발상이었다. 그렇다고 내가 택시 안에서 세상 돌아가는 일을 가지고 불만을 상습적으로 터뜨리는 축에 드는 것은 아니다.

나는 택시 안에서 주로 듣는 편이다. 내가 택시를 타는 경우는 대개 집에서 시내까지 나갈 때든가 시내에서 집까지 들어올 땐데 워낙 집이 변두리라 그 시간이 상당히 오래 걸린다. 말이 통하는 동족끼리고 전에 어디서 원수진 바가 없는 바에야 조그만 차 속에 앞뒤로 앉은 인연으로 자연스럽게 말이 오고간다. 내가 주로 듣는 편이라는 것은 기사들이 하는 말이 요새 신문보다 훨씬 사회의 거울이요 사회의 목탁이어서 들을 만하기 때문이다.

귀담아들으면 신문의 사설보다 훨씬 날카롭고 건강한 비판의식이 있고 진솔한 국가관과 사회관이 있다. 사회면처럼 굴절되거나 은닉되지 않은 정직한 서민의 애환이 있다.

학생 데모로 눈을 뜰 수 없는 대학가라도 택시를 타고 지나가보라. 그날의 수입과 관계되는 일이기 때문에 대개의 기사들은 우선 욕부터 한다. 그러면서도 요즈음 세상과 젊은이와의 관계에 대한 깊은 이해가 깔려 있다. 요즈음 정치인들처럼 자기네들 편한 대로만 해석하는 얌체 같은 아전인수는 하지 않는다. 나는 여야 정치인들이 굽실굽실 문을 열어주고 닫아주는 기사가 딸린 승용차가 아닌 택시로 며칠만 볼일을 보러 다니면서 운전기사들의 시국담에 허심탄회하게 귀를 기울일 수만 있어도 난국을 다루는 태도가 지금보다는 부드러워질 수 있을지도 모른다고 생각한다.

일전에도 올림픽을 위해 집중적으로 도시 미화를 하고 있는 강동구를 택시로 지나면서 운전기사는 꽤 신랄한 비판의 소리를 했다. 내가 듣기만 하자 "안 그렇습니까요?" "아파트에 사시면 잘은 모르시겠지만요……" 하면서 동의를 구하기도 하고 나의 무지를 양해해주기도 했다.

발전이라는 것의 고르지 못함에 대한 그의 개탄과 분노는

들을수록 자연스럽고 건강해서 마치 살아 있는 사람의 숨결처럼 조금도 귀에 거슬리지 않았다. 그걸 막는다는 것은 숨통을 막는 것과 다름없이 보일 지경이었다.

내릴 때 기사는 거스름돈을 일부러 그러는 것처럼 굼뜨게 챙기면서 여태까지와는 딴판으로 기죽은 소리로 말했다.

"제가 너무 쓸데없는 소리를 했나요? 한 귀로 듣고 한 귀로 흘리셨겠지만 손님이 하도 말씀을 안 하시니까 어째 껄쩍지근하네요."

껄쩍지근하다는 소리는 어떤 코미디언의 단골말인 줄 알았는데 그가 쓰니까 매우 함축성 있게 들려 나는 나도 모르게 날카롭게 "왜요?" 하고 반문했다.

"손님이 혹시 저를 불순분자로 오해할까봐요. 전 그런 놈 아닙니다. 바른 소릴 좀 해서 탈이죠. 헤헤헤."

그가 비굴하게 웃었다. 기사한테 손님을 고발하게 하려는 발상이 그에게 손님이 기사를 고발할 수도 있다는 연상 작용을 일으킨 모양이다. 하긴 실적 위주로 하자면 그쪽이 더 효과적일지도 모른다. 손님을 고발할 기사는 있을 것 같지 않지만 기사를 고발할 손님은 있을 수도 있을 것 같다. 실적을 올리기 위해 직접 손님이 될 수도 있을 테니까.

내릴 때 그와 눈이 마주쳤다. 입은 웃고 있었지만 눈은 슬프고 우울해 보였다. 나도 그를 안심시키기 위해 짐짓 웃는 얼굴을 했지만 우울했다. 가슴이 답답하고 뱃속이 구정물 마신 후 같은 게 그야말로 껄쩍지근했다.

너도나도 힘써야 할 일

토요일 밤이었다. 식구들과 함께 텔레비전을 보고 있었다. 정신이 팔리게 열심히 본 건 아니고 우리끼리 잡담을 하면서 간간이 그림을 보기도 하고 내용에 참견을 하기도 했다. 그런 방법으로 보기에 가장 알맞은 프로가 아마 〈사랑방중계〉가 아닌가 싶다. 그 프로에선 길 가던 사람이 느닷없이 붙들려 한마디하는 것도 볼 수 있고, 스튜디오까지 나와서 방청을 하다가 한마디하는 것도 들을 수가 있다.

마침 방청석에서 한마디하는 걸 얼핏 들었는데 "무데뽀"란 말이 들어갔다. 그 말이 귀에 거슬려 화면을 보았을 뿐 어떤 맥락에서 그 말이 나왔는지 전후 사정을 제대로 귀담아들은 건 아니었다. 무데뽀란 말이 귀에 거슬린 건 그 프로의 진행자도 마찬가지였던 듯 그 말이 일본말이란 걸 넌지시 짚고 넘어갔다. 짚고 넘어가는 태도가 그 사람에게 무안을 주지 않을 만큼 적당히 부드러우면서도 엄격해서 참 좋다고 생각했다. 근데 같이 보고 있던 아들이 "어머니 무데뽀가 일본말이었어요? 전 처음 알았어요" 하는 게 아닌가.

나도 평소 내 자식들의 딴 예절은 몰라도 말씨만은 까다롭게 잔소리해가며 길들였다고 자부하고 있었기 때문에 아들의 그 소리에 놀라지 않을 수가 없었다. 아들은 정말 무데뽀가 우리말인 줄 알고 즐겨 썼다고 한다. 다만 내 귀에 여지껏 안 들어왔을 뿐이었다. 외래어인 줄 알고 의식적으로 쓰는 것 말고 우리 고유의 말인 줄 알고 쓰는 외래어 중에 특히 일본어가 많은 것 같다.

파출부 아줌마들이 새로 와 빨래를 하려면 으레 '다라'가 어디 있냐고 찾는다. 큰 양동이를 '다라'라고 한다. 맨 처음에 나는 '다라'가 어떤 지방의 사투리인 줄 알았다. 그러나 지방색에 상관없이 누구나 '다라'라고 하고 시장 같은 데서도 흔히 듣게 되고부터 일본말의 '다라이'가 줄어서 '다라'가 됐다는 걸 알게 됐다. 접시도 특히 음식점에서 많이 '사라'라고 하는 것 같다. 음식점에 가서 회 한 접시 달라고 하면 "네에 회 한 사라요?" 하고 정정까지 해주는 걸 흔히 듣게 된다. 방석 좀 달라고 해도 "자부동이요?" 하고 되묻기 일쑤다.

나는 그런 말을 들을 때마다 일본말인 줄 알면서도 요식업계의 관습상 그런 말투를 못 버리는 줄 알았었다. 목수나 미장이 등 토목에 종사하는 이들이 토목계의 일식 용어를 못 버리듯이 외래어라기보다는 직업어가 되어버렸다고 볼 수도 있었다. 그러나 내 아들이 '무데뽀'를 우리말로 알았다고 하는 소리를 듣고부터 그들도 혹시 '사라'나 '자부동'을 순전한 우리말인 줄 알고 그렇게 당당하게 써먹고 있을지도 모른다고 생각하게 됐다. 외국으로부터 들어오는 전혀 새로운 물건이라 추상적인 개념과 함께 그 명칭까지 들어오는 건 받아들일 수밖에 없다는, 외래어에 대한 충분한 융통성을 갖고 있지만 우리말을 슬금슬금 빼앗기는 건 국토가 침식당하는 것 못지않게 너도나도 힘을 다해 방어할 일이라고 생각한다.

아무리 오락 일변도의 프로에서도 우리말의 기본적인 품격을 잃지 않는 것도 중요하지만 요즈음처럼 각본 없이 행인이나 방청객이 발언할 수 있는 프로가 많은 때일수록 그 진행자의 특별한 자질이 요청된다 하겠다. 한마디한 사람에게 무안을 주지 않으면서도, 잘못 쓴 말 특히 우리말인 줄 오해하고 쓴 외래어를 반드시 짚고 넘어가는 일은 결코 쉬운 일이 아닐 것이다. 남다른 유연하고 신중한 인품과 노련한 대화의 솜씨 없이 바랄 수 없는 일일 듯싶다. 그런 뜻으로도 그날 본 〈사랑방중계〉의 진행자의 태도는 퍽 바람직한 것이었다.

들이대기 전에 잠깐만

친척 중에 중학교 선생님을 하시는 분이 있다. 하루는 그 친척댁에 볼일이 있어 들렀는데 제자들이 잔뜩 놀러와서 떠들고 있었다. 어찌나 유쾌하고 거침없이 떠드는지 집이 떠나갈 것 같았다.

"얘들아, 볼륨 좀 낮춰라. 아래윗집에서 또 인터폰 올라."

선생님도 즐거우신 듯 파안대소하면서도 이렇게 타이르시는 걸로 봐서 전에도 그런 일을 당하신 적이 있었던 모양이다. 그 댁은 아파트였다.

보아하니 아이들이 그늘이라곤 없이 명랑할 뿐 아니라 늘씬하니 숙성해서 중학생이라는 게 믿어지지 않았다. 어쩌면 남학생 여학생이 반반씩 섞여 있으면서도 매너가 하도 자연스럽고, 서로 수작하며 노는 게 전혀 거슬리지 않게 귀염성스러웠기 때문에 더군다나 대학생처럼 보였는지도 모른다. 나는 시종 미소를 띠고 아이들 노는 걸 구경만 하다가 그들이 간 후에 요새 아이들 숙성하단 얘기부터 했더니 중학생은 아니고 고등학생이라고 했다. 선생님이 계신 중학교는 남녀공학인데 졸업 후 공학하는 고등학교로 간 애도 있고 아닌 데로 간 애도 있지만 중학교 때 짝꿍으로 소문났던 애들은 졸업 후에도 여전히 만나면서 우정을 유지한다는 것이었다. 예쁘고 똑똑한 애들일수록 남녀 교제도 어른 보기에 트집 잡힐 데 없이 밝고 건전하게 한다고 했다.

"밝고 건전하게 봐주시니까 밝고 건전하게 되는 거죠."

나는 우리 자랄 때 생각이 나서 이렇게 말했다. 그때도 중고등학교 때 남녀 교제를 하는 아이들이 전혀 없는 건 아니었지만 일단 적발이 되면 커닝보다 더 큰 잘못으로 다루었기 때문에 그늘로 그늘로 숨게 되고, 숨음으로써 당사자는 늘 전전긍긍의 죄의식을 면치 못했고 발견한 쪽에서도 우선 강하게 불순한 냄새부터 맡게 돼 있었다. 세상 많이 변한 것 중에서도 남녀 중고등학생이 서로 괜히 얼굴을 붉히고 곁눈질을 하면서 남의 눈을 피하지 않고 떳떳하고 건전하게 얘, 쟤 어깨를 치면서 장난도 하고 노래도 하고 공부 경쟁도 하는 게 참으로 보기 좋았다.

그러고 나서 며칠 후 TV로 〈카메라 출동〉이라는 걸 보면서 깜짝 놀라고 말았다. 주로 남녀 중고등학생이 많이 가는 다방에다 카메라를 들이대고 있었다. 테이블마다 가득찬 학생들이 우선 얼굴부터 가리느라 서로들 머리를 아무데나 쑤셔박느라 난리였다. 카메라는 친절하게도 그들이 대학생이 아닌 중고등학생이라는 걸 입증하려고 옆에 놓인 가방을 마구 뒤져 교과서와 노트를 꺼내 보여주기 시작했다. 중고등학생이 쌍쌍이 조명도 밝지 않은 지하 다방에서 커피도 마시고 담배도 피운다는 게 말이 되느냐고 카메라는 흥분했지만 그들을 그렇게 죄인 취급을 해도 되는 것인지 시청자 또한 흥분을 안 할 수가 없었다. 나잇살이나 먹은 점잖은 사람도 한두 번쯤은 학생 입장 금지의 영화관에 출입한 중고교 시절을 거쳤을 것이다. 그렇다면 카메라가 마구잡이로 추적한 청소년들 중에 내 자식, 내 조카가 안 섞여 있으란 법도 없다. 그 또래의 자녀를 가진 부모라면 누구나 그때 그 카메라의 횡포에 모골이 송연했을 것이다. 중고생 신분으로 다방에 가는 게 가정부인이 대낮에 카바레 가는 것만큼의 큰 죄라고 해도(비유가 적절치 않은 줄은 알지만 카메라를 마구 들이대는 솜씨가 그 경우와 하도 똑같아서) 상대가 미성년이니만큼 그 잘못을 그런 업소를 차린 장사꾼이나 그걸 미리 단속 못한 당국에 물었어야 옳지 않았을까. 남녀 교제 자체가 나쁜 게 아니라 강요된 죄의식에서 죄지음을 암시받아 나빠지는 수가 더 많다. 그날 카메라의 강렬한 플래시에 놀라 쥐구멍을 찾으면서 영문 모르게 강요당했던 그들의 침침한 죄의식을 생각하면 안쓰럽고도 분통이 터진다. 아무리 무소불능의 카메라라지만 미성년 문제엔 먼저 배려와 애정이 앞섰으면 싶다.

새해에 받아내고 싶은 약속

바람이 매운 아침나절이었다. 을씨년스러운 빌딩 그늘에서 노점상이 책들을 펴고 있었다. 소위 덤핑 서적이라는 5백 원짜리 천 원짜리 책들은 대개 책 제목은 요새 한참 잘 팔린다는 베스트셀러류의 이름을 달고 있었지만 저자는 생판 다른, 정체 모를 책이 아니면 표지가 얼굴을 붉히게 야한 외설물이 대부분이었다. 나는 괜히 가슴을 울렁거리며 장수가 책을 다 펼 때까지 그 앞을 서성거렸다. 길바닥 책 상점 앞을 그냥 못 지나치는 게 그 무렵의 내 서글픈 버릇이었다. 내 책 중의 하나가 그 책을 출판한 출판사 주인이 바뀌면서 거리의 덤핑 판매장으로 돌고 있다는 소문 때문이었다. 믿을 만한 소문이었는데도 내 눈으로 확인하기 전엔 믿고 싶지 않았고, 내가 정말 바란 건 그게 사실일지라도 내 눈에 띄지만 말았으면 이었는지도 모르겠다. 그러나 불행히도 어느 날 내 책뿐 아니라 같은 출판사에서 나온 선배 동료 들의 책이 거리의 싸구려판 한 귀퉁이를 차지하고 있는 걸 목격하고야 말았다. 얼굴이 화끈하고 다리가 떨려 우선 멀찌감치 도망부터 쳤다. 왠지 10여 년 전 처음으로 내 책을 갖게 됐을 때 생각이 났다. 그때도 나는 멀리서 서점 간판만 봐도 얼굴이 화끈대고 가슴이 울렁거렸고, 필요한 책이 있어 서점에 들러도 내 책이 꽂힌 서가를 똑바로 보지 못했다. 그러나 그때의 그 앳되고 싱그러운 부끄러움과 지금의 이 오물을 뒤집어쓴 것 같은 부끄러움은 얼마나 얼토당토않은 천양지판인가. 나는 우선 이 땅에서 글 써 먹고산다는 의미의 마지막 카드인 자존심마저 무참히 짓밟히고도 속수무책인 자신이 너무 초라하고 싫었다.

물론 덤핑의 현장을 직접 확인하기 전에도 자기 책의 최소한의 명예를 지키기 위해 백방으로 노력을 안 한 바는 아니었다. 같은 출판사에서 책을 내고, 같은 피해를 입은 저자끼리 여러 번 회동해서 격분도 하고 대책도 의논하고 법률가한테 자문도 했지만 합법적인 대책은 좀처럼 발견할 수 없었다. 소위 인간적인 호소라는 것도 해보았지만 성의 있는 답변을 누가 할 수 있느냐 하는 책임의 한계조차 모호하게 사태는 교묘히 흐려져 있었다. 법망이란 일단 피하고자 마음먹은 자에겐 얼마든지 넉넉한 법이다.

이번 일을 겪으면서 들입다 격분하고, 또 자식을 길바닥에 유기한 양 잠 못 이루고 번민한 푼수치곤 너무 온건하게만 대처하지 않았나 하는 꺼림칙한 후회밖에 얻어가진 게 없다. 가령 명예훼손으로 고소장을 쓸 뻔하다가도 어려서부터 "그저 송사엔 안 말려드는 게 수"라는 근근이 소리없이 살기를 원하는 평범한 집안의 가훈 같은 게 몸이 배어 있어 뜻대로 되지 않았다. 또 혹시 고소 사건이 밖으로 알려질 때 소위 문화인끼리의 싸움이 남의 눈에 어떻게 비칠 것이며, 고소한 쪽은 강자 고소당한 쪽은 약자라는 등식에 의해 행여 상대방이 더 동정을 받을지도 모른다는, 내가 생각해도 한참 정나미 떨어지게 치사하고 야비한 꿍꿍이속까지 작용했으니 아무것도 못할 수밖에.

그러나 이번 일이 미온적이었던 게 단지 나의 변변치 못한 사람됨에만 기인한 것이었을까. 변명 같지만 좀더 깊게는 우리의 척박한 문화 풍토와도 무관하지 않을 듯싶다. 즉 여지껏 창작물에 대한 이와 유사한 횡포와 박해, 천대는 부지기수로 있어왔다. 남의 재산은 몇천 원만 훔쳐도 파렴치범으로 형을 받고 종신 전과자 신세를 못 면하지만 남의 정신적인 작업의

소산을 훔치고 욕보인 저작권 침해는 대개 유야무야 넘어갔고, 설사 물의를 빚었다고 해도 잠시 후 간판만 바꿔 달고 나오면 다시 어엿한 문화사업 행세를 할 수가 있었다. 거의 다반사처럼 이런 일이 되풀이 되어왔기에 별안간 혼자서 떠든다는 게 외로울뿐더러 혹시 유별나게 구는 게 아닌가 눈치까지 보이는 일이었다.

문학단체에서 선거가 있을 때 입후보자에 따라서는 곧잘 우리 문학의 해외 진출을 구호로 삼는 걸 보게 되고 작가 자신들도 점차 그 문제에 관심이 높아지는 것 같다. 그러나 집안에서 아끼고 사랑하고 북돋아주지 않고 구박만 하던 게 어떻게 밖에 나가서 사랑을 받을 수 있으며, 그 가치를 인정받을 수 있길 바라겠는가? 집에서 구박만 하던 천덕꾸러기 자식이 나가서 남에게 사랑받고 신용을 얻을 수 없음과 같지 않을는지.

이와는 반대로 이 나라에서 태어났다뿐, 나라 밖에서 길러지고 꽃피고 인정을 받은 예술가에 대한 존경과 사랑은 각별해서 그들이 일시 귀국하면 이구동성으로 최고의 찬사와 황홀한 눈길을 보내면서 그들이 자신의 명예뿐 아니라 국위까지 선양했다고 한껏 치하해준다. 그럴 때마다 낳아만 놓고 기르지도 돌보지도 않은 자식의 성공에 허겁지겁 아부하는 것 같아 적이 민망해진 적도 있다. 그들은 따뜻이 맞아주는 것만으로 충분하고 그 열광의 몇 분의 일이라도 그들보다 더 천재적인 소질이 다만 이 고장을 뜨지 않았기 때문에 싹도 못 틔웠을지도 모른다는 이 땅의 문화 풍토에 대한 관심과 반성으로 나타났으면 얼마나 좋을까. 얼마든지 황홀한 꽃으로 피어날 수 있는 씨앗이 이 척박한 고장에 뿌리내리려는 고투만으로 지쳐서 시들시들 메말라간다면 어쩔 것인가. 있는지 없는지조차 확실하지 않은 것을 널리 과시하겠다는 큰소리보다는 문학예술이 응당 누려야 할 자유를 침해받지 않을 권리와 존중과 사랑의 비옥한 토양을 마련해주겠다는 진지하고 조촐한 약속이 그립다.

자기 문제와 모두의 문제

내가 아는 어떤 사람 중에 이런 사람이 있었다. 아이들에게 먹이는 것만은 외제로 먹여야 한다고 극구 주장하고 또 그걸 철저히 지키는 사람이었다. 그렇다고 남 보기에 부자로 사는 것도 아니었고, 생활은 소박한 편이었고 일용품은 또 지나치리만큼 국산 아니면 안 쓴다는 식이었다.

국산품을 애용해야지 하면서도 외제의 견고함이나 아름다움에 현혹되어 한두 가지 사기도 하고, 어쩌다 선물 받은 외제가 있으면 더 소중하게 취급하기도 하는 우리네 보통 사람은 그의 맹렬한 비난을 면치 못했다. 국민 된 도리로 그 정도의 애국도 못하느냐는 거였다.

국산품 애용은 곧 애국이란 표어적인 애국주의자였다. 그러면서도 자기 자식에겐 외제 과자 외제 주스 아니면 안 먹이는 데 조금도 모순을 느끼지 않았다. 다소의 손해를 감수하고 국산품을 키워주는 게 국민의 의무라면 자식에게 독을 주지 않아야 하는 것도 부모의 의무라는 거였고 부모의 의무가 국민의 의무에 앞선다는 거였다.

그가 사랑하는 우리나라에도 엄연히 식품위생법이 있는데 독이라니, 그 극단적인 표현도 섬뜩했지만, 모두의 문제에서 홀로 자기만의 안전을 꾀하는 철저한 이기심이 어쩌면 그리도 편안하고 갈등 없이 애국심과 공존할 수 있나가 참으로 신기했었다.

유명 메이커의 마가린의 원료가 군소 납품업자에 의해 얼마나 비위생적으로 만들어졌나가 밝혀졌다. 온갖 아름다운 영상과 감언이설을 다 동원해 수시로 우리에게 맛과 품질을 보장하던 소위 유명 메이커의 순 식물성 마가린이 말이다.

여기서 단지 비위생적이라고만 말한 것은 그 고약한 욕지기를 두 번씩 하고 싶지가 않아서이다. 정말 참을 수 없는 욕지기가 치밀었다. 여지껏 먹은 그놈의 것을 다 토해낼 수 있을 것도 아니련만 오장과 심사가 뒤틀려서 괴롭게 헛구역질을 하면서 그 사람 생각이 났다. 그 애국자는 자기 자식에게 그 끔찍한 걸 안 먹였을 테니 지금쯤 회심의 미소를 짓고 있을 테지.

그렇다고 그 사람을 부러워하거나 이해하는 마음이 생겼던 것은 아니다. 바로 그 사람 식의 모두의 문제에서 자기의 문제만을 완벽하게 분리해서 생각하는 사고방식이야말로 부정식품 못지않게 욕지기가 치미는 것이었다.

마가린을 그렇게 엉터리로, 그게 더럽게 만드는 데 직접 종사한 사람도 자기 자식에게만은 그것을 먹이지 않았을 것이다. 그 사실을 어렴풋이든, 자세히든 알고도, 원가절감을 위해 덮어둔 사람도 물론 자기 자식에겐 그것을 안 먹였을 것이다. 더군다나 그 진상을 가장 잘 알고 책임져야 할 높은 분(?)이 그것을 자기 자식에게 먹였을 리가 없다.

장사꾼만 못 믿을 게 아니라 우리가 가장 정직하고 순박한 방법으로 사는 사람으로 꼽은 농사꾼도 비슷한 짓을 한다는 소문이 종종 들린다. 이를테면 농약을 많이 쳐서 싱싱하고 벌레가 안 먹은 채소는 내다 팔고 농약을 덜 쳐서 벌레 먹은 건 집에서 먹는다고 한다.

만약 딸이나 며느리가 헷갈려서 깨끗한 채소로 김치를 담가 상에 올렸다간 가장이 노발대발 김치 항아리를 말끔히, 비우는 걸 보고야 안심을 할지도 모른다.

저번에 부정 참기름 문제가 터졌을 때도 우리는 욕지기를 하면서 참기름만은 사먹지 말고 깨로 직접 짜 먹어야지, 하고 별렀다. 마가린 문제가 터지니까 그까짓 마가린 안 먹으면 못 살 줄 알고…… 벼른다. 그 사건이 어떻게 처리되고, 책임은 누가 지고, 앞으로의 품질보장이나 이미 나온 부정품의 처리 문제 등을 예의 주시할 생각보다, 내 식구만은 안전할 궁리부터 한다.

농약의 남용에 의한, 산업 쓰레기에 의한 공해문제가 날로 심각해지고 그 가공할 결과가 비죽비죽 노출된 것만도, 우리 국토의 생명력이 돌이킬 수 없는 지경에 이르기 전에 정확한 진단을 하려는 힘보다는 아무 일도 없는 것처럼 덮어두려는 힘에 훨씬 더 세다.

그걸 덮어두려는 힘은 식량의 자급자족, 급속한 공업화, 관광객 유치 등 우리가 잘살기 위한 목적을 위해선 그런 것쯤 덮어두는 게 마땅하다는 애국적인 신념까지 가지고 있다. 그러나 우리의 자연과, 거기서 얻을 수 있는 일용할 먹이가 얼마나 심각하게 오염되었나를 총체적으로 파악하고 있을 만한 분이라면 혹시 자기 가족만을 위한 무공해 농장쯤 가지고 있지 않을까. 나와 내 가족이 포함되지 않은 나라에 대한 애국처럼 가짜스러운 게 또 있을까.

이렇게 잘살게 된 마당에 웬 궁상이냐 할지 모르지만, 우리가 모두 궁핍했을 때의 꿀꿀이죽 생각이 난다. "끓여라. 그저 푹푹 끓여야 뒤탈이 없느니라." 우리의 가난한 어머니들은 비록 미군 부대 턱찌꺼기를 얻어다가 자식들의 주린 배를 채워줄지언정 그 정도의 소박한 위생관념은 있었다.

끓여서 세균이야 죽이겠지만 껌이나 담배 필터는 그대로 남아 있었다. 어린 날 꿀꿀이죽을 먹다가 껌을 씹었을 때의 크나큰 비애를 알고 있는 세대이기 때문일까? 간간이 표면화되는 이런 사건들을 통해 우리가 사는 시대를 총체적으로 본 것처럼 느낄 때가 있다.

꿀꿀이죽에서 필터나 껌을 씹음으로써 허겁지겁 맛있게 먹던 게 실은 미군부대 턱찌꺼기였다는 걸 문득 깨닫듯이.

자기의 문제만이 모두의 문제와 상관없다고 생각하는 것처럼 비민주적인 사고방식도 없다. 부정식품도 법이나 단속의 미비보다 이런 비민주적인 것의 오랜 누적에 뿌리내리고 있을지도 모르겠다.

이 봄을 우울하게 만든 일들

전철역 앞에 꽃장사가 생겼다. 날이 풀리고 봄기운이 완연해지고 나서 생긴 노점 꽃가게는 회색빛 보도 위에 현란한 융단을 깔아놓은 것처럼 즐거워서, 오가는 사람들은 괜히 한번씩 발걸음을 멈추고 값을 물어보기도 하고 꽃 이름을 물어보기도 했다. 꽃장수는 꽃 이름에 관해서는 나보다도 무식해서 팬지나 데이지처럼 흔한 꽃 이름도 엉터리로 꾸며대거나 모른다고 하기 일쑤였다. 자세히 보니 꽃장수는 한두 명이 아니고 한 사람 앞에 여남은 개씩의 화분을 가진 꽃장수가 자그마치 예닐곱 명은 되는 것 같았다.

어느 날 나는 여지껏 봐오던 꽃과는 다른 꽃이 마치 신종상품처럼 일제히 나와 있는 걸 보고 발길을 멈추었다. 시금치

이파리 비슷한 잎 사이로 작은 단추만한 꽃이 무리져 피어 있고, 앞으로 피어날 꽃봉오리들은 꼭 녹두알만하게 수없이 맺혀 있었다. 빛깔도 샛노랑, 하양, 분홍, 빨강, 자주 등 다양해서 그 어울림이 보기에 매우 황홀했다. 나도 모르게 발길을 멈추고 그 꽃 이름을 물었다.

"이름은 알아서 뭐한대요. 꽃이 이름 부른다고 대답할 것도 아니고, 싸게 드릴 테니 몇 분 들어가소."

늙수그레한 아줌마가 쾌활하게 웃으면서 말했다.

"앞으로도 연달아 꽃이 필까요?"

"여기 이 봉우리가 안 뵈서 그런 걸 묻소. 해 잘 드는 창가에 놓고 하루 한 번 물 주는 것만 잊어버리지 않으면 가을까지 꽃을 볼 테니 염려 마소."

"어머, 가을까지 나요."

나는 반색을 하며 화분을 고르기 시작했다. 빛깔을 맞추어 골고루 고르다 말고 가장자리에 하얀 테를 두른 자줏빛 꽃을 들여다보면서 불현듯 어린 날 저녁놀 속에서 본 수수 이삭을 떠올렸다. 마음이 찔린 것처럼 아팠다. 대낮에 보면 꼭 피딱지 말라붙은 것처럼 볼품없는 빛깔을 하고 있는 수수 이삭도 새빨간 저녁놀 속에서 보면 전혀 느낌이 달라졌다.

마치 그 아름다운 놀빛이 수수 이삭에서 우러난 것처럼 깊이 모를 처절한 진홍빛이 괴어 있었다. 세상 슬픔을 알기 전의 어린 나이에도 놀 속의 수수 이삭을 보고 있노라면 까닭 모를 청승과 비애가 목구멍까지 치받쳤었다. 그 빛깔이야말로 내 감상의 가장 원초적인 빛깔이었다. 그날 나는 각각 빛깔이 다른 세 개의 화분을 샀고 그중에서도 그 진홍빛 꽃을 가장 아꼈다. 그러나 세 포기의 꽃은 그 다음날부터 퇴색하더니 일주일 만에 완전히 말라비틀어졌다. 물도 햇볕도 지극한 정성도, 꽃이 죽어가는 걸 늦추진 못했고 봉오리를 부풀게 하지 못했다. 혹시 꽃장수 아줌마는 무슨 수를 알고 있을지도 모른다고 생각하여 물어봤더니, 그의 대답은 역시 쾌활하고 선선했다.

"아따 고까짓 세 개에 2천 원짜리 꽃을 가지고 뭘 그래싸요."

그의 쾌활이 이 봄이 다 가도록 나를 우울하게 할 것 같다.

작년에 분양받은 아파트에서 준공 예정일에 맞추어 준공이 됐으니 잔금을 내고 입주하라는 안내서가 왔다. 지도상으로 아파트의 위치를 알고 있을 뿐 실지로 현장엔 가보지도 못하고 모델하우스만 보고 분양 신청을 한 아파트였다. 가보려 해도 기공 당시의 그쪽 도로 사정이 말이 아니어서 현장 근처에 접근이 수월치가 않았다. 그러나 준공 후엔 그 앞으로 큰 간선도로가 뚫리게 되어 있어 지도상으로 보면 교통의 요지에 자리잡은 것처럼 보였다. 준공됐단 소식을 듣고 나는 분양 신청 당시에 받은 선전 팸플릿에 인쇄된 그 일대의 도로망 지도를 들고 그곳을 찾아가려고 했다. 그러나 1년 전 지도에도 나 있던 가장 큰 간선도로는 여전히 공사중이어서 나는 묻고 물어 발목까지 빠지는 진창길을 헤매지 않으면 안 되었다.

도시생활에서 도로와 교통 환경을 뺀 주거 내부의 완성만 가지고 과연 준공이라고 봐도 옳은 것일까. 아파트의 내부란 평수별로 대동소이한 것이어서 내부의 구조보다는 각자의 직장이나 학교와의 연결 등 도로 교통 환경에 따라 선택하게 된다. 그래서 분양 신청을 받을 때 선전하는 인쇄물에도 내부 평면도보다는 그 근방의 도로망과 버스 노선을 더 상세히 소개하고 있다. 그런 주거환경이 분양 당시 선전한 대로 완비돼 있지 않으면 완공했다고 볼 수 없는 일이 아닌가.

그러나 일단 입주하란 통고가 오고부터는 잔금 독촉, 취득세 독촉, 관리금 독촉까지 독촉이 빗발치고, 꼬박꼬박 연체이자라는 게 따라다닌다.

업자의 이런 일방적인 횡포에 당하기만 할 게 아니라, 입주자로서 의당 정당한 항의가 있어야 할 것 같아 같은 아파트를 분양받기 전서부터 친분이 있는 분과 그 문제를 상의하려고 했다. 그분은 내 말을 다 듣지도 않고 펄쩍 뛰기부터 했다.

가뜩이나 요새 아파트값이 형편없는데 입주자가 어쩌고저쩌고 항의했단 소문이 나면 그뒤에 올 집값 폭락을 누가 책임질 거냐는 것이었다.

“다 그런 거예요. 불편해도 편리한 체, 추워도 더운 체, 날림도 튼튼한 체 우선 눈을 적당하게 올려놓고 보는 거예요. 미련하게 어디 가서 그런 소리 입 밖에도 내지 말아요.”

그는 이렇게 업자가 아닌 나를 되레 당조짐했다. 나는 움찔하면서 미련하지 않기로 했다. 그러나 내가 미련하지 않음이, 주위에서 미련한 사람은 눈 씻고 찾아도 없음이 아니 그보다도 이 시대의 엄청난 허구와 개개인의 치사한 기회주의가 어떻게 교묘하게 맞물려져 있다가 나를 맥없이 불안하게도 우울하게도 한다.

오월을 보내면서

오월을 보내기가 왜 이렇게 힘겨운지 모르겠다. 어린이날을 앞세우고 오기 때문인지, 오월은 오기 전부터 눈이 부신 밝음과 새소리처럼 즐거운 음향으로 충만해 있는 것처럼 보였다. 그러나 막상 어린이날이 되자, 어린이들을 행복하게 해주고 싶던 생각은 굴뚝같았지만 그 방법은 매우 빈곤했다. 나는 손자들을 위해 인파에 휩쓸려 백화점을 기웃거리는 게 고작이었다. 옷도 장난감도 그림책도 먹을 것도 많기도 했다. 우리는 다 같이 풍요한 시대에 살고 있었고, 이름 붙은 명절날의 주최자는 단연 장사꾼들이었다.

어렸을 때 숙제를 같이 하자고 해서 따라간 친구집에서 처음으로 동화책다운 동화책을 읽어볼 수가 있었다. 친구는 내가 동화책에만 팔려서 숙제에 뜻이 없자, 책을 빼앗아 감추고 숙제하기를 요구했다. 그때 끝까지 못 읽은 그 아름다운 이야기는 오랫동안 나를 감질나게 했다. 나는 그 책이 어느 날 갑자기 내 머리맡에 날아와 있기를 간절히 바랐지만 그건 이룰 수 없는 꿈이었다. 또 온통 새까맣고 이름을 쓸 수 없는 흰 줄만이 선명한 운동화도 내가 명절 때마다 받기를 꿈꾼 선물이었다. 그 꿈은 동화책에의 꿈과는 달리 전혀 가망 없는 꿈은 아니었다.

명절에 맞춰 때마침 운동화가 발가락이 나오며 해져 있으면 그 꿈은 이루어질 수도 있었다. 나는 엉뚱스럽게도 지천으로 많고도 화려한 백화점 상품 사이에서 내 어린 날의 꿈의 선물인 동화책과 운동화를 찾았지만 그런 게 있을 리가 없었다. 요즈음 아이들은 책이고 장난감이고 신발이고 물건을 너무 많이 가지고 있다. 그래서 물건으로 아이들을 행복하게 하기란 좀처럼 쉬운 일이 아니다. 나는 내 손자들이 이미 너무 많은 걸 가지고 있다는 데 절망 비슷한 걸 느꼈다.

그렇다고 그애들 부모가 부자냐 하면 전혀 그렇지도 않다. 그 나이 또래의 도시의 젊은 부부 중에서 중하쯤으로 살고 있으련만 그렇다. 나는 이 할머니가 선물을 사기 쉽도록 그애들에게 적당한 결핍을 마련해놓지 않은 그애들 부모가 은근히 원망스럽기까지 했다. 그러나 이 풍요한 시대에 결핍 따위를 파는 백화점이 도대체 어디 있단 말인가.

그다음 명절은 어버이날이었다. 나는 내 자식들이 최소의 비용으로 최대의 효과를 거둘 선물을 사려고 백화점 인파에 고달프게 밀리고 있을 생각을 하며 서글퍼질 수밖에 없었다. 나 역시 꼭 받고 싶은 선물이 있는 건 아니었다. 그 무렵에 이사를 하면서 느낀, 꼭 필요하지 않은 물건들에 대한 혐오감이 아직 가시지 않은 채였다.

그러나 자식들에게 바라는 것까지 없을 수는 없었다. 요새 청소년들은 조숙하다는 말을 흔히 듣는다. 아닌 게 아니라 외양이 늘씬하고 건강하기가 예전 우리 자랄 때와 비할 바가 아니다. 그러나 의식이 어른이 되는 속도는 예전에 비해 오히려 많이 더딘 것 같다. 어른이란 뭔가에 대한 견해는 얼마든지 다양할 수 있겠으나 자립심과 책임감을 빼놓을 수는 없을 줄 안다. 요새 젊은이들은 육체만 일찍 성숙할 뿐 아니라 일찍부터 조급하게 부모로부터 자유로워지길 원하지만 자립심과 책임감이 싹트는 시기는 갈수록 늦어지는 것 같다.

자식들만 부모로부터 자유로워지고 싶은 게 아니라, 부모 역시 자식들로부터 자유로워지고 싶다는 걸 자식들은 이해해 주기 바란다.

그러나 다 자란 자식이 마냥 부모한테 의존적인 한, 부모는 자식에게 얽매일 수밖에 없다. 성년의 날이라는 것도 있으니, 적어도 성년이 됐다면 부모를 자식 근심으로부터 자유롭게 해줄 의무를 느껴야 하지 않을까. 편히 모시고 즐겁게 해드리는 효도는 그다음 문제라고 생각한다.

다음은 스승의 날이었다. 젊은 부부가 많이 사는 우리 아파트 단지와 인접한 어떤 쇼핑센터에선 손수건과 화장품 세트가 동이 나는 호황을 누렸다. 그 정도는 유치원과 국민학교 저학년 선생님에게 맞는 선물이고 중고등학교로 올라가면 선물도 훨씬 고급스러워진다고 한다.

젊은 엄마들은 스승의 날 선물을 사면서도 선생님을 능멸하는 말을 조금도 삼가지 않았다.

"우리 애 선생님은 외제를 밝히는데 이까짓 게 눈에 찰까?"

"우리 반 선생님은 봉투를 좋아한답니다. 봉투엔 최소한 ×만 원은 넣어야 한다니 ×만 원이 뉘 애 이름인가?"

이럴 바엔 차라리 스승의 날을 없애는 게 스승에 대한 최소한의 예의가 되지 않을까.

이렇게 네 번씩이나 되는 장사꾼의 명절에 정신없이 휘둘리고 나서도 오월이 다 간 건 아니었다. 장삿속에 빼앗겼던 정신을 부랴부랴 가다듬고 아무리 열심히 근심하고 고뇌해도 풀 수 없는 어려운 날들이 굽이굽이 남아 있었다.

1년 중 가장 아름다운 달을 가장 넘기기 힘든 달로 움켜쥐고 있는 것은 과연 무엇일까? 잘 먹고, 잘 입고, 잘살고, 86, 88의 꿈에 들떠 있는 것도 좋지만, 보다 급하고 중요한 일은 우리들이 숨쉬고 있는 공기중에 원혼을 두지 않는 것일지도 모른다는 생각이 간절해지는 오월이었다. 원혼을 두지 않는다는 것은 있는 원혼을 없는 양 덮어놓고 부정하는 것하곤 물론 다른 것이어야 될 줄 안다.

어른과 아이

언제 어디서나 아이들을 바라보는 것처럼 큰 위안은 없다. 내 집 창밖에 바로 어린이 놀이터가 있는 것도 큰 복이다.

마음이 산란할 때나 눈이 피곤할 때면 베란다에 나가 놀이터의 아이들을 하염없이 바라보곤 한다. 아이들의 즐거운 함성에 이끌려 놀이터까지 어슬렁어슬렁 나가보는 적도 있다. 그러나 그 이상은 좀 힘에 겹다. 이를테면 남의 아이가 아닌 내 손자를, 바라보는 게 아니라 돌봐줘야 할 일이 생기면 이만저만 고단한 게 아니다. 육체적으로도 힘이 달리지만 정신적으로도 어떻게 다루고 길들이고 가르치는 게 옳은지 몰라 난감해질 때가 한두 번이 아니다.

우리가 아이들을 기를 때만 해도 모시고 사는 노인뿐 아니라 이웃이나 집안의 노인들까지도 육아에는 권위 있는 스승이었다. 그러나 오늘의 노인은 그렇지가 못하다. 기저귀는 어떻게 채우나, 간식은 무얼 먹이나까지 일일이 젊은 엄마의 눈치를 살피며 배워 익혀야 한다. 게다가 아이들의 기를 죽이면 안 된다는 시체 교육 방침에 밀려 버릇을 가르친다는 일은 엄두도 못 낸다.

흔히 말하듯이 손자에겐 책임이 없기 때문에 더 귀여운 것도 사실이나 의당 책임져야 할 것도 억제하려는 노력 때문에 더 피곤한 것도 사실이다. 무책임할 수 있어서 더욱 귀여운 것은 손자보다는 남의 아이들이다. 그러나 가장 허심탄회하게 바라볼 수 있는 남의 아이들에게도 문득문득 강렬한 책임감 같은 걸 느낄 때가 있다. 노파심이라고 할지도 모르지만 내 딴엔 사회적인 책임감이다.

며칠 전 아침 산책길에서였다. 전날 밤중까지 비가 내리다 새벽부터 갠 날은 크리스털처럼 영롱하고 투명했다.

가뜩이나 하루가 다르게 푸르러지는 나무들은 밤사이에 잎이 한 치는 더 자란 듯 풍성하게 우쭐거리고 있었고, 물기를 잔뜩 머금은 잔디는 감은 머리를 빗질하듯 아침 바람에 결을 가다듬고 있었다. 아무나 붙들고 활짝 웃으며 '좋은 아침입니다'라는 서양식 인사를 하고 싶은 날이었다.

양손에 남매의 손을 잡은 젊은 아버지가 앞질러 걸어가고 있었다. 그들도 산책을 나온 듯 아버지의 걸음은 마냥 느렸고 아이들은 아버지에게 대롱대롱 매달리기도 하고 깡총깡총 뛰기도 하고, 서로 툭툭 치기도 하면서 뭐라고 끊임없이 지껄이고 있었다. 보기 좋은 모습이었다.

여자아이의 뒤로 가뜬히 묶은 말총머리와 남자아이의 장발이 상쾌한 아침 바람에 나부끼는 모습은 나무나 풀의 푸름이 나부끼는 모습 못지않게 신선하여 싫증이 날 것 같지 않았다. 나는 그들에 이끌려 평소의 내 산책길보다 좀더 가 요새 새로 단장을 하고 있는 공원 앞까지 왔다.

그들과 마주보는 벤치에 앉아서 비로소 그들이 쓰고 있는 말이 우리말이 아닌 영어라는 걸 알았다. "몇 살이니?" "학교 다니니? 유치원 다니니?" "예쁘기도 해라" 이렇게 수작을 붙여보고 싶었던 나는 그만 움찔하고 말았다. 그들은 어른 아이 할 것 없이 전형적인 한국인의 모습을 하고 있었다. 또 그들이 한국인이라는 게 의심할 여지가 없는 것은 아버지가 쓰고 있는 영어는 한국말 악센트가 고스란히 살아 있는, 배워서 익힌 영어였다. 그러나 아이들은 달랐다. 요새 유행하는 라보나 그와 유사한 학원에서 익힌 영어가 아니었다. 미국 아이와 다름없는 발음으로 자유롭게 의사표시를 했다.

아버지가 직업상 아이들이 어렸을 때 미국 가서 살다온 모양이었다. 어쩌면 그곳에서 태어난 아이들인지도 몰랐다.

요새 그런 가족들은 드물지 않다. 아이들은 천성적으로 언어의 천재라는 말도 있듯이 가장의 직업상 온 가족이 해외로 이주하는 경우 언어 장벽을 극복하는 속도가 어른보다는 아이가, 아이도 어릴수록 빠르다고 한다. 그건 반대의 경우도 마찬가지일 것이다. 부모들의 서투른 외국어를 친구나 이웃을 통해 금세 익혀 부모의 통역 노릇까지 해준다는데, 부모의 나라로 돌아와서 가족과 이웃이 함께 쓰는 모국어를 익히는 건 시간문제인 줄 안다.

그렇더라도 그 단절기를 최소한으로 줄이기 위해 부모로서 고심하는 바가 없을 수 없으리라. 그러나 이 젊은 아버지는 그 반대의 조바심을 하고 있었다. 산책할 때부터 좀 말이 많은 아버지다 싶었는데 그들의 대화를 가까이서 들어보니 보통 대화하곤 달랐다.

아이들이 끊임없이 질문하고 응석을 부리면 어른은 대답하고 달래는 게 보통 어른과 아이들 간의 대화인데 이 집은 반대로 아버지가 아이들이 귀찮아하도록 많은 질문을 퍼부었다. "하늘은 무슨 빛깔이냐? 나무가 오늘 아침엔 왜 더 푸르냐? 우리 동네 슈퍼에선 어떤 물건들을 팔고 있더냐?" 등등 질문을 위한 질문으로 아이들을 괴롭히다시피 하고 있었다.

아이들이 아버지 곁을 떠나 저희들끼리 뛰놀고 싶어하면 아빠가 아이스크림 안 사줄 거라는 위협도 했다. 그 모든 말이 영어인 건 말할 것도 없다. 아버지는 아이들이 미국에서 익혀 아버지보다 더 잘하는 영어를 곧 잊어버리게 될까봐 초조해하고 있는 티가 역력했다.

지나친 억측이 될지도 모르지만 본바닥 영어를 길이 보존토록하기 위해 이미 아메리칸 스쿨에 보내고 있는지도 몰랐다. 아이들이 아버지의 질문에 유창하게 대답할 때나 저희끼리 자유롭게 지껄이는 걸 들으면서 아버지의 얼굴엔 회심의 미소가 떠올랐고, 아이들이 다투다가 딱 한 번 "덤벼"라는 우리말을 썼을 때 아버지는 "오 노우" 하면서 질겁을 했다.

그 아버지가 소싯적에 얼마나 고되고 어렵게 영어공부를 했으리라는 것은 이 나라 젊은이들이면 다 겪는 일이라 가히 짐작하고도 남음이 있었다. 한창 나이의 대부분의 시간을 남의 나라 말 습득에 보낸 자신의 쓰라린 경험에 비추어 노력하지 않고 습득한 자식의 본바닥 영어가 소중하고 대견해서 어떡하든 그대로 간직하도록 하고 싶은 부정 또한 이해 못할 바가 아니었다. 그럼에도 불구하고 그 아버지의 조바심이 왜 그리도 참담하고 비천하게 보였던지. 이제 그만하라고 악이라도 써주고 싶은 심정이었다.

꼭 그 아이들 만할 적에 가족 아닌 학교로부터 일본말을 강요받았던 나 자신의 체험까지 되살아나면서 우리의 식민지 시대는 과연 끝난 것일까라는 생급스러운 생각까지 주체할 수가 없었다. 자식을 데리고 제 나라로 돌아와서까지 제 나라 말을 못 쓰게 하고, 외국어를 자유롭게 하는 걸 그리도 신통하고 자랑스러워하는 게 그 아버지만의 문제라면 가족적인 문제에 지나지 않겠지만 이웃이나 친구까지 그런 아이를 선망과 동경으로 바라볼 게 틀림없다면, 그건 우리 모두가 책임져야 할 사회적인 문제가 아닐까.

그보다 앞서 어떤 모임에서의 일이다. 그 달이 가정의 달이어서인지 아이들 문제 중에서도 읽을거리 문제가 거론되었다.

국민학교 저학년의 어머니들이 한결같이 입을 모아 말하기를 아이들에게 창작 동화를 읽히고 싶어도 읽힐 만한 게 없다고 했다. 수적으로도 외국 동화가 압도적이지만 질적으로도 우리 것은 재미가 없다고 했다. 결국 그 책임은 동화 작가가 질 수밖에 없었고, 나도 동화를 몇 편 써본 적이 있는지라 어머니들의 지당한 항의에 민망함을 금할 수가 없었다.

그후 책방에 들른 길에 눈여겨보았더니 외국 동화라고 해도 근래에 나온 창작 동화는 드물었고 대부분이 고전으로 치는 것들이었다. 그렇다면 우리의 고전 동화와 비교해야 마땅할 듯한데 아이들이 콩쥐팥쥐보다도 신데렐라 얘기를 더 재미있다고 생각하는 건 과연 누구의 잘못일까?

이야기 줄거리로 보아 신통히도 닮아 있는 것은 콩쥐팥쥐와 신데렐라의 경우 말고도 얼마든지 있다. 비슷한 이야기를 꾸민 솜씨가 번역한 솜씨보다 못해서 덜 읽힌다고 보는 것도 무리이다. 같은 사람이 꾸미기도 하고 번안도 하기 때문이다. 확실히 틀리는 건 나오는 사람의 이름밖에 없다.

어려서부터 가지고 노는 인형, 보는 만화가 다 눈이 파랗고 머리카락이 노랗다. 금발을 빗질해주며 '예쁜아'라고 부르기보다는 '메리야'라고 부르는 게 훨씬 잘 어울린다. 한복을 입은 인형은 큰 유리 상자 속에서 너무도 우아하게 도사리고 있어서 아이들이 만져볼 엄두도 못 내게 되어 있다.

그러나 어려서부터의 친근감 때문에만 갑돌이와 갑순이보다 짐과 메리를 더 좋아하게 됐을까. 그렇다면 서양 인형의 유행이 한물가고 검은 머리 검은 눈을 한 우리 모습의 인형만 유행하게 되면 갑돌이 갑순이가 읽히게 된다고 낙관해도 좋으리라.

그러나 인형이나 만화영화가 왜 우리 모습을 하고 있지 않으냐까지 거슬러 올라가면 그리 간단해지진 않는다. 아이들의 그런 기호는 뭐든지 서양 것은 우리 것보다 앞서 있고, 보다 아름답고 보다 옳다는 어른들의 서양에 대한 경배심과 무관하지 않을 듯하다.

영어를 자유롭게 나불거리면서 우리말을 못하는 그 아이들을 우리 모두가 딱해하고 경멸했던들 그 아버지가 그토록 필사적으로 아이들의 영어 실력을 보존토록 애쓰지는 않았을 게 아닌가.

말 가난

내 방에 있으면 거실에 켜놓은 텔레비전에서 나는 소리를 알아들을 수는 없어도 노래인지, 뉴스인지, 연속극인지, 코미디인지 정도는 쉽게 알 수가 있다. 나는 밤 열시가 넘으면 거실에 있지 않고 내 방으로 들어와버린다. 그후에는 아이들이 내 눈치가 보이는지 볼륨을 아주 낮게 하므로 내 방에선 겨우 톤만 들린다.

어느 날 나는 아주 신기한 사실을 깨닫게 되었다. 그것은 내 방에서 톤만 듣고도 외화인지 우리 극인지를 알아맞힐 수가 있다는 것이었다. 시험 삼아 톤만 듣고도 외화다 생각하고 나가보면 틀림없이 외화이고 우리 극이다 싶으면 역시 우리 극이 틀림없었다. 외화라지만 다 우리나라 성우나 탤런트가 더빙을 하고, 그들이 억지로 외국식 억양을 쓰는 것도 아닌데 내가 톤만 듣고 외화인지 우리 극인지를 백발백중 구별할 수 있는 비결이 무엇일까.

우선, 우리 극은 외화에 비해 전체적으로 톤이 높다. 그러나 반드시 다 그렇다고는 볼 수가 없다. 그럼 무엇이 외화와 우리 극을 차이 나게 하는 것일까. 나는 그 차이를 곰곰이 생각해보았는데, 결론은 외화의 톤은 지적이고 우리 극의 톤은 감정적이란 것이었다. 여기서 지적이라 함은 교양이나 학력 따위가 풍긴다는 얘기가 아니라 자기의 주장이나 복잡한 감정을 상대방에게 논리적으로 펴 보이고 이해시키려는 침착하고 성의 있는 대화의 태도를 말한다.

외화나 우리 극이나 다 같이 등장인물들이 주고받는 말로 되어 있다. 그러나 우리 극엔 일방적인 수다, 욕구불만의 폭발 같은 아우성, 완벽한 성인의 설교, 웃기기 위한 말장난 등으로 되어 있다. 그런 것들은 단순한 말은 되지만 대화는 아니다. 심지어 '누구누구와의 대화'라고 하여 대화가 목적인 프로그램도 잘 들어보면 질의응답일 뿐 대화는 아니다. 질의자가 어떤 문제에 대해 질문을 하면 대답하는 사람은 유창하게 미리 준비한 대답을 한다. 때로는 응답자가 질문의 핵심과는 얼토당토않은 얘기로 시간을 끌기도 하고 겨우 변죽만 울리기도 한다. 그렇게 되면 질의자는 마땅히 그 점을 지적하거나 자기가 묻고 싶은 것을 보다 알기 쉽게 설명해서 서로 간의 이견을 좁히고 원하는 대답을 얻어내야 할 텐데 나는 아직 그런 질의자를 본 적이 없다. 질의자는 질문을 한 것만으로 자기 할 일을 다 했다는 듯이 대답에 별로 귀를 기울이지 않는다. 아무리 엉뚱한 대답을 해도 그만이니 대답하는 사람도 어떻게 하면 그 물음에 적절한 대답을 할 것인가는 생각지 않고, 단지 근사하게 들릴 말을 하기에만 급급하게 된다.

만남의 관계가 이루어지지 않는 말은 말일 뿐 대화는 아니다. 만나지를 않으니 공감도 반감도 있을 수가 없다. 그런 공소한 느낌은 대화에 직접 참여한 사람뿐 아니라 그것을 구경하는 사람도 마찬가지다. '무슨무슨 대화'라는 프로그램을 보고 나면 뭔가 크게 속은 것 같고 쓸쓸해지는 것도 그런 까닭이다.

여기서 하필 텔레비전 프로그램을 인용한 것은 요즘 가정에서의 대화 단절을 근심하고 그 까닭을 거론할 때마다 텔레비전이 빠지지 않고 등장하기 때문이다. 나 역시 텔레비전이, 가족들이 하루 동안 있었던 좋은 일 궂은일을 얘기하면서 단란하게 보낼 수 있는 시간의 대부분을 빼앗는다는 의견에 동의하는 편이다. 그러나 가족 간의 귀중한 시간을 빼앗는 것보다 더 나쁜 텔레비전의 영향은, 우리가 그것을 통해 무의식중에 배우게 되는 '말하는 방법'이다.

결코 쌍방의 의견이 좁혀질 리도 논쟁이 붙을 리도 없는 평행선식 질의응답, 오로지 웃기기 위한 말장난, 불난 집에서 뛰어나온 것 같은 외마디 아우성, 뭐 묻은 개가 뭐 묻은 개 나무라는 식의 설교 등이 우리가 주로 배우게 되는 말의 방법이다. 그렇다고 우리가 텔레비전만 탓할 수도 없다. 왜냐하면 거기 나타난 생활상, 사회상, 말의 방법 등이 싫든 좋든 우리들 모습의 반영이기 때문이다.

우리에게 대화다운 대화가 없기 때문인 것을 텔레비전 속에 대화가 없기 때문에 우리에게 대화가 없다고 말하는 것은 사진이 안 나와서 얼굴이 미워졌다고 말하는 것처럼 이치에 닿지 않는다.

그러나 가장 대화가 많아야 할 가정에서의 대화 가난은 그 영향을 무시할 수도 없거니와 우리의 마음을 매우 쓸쓸하게 한다.

우리가 언제부터 이렇게 대화 가난이 들었을까? 대화란 나와 너가 통하는 수단이다.

"그 사람하고 나하곤 통하는 데가 있거든." 이렇게 말할 수 있을 때 우리는 무한한 기쁨을 맛볼 수 있고, 그 통함이 이룩

된 과정은 두말할 것도 없이 대화이다. 집과 집 사이에 길이 있어 마을이 되고 마을과 마을 사이에 길이 있어 사회가 되듯이 사람은 나 아닌 남과 관계 맺지 않으면 인간일 수가 없고 그 관계는 대화를 통해서 비로소 만들어진다. 가장 원초적이고 질긴 어머니와 자식의 관계도 아이가 말을 모를 때는 핏줄의 통함만으로 충분히 모자의 관계가 이루어질 수 있지만 아이가 말을 배우고 나면 사정이 달라진다.

말이 통해야 진정한 부모 자식이랄 수 있게 된다. 진정한 부모 자식 사이가 되려면 서로 가치관이 통해야 하고 생각하는 것, 희망하는 것을 이해해야 된다. 그러기 위해선 부모 자식 간에도 끊임없이 대화가 있어야 한다. 대화가 없는 부모자식 간은 남남이나 다를 게 없다.

요즘 어머니들이 모여 자식 걱정을 할 때면 자기 아이는 커갈수록 무슨 생각을 하고 있는지 모르겠다는 것과 어른들과는 도무지 말을 하려 하지 않는다는 것이 거의 공통된 걱정거리다. 그것만 봐도 가족 간의 대화 없음이 얼마나 일반적인 현상인지 알 수가 있다.

어머니들은 흔히 세대차란 말로 그런 현상을 체념하려든다. 이젠 세대차가 심해서 두세 살 차로 세대차가 난다고들 하니 형제간에도 말이 안 통한다는 얘기다.

어지럼증이 날 정도로 빨라진 변화가 세대차를 심하게 만든 건 사실이다. 그러나 세대 간에도 대화가 있어야 한다. 세대차와 세대 간의 단절은 다른 말이다. 인류에게 문화가 생겨나고부터 변화는 있었고 따라서 세대차도 있어왔다. 세대 간의 대화는 결코 변화와 발전을 저해하는 요소가 아니다. 오히려 돌연변이나 국적 없는 발전 등 변화의 부정적인 것을 제거해준다. 맥락이 있고 정신이 이어지는, 즉 방향감각과 비전이 있는 변화를 위해선 세대 간의 대화일수록 활발해야 한다. 실상 그런저런 까다로운 까닭 없이도 우린 우선 외로워서라도 대화를 해야 한다. 그러나 외로워 외로워 못 살겠다는 노래가 있을 정도로 각자 심각한 외로움을 앓고 있으면서도 왜 대화는 점점 메말라가는 것일까?

우선 아이에게 말을 가르치고 나서 대화를 가르쳐야 할 단계에서 어머니들이 그것을 못하거나 서툴게 하는 데도 그 원인이 있다고 생각된다. 가끔 젊은 어머니들이 "우리 아이는 문제아인가봐요"라고 근심하는 얘기를 듣는다. 왜 그렇게 생각하느냐고 물으면 거의가 다 아이와의 대화를 통해 그 아이의 문제성을 발견한 것이 아님을 알 수 있다. 어떤 잡지에서 보니까 이만저만한 버릇을 가진 아이는 문제아이라는데 자기 아이가 그런 버릇이 있다든가, 아무개 엄마가 자기 아이가 문제아이라고 걱정하는데 우리 아이가 꼭 그 아이 같다든가 그런 어처구니없는 어림짐작으로 자기 자식을 문제아이로 생각한다. 엄마가 문제아이로 생각하면 아이는 문제아이가 될 수밖에 없다.

또 자식에게 옳고 그름, 할 수 있는 것과 할 수 없는 것, 예의범절 등의 가르침이 많이 줄게 된 것도 세대 간의 대화가 줄어든 원인이라고 생각된다. 그런 것들을 가르치다보면 '왜?'라는 물음도 생기고 도저히 승복할 수 없는 데서 오는 갈등도 생기게 마련이다. '왜?'라는 물음과 서로 간의 갈등처럼 대화를 생기 있게 하는 것이 없는데 요즘 어머니들은 아이들에게 오직 한 가지의 일방적인 요구밖에 할 줄 모른다.

"공부해라 공부해. 공부만 잘하면 뭣이든지 해주마."

그리고 그 뭣이든지의 내용은 전적으로 물질적인 것이다. 너는 공부를 잘해줄 것, 그것은 '왜?'라는 질문이나 이의가 있을 수 없는 절대적인 것이다.

이렇게 부모 자식 간의 관계가 물물교환식으로 변질된 것은 부모들의 탓만이 아니라 제반 사회적인 여건과도 관계가 있다. 그러나 아이들이 마음속에 말 못할 고민을 가졌을 때, 괜히 울적해서 심통을 부릴 때, 쓸쓸해할 때도 애정 깊은 대화로써 아이들의 문제를 해결하려 하기보다는 맛있는 군것질

거리나 유행하는 의복, 신발, 사치스러운 장난감 등 물질적인 것으로 대신하려 한다. 심지어는 엄마로서 의당 해야 할 애정 표시나 의무까지도 물질적인 것으로 대신하려는 경향이 요즘 부쩍 두드러져 보인다. 물질적인 것처럼 즉각적이고 눈에 잘 띄는 효과도 없다는 걸 알고부터 대화의 필요성이 그만큼 줄지 않았나 한다. 가정에서의 대화 없이 밖에서 아이들 사이에 대화 없음으로까지 번져가고 있는 조짐도 흔히 보게 된다. 아이들은 어디서나 참 잘 떠들고 잘 웃고 말이 많다. 거침이 없고 눈치도 안 보고 어른에게도 하고 싶은 말을 서슴지 않고 한다. 그러나 논리적인 말로 자기의 주장을 펴야 할 때라든가 복잡한 느낌을 표현해야 할 때 말문이 막히는 아이들이 의외로 많다. 또 남의 말을 듣고 나서도 입속에서나 표정으로 불평을 하면 했지 말로 나타내는 아이가 별로 없다. 말로 나타내면 그 말이 왜 옳지 않다는 것을 논리적으로 펴 보여야 할 장벽에 부딪히기 때문이다. 그래서 아이들 역시 말은 많지만 대화는 없다. 아이들 얘기를 옆에서 듣고 있으면 저절로 웃음이 난다. 그만큼 요즘 아이들은 남을 웃기는 말재간이 뛰어나다. 그러나 다 듣고 나면 어딘지 허전하다. 개그맨의 싹수가 보이는 아이도 나쁠 것은 없지만 지도자, 학자, 예술가, 농사꾼의 싹수도 보고 싶기 때문이다.

오고감이 없는, 일방적인 말의 풍년은 물론 아이들 세계만의 일도 어른과 아이들 사이의 일만도 아니다. 어른도 대화를 갈망하지만 그게 또 쉽지가 않다. 나 역시 동창회라든가 친구 아들딸의 결혼식날 등을 기다리는 것은 친구들과 만나 얘기를 하고 싶어서다. 오랜만에 만나 종일 얘기를 하고 나면 속이 다 후련하다. 그러나 집에 와 생각하면 더 허전하고 씁쓸해진다. 대화를 한 것이 아니라 수다를 떤 데 불과하였고 일방적으로 제 말만 했지 남의 말은 별로 귀담아들으려 하지 않아서다. 대화란 마음에 위안을 주는 동시에 새롭게 배우고 자기도 모르게 남을 가르치는 것이 있음으로써 비로소 가치 있는 것이 아닐까.

대화를 제대로 못하는 것은 남자들도 마찬가지이다. 남자들은 대화의 즐거움과 위안을 위해 술의 힘을 빌리지만 일시적인 스트레스 해소일 뿐 대화는 아니다.

왜 이렇게 대화가 어려울까? 대화처럼 중요한 인생의 어려움과 위안이 없다고 생각할 때 아무리 물질적으로 풍요한 세상도 삭막하고 빈곤해 보인다. 인간人間이란 말은 곧 사람과 사람 사이, 즉, 사회를 뜻한다. 사람 사이에 대화가 없이는 서로의 인간성, 즉 사람됨을 확인할 길이 없다. 인간이 사회성을 잃었을 때 비인간화될 수밖에 없는 까닭도 여기에 있다.

인간성 회복이 시급한 과제라면 대화의 회복은 그보다 앞서야 할 전제 조건 같은 것이 되어야 할 줄로 믿는다.

10년 만의 조국

오후 세시에서 네시 사이에 택시 잡기는 지레 겁부터 나는 일이다. 택시 정류장에 택시들이, 줄을 선 승객의 수효보다 더 많이 늘어서 있다고 해도 그중의 한 대도 행선지가 맞기는 쉽지 않다. 그 시간대는 이른바 교대 시간을 핑계로 택시들이 공공연하게 승차 거부를 할 수 있는 시간이다. 그런 시간에 변두리의 내 집과 차고의 방향이 같은 택시를 요행 만나게 되면 그렇게 반가울 수가 없다. 마치 횡재라도 한 기분이 된다. 일전에도 그렇게 어렵게 택시를 잡고 채 안도의 숨도 쉬기 전에 "같은 방향 손님 있으면 합승 좀 시켜도 되겠습죠?" 하고 기사아저씨가 물었다. 나는 그러문요, 그러문요, 두 번씩이나 흔쾌히 승낙을 했다. 그 시간에 혼자서 긴 거리를 간다는 게 과분한 사치로 여겨졌을 뿐 아니라 운전기사가 먼저 탄 승객에게 깍듯이 양해를 구하는 태도에도 호감이 갔기 때문이다.

그날은 나에게뿐 아니라 그 기사에게도 운수가 좋은 날이었던가보다. 내가 탄 곳에서 얼마 안 되는 곳에 있는 택시 정류장에서 마침 우리 동네까지 간다는 승객을 만날 수가 있었다. 같은 방향일 뿐 아니라 같은 동네라니. 운전사도 신바람이 나는지 "어서 오십시오" 하면서 싱글댔다. 그러나 차를 세운 건장한 승객은 문만 열어놓고는 느릿느릿 바바리코트를 벗었다. 그동안이 꽤 오래 걸렸다. 그다음엔 벗은 코트를 옷장에 집어넣을 때처럼 반듯하게 차곡차곡 접더니 무릎에다 얹어놓으면서 차 속으로 올라탔다. 내가 뒷자리에 앉았으므로 그의 자리는 당연히 운전사 옆자리가 됐다. 왜 코트를 벗었는지는 알 수 없었지만 그의 동작 하나하나로 미루어 보건대 매우 신중한 사람 같았다. 체격이 건장한 그는 그 자리가 몹시 거북한 모양이었다. 특히 머리가 차의 천장에 닿자 그는 몸을 비틀면서 신경질을 냈다.

"86, 88에 외국 손님 맞는다고 법석을 떨면서 택시가 이렇게 코딱지만 해서야…… 딴 택시도 다 이 꼴이요?"

그의 질문에 운전사는 약간 아니꼬운 듯 이렇게 반문했다.

"택시 처음 타보시는 모양이죠?"

"10년 만에 처음 타봐요. 미국서 어제 왔으니까. 발전 발전 하더니 겨우 이게 발전이야."

그는 이렇게 말하면서 연방 그의 정수리로 택시 천장을 치받았다. 조금만 앞으로 발을 뻗으면서 비스듬히 앉으면 한결 편해지련만. 그는 마치 서구인 못지않게 쭉 뻗은 자신의 체구로 소형차의 크기를 잴 척도로 삼을 심보인 것처럼 몸을 한껏 늘이고 있었다.

"아이고 그러세요. 몰라뵀습니다."

운전사가 한결 고분고분해지면서 송구스러워했다. 차가 강변로로 접어들면서 거대한 아파트군이 보이고 멀리 잠실체육관의 둥근 지붕도 바라보였다. 운전기사는 열심히 10년 전과는 댈 것도 아니게 달라진 우리의 발전상을 그에게 설명하려고 애썼다. 그는 시큰둥하게 "외국 사람 눈에 저까짓 아파트가 뭐가 신기하다고…… 한강물에 유람선을 띄운다면서요?" 했다. 나 역시 한강물에 유람선이 떠다니면서 구경할 게 아파트군밖에 없다는 데 진작 절망한 사람이지만 그의 야유보다는 운전사의 자랑에 더 동조하고 싶어진 건 그의 태도가 하도 같잖고 아니꼬워서였다. 그의 눈에 이 땅의 발전상이 우스꽝스럽고 못마땅해 보인 것 못지않게 외국서 살다 왔다는 게 이 땅을 사사건건 깔보고 트집 잡을 수 있는 특권쯤으로 아는 것 같은 그의 태도가 한심하고 우스꽝스러워 보였다. 그동안 서둘러 발전하느라 적이 꼴사납게 된 수많은 것들 중에다 자신의 모습도 포함시켜야 된다는 걸 그가 이 땅에 머무르는 동안 깨달을 수 있었으면 좋으련만.

부러운 다양성

아침에 눈을 뜨자 제일 먼저 눈에 들어온 게 TV 수상기였고 바로 손닿는 곳에 조정기가 있었다. 우선 켜고 보았다. 신생아를 안은 젊은 어머니가 산부인과 병원에서 퇴원을 하고 있었다. 나는 잘 모르는 이름인데 유명한 인기인인 듯했다. 아나운서인지 내레이터인지가 아기 어머니가 되고도 조금도 시들거나 달라지지 않은 그녀의 미모를 침이 마르게 찬양하고 있었다. 그녀가 우아한 미소를 띠고 아기를 안고 병원 문 앞에 대기시켜놓은 승용차를 타는 모습을 되돌려 보여주고 슬로비디오로 보여주고, 품안의 아기만 클로즈업으로 보여주고, 실로 다양하게 보여주더니 유명한 관상쟁이가 나왔다. 관상쟁이는 그 인기인의 신생아의 관상을 보기 시작했다. 설마 그 인기인이 아기를 낳자마자 관상쟁이를 불렀을 리는 없을 테고 그렇다고 관상쟁이가 제 마음대로 달려가서 남의 아기 관상을 본 것 같지도 않고, 순전히 화면에 비친 아기 얼굴을 보고 이러쿵저러쿵하는 관상인 듯했다. 직업이란 무서운 거여서 우리 눈엔 그저 신생아로밖에 안 보이는 아기를 관상쟁이는 잘도 뜯어보고 입이 어떻게 생겼으니 성격이 이러저러하겠고 코는 어떻게 잘생겼고 하는 식으로 한바탕 아기의 뛰어난 인간성과 빛나는 미래를 내다보았다. 다음은 성명철학가가 등장했다. 그 인기인의 아기는 벌써 그 조부로부터 이름을 지어 받았는데 그 이름이 얼마나 좋은 이름이냐를 성명철학가가 풀이하기 시작했다. 아기는 관상으로 보나 성명 풀이로 보나 전도가 양양했다. 오래오래 살고 건강을 누릴 테고, 자존심이 강할 테고 마음먹은 걸 초지일관 이루어 대성을 할 운명을 타고난 건 의심할 여지가 없었다.

아기에 대한, 정확히 말해서 아기의 부모인 인기인에 대한 관심은 여기서 끝나지 않고 앞으로 아기는 동생을 보게 될까? 보게 되면 사내동생일까, 누이동생일까?를 점치고 알아맞히는 점쟁이까지 등장해서 또 뭐라고 한바탕 늘어놓기 시작했다. 그 아기는 사내아기였고 이미 형이 하나 있는 둘째 아기였다. 인기인에 대한 관심도 이쯤 되면 그 극성이 너무

지나쳐 싫증이 나 채널을 딴 데로 바꾸어버리고 말았다.

지금까지의 이야기는 다행히도 우리나라 이야기가 아니다. 일본에서의 어느 날 아침 이야기이다. 우리나라 이야기가 아닌 게 얼마나 다행인가. 미국은 어떻고 일본은 어떻고 유럽은 어떻고 하면서 소위 선진국을 구경한 사람들 입에서 우리가 배우고 본받아야 할 것들이 끝없이 흘러나오게 마련이다. 어쩌다 한 번씩 외국 구경을 해보는 나라고 눈에 맨 부럽고 본받을 거만 띄지 않을 리가 없다. 너무 부러울 땐 속이 상하고 부글부글 끓기도 한다. 그러다가 이렇게 닮고 싶지 않은 것, 우린 아직 저렇지가 않아서 얼마나 다행인가 싶은 걸 만나면 괜히 마음이 놓이고 기분이 좋아진다. 고약한 심보라고나 할까.

그러나 일본의 TV 프로가 다 그렇게 쓰잘데없는 가십 프로, 오락 프로로만 차 있는 건 결코 아니었다. 채널마다 특색이 있었다. 특히 시청료를 받고 CM이 없는 방송의 진지하고 공정한 보도, 수준 높은 교양 프로는 볼만했다.

책방에 가면 시사교양지가 있는가 하면 주간 오락지, 황색지도 있고 현대물이 있는가 하면 고전물도 있다. 전문지가 있는가 하면 일반 교양지가 있고, 골치 아픈 무거운 읽을거리와 심심풀이의 오락지가 있어 독자에게 다양한 선택의 자유가 보장돼 있다.

우리의 몇 안 되는 채널이나마 제각기 특색이 있었으면 싶다. 개성이 없다는 건 곧 존재 이유가 없다는 것과도 같은 뜻이 아닐는지.

우리들 보통 사람의 미국

요새는 정치하는 자리가 아닌 안방이나 집밖의 모임, 택시 속 같은 데서도 몇 사람만 모였다 하면 자연스럽게 나라 근심들을 하게 된다. 속을 줄 수 있는 친구끼리라면 이 나라가 도대체 어디로 가고 있을까에 대한 우려와 희망도 한결 뜨겁고 절절해진다. 그러다가 무슨 말끝엔가 우리들 중에 누군가가 또는 그 자리엔 없지만 우리들이 다 아는 우리들과 비슷한 누구누구가 미국 영주권을 갖고 있다든가 곧 그게 나오게 돼 있다는 걸 알게 될 적이 있다. 얼마 전까지만 해도 특별한 사람이나 가질 수 있는 건 줄 알았는데 요새는 보통 사람들 중에도 어떤 방법을 통해선지는 모르지만, 그걸 가졌거나 가지려는 사람이 아주 드문 건 아니어서 우리는 별로 놀라지도 않는다. 또 부러워하거나 비난하지도 않는다. 그만 일로 우정에 금이 갈 만큼 우리는 옹졸하지 않다.

그러나 한배에 타고 있다는 일체감에는 은연중 금이 가면서 그 사이로 찬바람 같은 게 부는 걸 느끼는 것만은 어쩔 수가 없다. 우리 배가 든든하고 항해가 순조롭다면 전혀 느낄 필요가 없는 불필요한 감정이다. 우리 배의 운명이 불안할 때 우리 사이에 스며 있는 미국은 수적으로 아무리 적다 하더라도 이렇게 우리 사이에 중대한 틈을 만들고 있다.

물론 그 반대의 경우도 있다. 우리 보통 사람들의 친구나 친척 중 실력도 있고 근면 성실하고 마음도 올바르게 박혀 마땅히 잘살아야 할 사람이 하는 일마다 안 되고 인정을 못 받아 우리 마음을 아프게 하다가 어느 날 훌쩍 이민을 떠나는 수가 있다. 우리는 거듭되는 좌절로 축 늘어진 그의 어깨를 두드려주며 마음으로부터 미국이 그에게 희망의 나라가 되길 바란다. 아닌 게 아니라 몇 년 후 그가 그 땅에서 기를 펴고 잘산다는 소문을 듣게 된다.

이 땅에서 원리 원칙만 고수하다가 상처투성이가 된 그가 그 땅에서 역시 그 성질을 못 버리고도 살 만해졌다는 소문은 우리를 기쁘게 한다. 그럴 때 미국은 그에게 뿐만이 아니라 우리 모두에게도 희망의 나라가 된다.

마치 제집 문밖을 드나들듯이 자유롭게 미국과 한국 사이를 왕래하는 사람들도 있다. 상용이나 공용이 아니라 문자 그대로 바람을 쐬러 그렇게 오갈 수 있는 사람은 보통 사람들과는 처지가 다른 사람이지만 보통 사람들이 종종 구경을 할 수 있을 만큼 드물지가 않다. 그런 사람들은 미국 다녀온 것도 줄여서 그냥 나갔다 왔다고 한다. 최소한도 1년에 한 번씩은 나갔다 와야만 답답증이 풀리고 생기가 난다고 말하는 사람도 있다. 정말로 나갔다 온 직후의 그들은 표정에도 옷깃에도 싱그러운 산소의 냄새 같은 게 묻어 있는 걸 감지하게 된다. 정말 미국엔 한국보다 산소가 더 많은 걸까. 그렇다면 1년에 한 번씩 나가서 산소 공급을 받을 길 없는 절대다수의 보통 사람들의 산소결핍증은 어쩌란 말인가.

아무리 살 만한 땅에 비해 인구밀도는 세계 제일이라지만, 삼면이 바다고 철따라 나무와 푸성귀와 오곡백과가 잘되는 땅이니 그럴 리가 없다면 미국이 우리의 숨통을 트이게 하는 까닭은 무엇일까? 무진장 넓은 땅인가? 도처에 범람하는 미제인가? 1년에 한 번이라도 나갔다 와야만 살맛이 난다는 사람들일수록 지식층이기 때문에 우리는 그들이 그런 그림의 떡에 혹해 나가고 싶어한다고 생각하지 않는다. 그들이 일시적이라도 벗어나고 싶어하는 것은 우리만의 경직된 사고의 틀이 아닐까. 그래서 우리네 보통 사람들은 종종 나가서 바람을 쐬고 올 수 있는 사람을 부러워하거나 시기하기보다는 '우리는 과연 뭔가?' 미국에다 우리 실제를 비춰보게 된다. 미국이 제아무리 자유와 민주주의의 본고장이라고 해도 그곳을 열불이 나게 드나들면서 그것을 마음이나 옷깃에 묻혀올 수 있는 건 아니라는 것쯤 알고 있는 것 또한 보통 사람들의 양식이다.

뒤가 구리거나 제 발이 저린 사람들이 까짓거 미국으로 이민이나 갈까 하는 소리를 쉽게 하는 걸 우리는 심심치 않게 듣는다. 실지로 도덕적으로 구제할 길 없는 낙인이 찍힌 사람이 어느 날 우리 주위에서 사라지고 얼마 있으면 이민 갔다더라는 후문이 들린다. 공부는 안 하고 못된 짓만 하던 자식도 돈만 있으면 미국 대학에 보낼 수가 있다. 몇억 몇십억의 빚쟁이가 감쪽같이 도망갈 수 있는 곳도 미국이다. 이 땅에서 용서받지 못할 불륜의 사랑도 미국 가서는 여봐란듯이 꽃핀다. 마땅히 국민의 것이 되어야 할 권력으로 부정 축재한 돈을 챙겨가지고 가서 잘사는 구정치인, 부정 축재를 착착 미국 땅에 이식하는 사람들에 대한 소문도 보통 사람들은 알 만큼 알고 있다. 아마 구멍가게 금고를 털다가 쫓기는 몸이 된 파렴치범도 뒤숭숭한 잠자리에서 미국으로 도망할 수 있기를 꿈꾸지도 모른다.

원리 원칙대로 살려는 사람들에게뿐 아니라 상습적으로 비리를 일삼던 사람들에게도 미국은 동경의 땅이요 마지막 도피처다. 우리네 보통 사람이 볼 때는 미국은 우리의 희망의 땅인 동시에, 우리의 거대한 쓰레기통이다. 내 고장에 비해 쓰레기통이 너무 크다는 건 내 고장을 깨끗하게 하기보다는 쓰레기를 양산하는 데 더 큰 보탬이 되고 있지 않나 우려하는 것도 보통 사람다운 근심이다. 또 그들을 감히 쓰레기라 부르는 것은 어디까지나 그들의 사람됨이 버려도 아깝지가 않겠기에 해본 소리일 뿐, 챙겨가지고 가는 부는 알토란 같아 미국이 우리 어려울 때 거저로 베푼 걸 그런 방법으로 환수하는 게 아닌가 하는 의리 없는 의심까지 할 지경이다.

그러나 의리부동을 가장 부도덕한 걸로 치고 능멸한 예의지국 국민답게 우리는 미국이 우리가 배고플 때 먹을 걸 주었고, 우리가 위험에 처했을 때 피 흘리며 같이 싸워줬다는 우방 혈맹의 관계를 행여나 잊을세라 자칫 무디어지려는 마음을 꼬집어가며 길이 기억하고자 애쓰고 있다. 사람이 은혜를 모르고 어찌 사람이라 할 수 있단 말인가. 그러나 6·25 때 입은 은혜를 잊지 않으려는 의리 때문에 우리의 귀나 눈까지 먼 것은 아니다. 그들이 세계 도처에서 저지르는 실로 대국답지 못한 짓, 자국의 이익을 위해선 밥 먹듯이 쉽게 저지르는 배신 행위, 오만불손한 강자의 횡포를 낱낱이 보고 듣고 있고 때로는 앙분하고 때로는 어이가 없어 한숨을 쉬기도 한다.

학생들의 구호에 노골적인 반미 구호가 나왔다 해서 크게 경악한 나머지 친미를 애국과 혼동하려는 사람까지도 생겨나는데 반미나 친미 감정은 보통 사람의 감정 속에 늘 이렇게 복잡스럽게 공존하는 것이지 조금도 새삼스럽거나 펄펄 뛰게 놀랄 만한 것은 아니다. 또 보통 사람이 친미 감정을 느낄 때는 무사안일과 현상 유지에 급급하여 의타적일 때고, 반미 감정을 느낄 때는 국가적으로 자존심이 상한 사건 같은 게 계기가 되어 세계 속의 우리의 위치 같은 걸 돌아보면서 마냥 이래서는 안 되는데, 하면서 늠름하고자 몸부림칠 때라는 것도 정치하는 분들은 알아줬으면 싶다. 그러나 반미가 곧 애국이라는 생각도, 친미가 곧 애국이라는 생각 못지않게 의타적인 착각일 수도 있다. 부모의 말이라면 사사건건 반대로 나가는 것도 부모의 눈치만 보는 것과 마찬가지로 부모 의존적인 행위이지 주체적인 행위는 아닌 것과 마찬가지이다.

내 집, 내 나라 근심도 태산 같은 보통 사람이 적지 않은 시간을 미국은 과연 뭔가를 생각하게 되는 것은 다름아닌 우리는 뭔가를 알기 위해서이다. 여기서 말하는 보통 사람이란 비록 정치가들처럼 큰소리로 애국 애족을 약속한 바는 없으나 이 나라가 어디로 가고 있는지 근심이 되기 시작하면 밤잠을 못 이루는 사람들이다. 또 이 땅의 보통 사람이 무엇을 원하나보다는 미국이 무엇을 원하나를 눈치보기에 여념이 없는 정치가를 한심해할 줄도 아는 사람들이다. 배가 난파하려면 쥐가 제일 먼저 배를 떠난다고 한다. 쥐가 책임져야 할 것은 자기 한 목숨이지만 사람의 책임감은 공동체의 운명을 외면하지 못한다. 보통 사람들은 쥐가 될 수 없는 사람들이다.

외국 같다

얼마 전 친구들과 3박 4일의 여행을 다녀온 일이 있다. 지난해부터 꾸민 일이건만 막상 떠나는 날까지도 어디로 갈 것인가조차 정해지지 않은 채였다.

어디로 가느냐보다 집을 떠난다는 게 더 중요했고, 다른 때도 아닌 정초에 식구들, 특히 남편을 떼어놓고 과연 떠날 수 있을 것인가는 자신에 관해서도 친구들에 관해서도 예측을 불허하는 흥밋거리였다.

정월 초이튿날, 고속버스 터미널의 약속 장소에 전원이—전원이라야 단 세 명이지만—정각에 모인 걸 확인한 우리는 우선 환성부터 질렀다. 제각기 착한 남편들의 흔쾌한 승낙을 얻고 떠났건만 마치 반란을 성공시킨 것처럼 짜릿한 쾌감을 느겼다. 하필 떨어져 있던 식구들도 모일 때, 남편이 아내에게 가장 많은 시중을 시킬 때, 집안일을 떠날 수 있었다는 게 그렇게 신나고 즐거울 수가 없었다.

우리는 그 자리에서 비로소 여행안내 책자를 펴들고 갈 곳을 물색했다. 세 사람이 다 안 가본 데를 찾기란 쉽지 않았다. 이미 이 나라 안엔 미지의 고장이 남아 있지 않다는 게 우리의 부푼 해방감을 적이 김새게 했다.

짚신감발이면 모를까, 한껏 속도가 빨라진 탈것으로 떠나기엔 이 나라가 너무도 좁다는 게 새삼스럽게 가슴을 답답하게 했다.

셋이 머리를 맞대고 궁리한 끝에 남해의 섬을 하나 골라잡았다. 섬이지만 육지와 연결된 다리가 있어 교통이 편하고 셋이 다 안 가본 데라는 게 그 섬을 택한 까닭의 전부였다. 섬이면 사방이 바다인 것만은 의심할 여지가 없었다. 그 이상은 바랄 게 없었다.

우리는 마치 우리의 답답증이 바다에의 굶주림에 연유했던 양 섬과 바다에 미리 흥분해서 가슴을 울렁거리며 고속버스에 몸을 실었다. 광주에서 시외버스를 갈아타고 섬 J에 다다른 것은 어둡고 나서였다. 우선 숙소를 잡아야 하는데 읍내에 몇 안 되는 여관은 다 차 있다고 한다. 추운 겨울밤에 여관마다 거절을 당하니 매우 난감했다. 운전기사한테 사정을 해서 읍에서 떨어진 면 소재지쯤 되는 데로 가서 겨우 여인숙을 하나 잡을 수가 있었다.

운전기사는 우리가 단지 관광을 위해 그 섬에 왔다는 걸 퍽 의아하게 생각하는 눈치였다. 볼만한 데를 묻는 우리에게 아직 개발이 안 돼서 볼만한 데가 없다고 했다. 우린 속으로 바로 그거라고, 개발이 안 된 상태야말로 우리가 보고 싶어하는 거라고 쾌재를 불렀다.

여인숙 방은 불결하고 추웠다. 식사는 밖에서 사먹어야 된다고 하기에 잘하는 음식점을 물어 찾아갔다. 작은 음식점인데 정육점을 겸하고 있어서 주방과 식당 사이 칸막이 선반 위에는 피가 뚝뚝 떨어지는 돼지머리 두 개가 올라 앉아 있었다. 뭘 잘하느냐고 했더니 김치찌개가 먹을 만하다고 했다. 섬엔 해물이 흔하려니 했는데 김치찌개라니, 그러나 벽에 써 붙인 몇 가지 안 되는 차림표에도 해산물이 든 건 찾아볼 수가 없어 김치찌개를 시켰다.

돼지 대가리가 올라앉은 칸막이 선반은 도마도 겸하고 있어 여자가 거기서 돼지고기를 뭉텅뭉텅 썰더니 김치와 함께 냄비에 넣고 끓이기 시작했다. 우린 다 식성이 까다로운 편이 아니었지만 피가 뚝뚝 떨어지는 생돼지머리 앞에서 그 고기를 먹으려니 도무지 식욕이 나지 않았다. 아침은 설치고 점심은 휴게소에서 커피 한잔으로 때워 어지간히 시장한데도 비위가 가라앉지를 않아 밥이 잘 넘어가질 않았다. 그런 중에도 우린 주인 남자에게 그 섬에서 볼만한 데가 어딘가를 알아보려고 했다. 글쎄요. 아직 개발이 안 돼서 뭐 볼 게 있남요. 그 남자 역시 운전기사와 같은 소리를 했다. 그러나 운전기사한테 처음 그 소리를 들었을 때처럼 반갑지가 않고 조금씩 불안해지기 시작했다. 개발이 안 됐다는 게 자연 그대로가 남아 있단 소리로 들리지 않고, 생돼지머리를 손님 코앞에다 들이댄 채 돼지고기를 썰어서 즉석요리를 만드는 무신경과 같은 뜻으로 들려서였다.

그날 밤, 방은 춥고 덮을 것인 화학섬유 홑청은 끈적끈적하고도 차갑게 휘감기고, 배는 고프고 해서 잠을 잘 이룰 수가 없었다. 버너라도 하나 챙겨가지고 왔으면 라면이라도 끓여먹을 수 있으련만…… 우리는 취사도구는 일절 안 갖고 오기로 약속한 걸 벌써 후회하고 있었다. 집에서 1년 열두 달 허구한 날 하는 먹는 시중을 밖에서까지 할 게 뭐냐, 밖에 있는 동안만이라도 철저히 남의 시중을 받아보자는 의도로 우린 이미 그런 약속까지 했던 것이다.

다음날 아침 우린 좀더 나은 음식점을 찾아보려 했지만 그

동네선 그나마도 그 음식점만한 데가 없어서 또 그리로 갔다. 두 개의 돼지머리는 여전히 눈을 가느스름히 감고 좌판 위에 올라앉아 있었다. 돼지고기를 피해 설렁탕을 시켰다. 기다리는 동안 화장실에 다녀온 우리는 아침도 제대로 먹을 수가 없었다.

화장실은 뒤란에 있어서 부엌을 통과해야 하는데 부엌 속의 불결함은 정말이지 눈을 뜨고 바로 보기가 민망할 지경이었다. 텔레비전을 통해 음식점의 불결한 주방도 많이 봐와서 어지간한 걸로는 놀라지 않을 자신이 있었는데 더께 앉은 선반과 부엌 바닥에 차려놓은 음식, 남은 음식이 어린이 기저귀 양말짝 등 빨랫거리와 함부로 뒤섞여 있는 데는 질릴밖에 없었다.

금강산도 식후경이라더니 배가 고프니까 섬의 소위 개발 안 된 상태가 도무지 좋은 줄을 모르겠어서 그냥 마지못해 한 바퀴 돌아보고 말았다. 섬사람들은 한결같이 아직 개발이 안 돼 볼 게 없다며 엄동설한에 여자들끼리 그 볼 것도 없는 데를 찾아온 걸 이상하게 여기는 눈치였다.

우린 소위 개발이라는 데 넌더리가 나 있는 터였다. 어디를 새로운 관광지로 개발한단 소리만 들어도 또 좋은 데 하나 버렸군 하는 아쉬움을 느꼈고, 그렇게 하나하나 좋은 데를 잃어왔다. 그래서 단지 개발이 안 됐다는 것만으로 향수를 느끼기까지 했다. 개발이 안 됐다고 해서 이 좁은 땅에 처녀지가 남아 있을 리 없건만 그래도 청정한 바다와 맑은 공기와 원시림과 함께 우리 생활의 본디 모습을 볼 수 있길 바라서였다.

다소 불편은 있더라도 지금처럼 되바라지기 전의 우리 생활의 순박한 본디 모습으로 돌아가보고 싶은 건 자연애의 향수 못지않다. 그런데 소위 개발이 안 된 곳일수록 더럽게 하고 살고, 그걸 부끄러워할 줄 모른다는 건 혹시 우리 생활의 본디 모습이 그렇게 불결한 것이 아니었을까 하고 의구심마저 자아내게 했다.

때로는 가난과 불결을 동일시하면서 가난을 부끄러워하지 않아도 되는 거라면 불결이 부끄러울 게 뭐냐는 식의 배짱도 없지 않아 있는 것 같다. 그런 배짱들 때문에 그 섬은 다시 가고 싶지가 않다. 그들이 기대하는 개발이 된다고 해도 말이다.

그 섬에서 여수로 나오니 살 것 같았다. 우선 면으로 홑청을 씌운 이불이 있는 여관에 들 수가 있었고 더운 물에 몸을 씻을 수가 있었다. 일부러 개발이 안 된 곳을 찾아간 지 만 하루 만에 다시 개발을 만나서 허겁지겁 반가워하는 우리 꼴이라니.

여수에서 엔젤호로 충무로 가서 이번엔 충무 관광호텔에

묵기로 했다. 우리가 편리와 청결을 좋아하는 도시인일 뿐이란 걸 구태여 속일 필요가 없다고 생각했다. 남의 눈이 아닌 자기 눈을 속이려고 할 때 훨씬 더 피곤한 법이다. 도시를 떠난 지 사흘 만에 우리는 스스로 도시의 인력권에 빨려들어와 피곤을 풀고 안도의 숨을 내쉬고 있다.

한려수도는 지중해보다 더 아름다운 잉크빛이었다. 호텔은 충무시의 가느다란 꼬리처럼 돼 있는 곶(岬)의 끝에 자리 잡고 있어 삼면으로 바다가 보이는 절경이었다. 우린 연방 탄성을 지르며 정원을 거닐었고 바다에 면한 잔디에 누워서 일광욕도 했다. 우리 중에 누군가가 "외국 같다"고 말했다. 우린 다 같이 그 말에 즉각 동의했다. 왠지 그때 그 분위기는 우리로 하여금 최대의 찬사를 발하게 했는데 왜 하필 그 최대의 찬사가 "외국 같다"였을까.

나는 뒤늦게 그 까닭을 곰곰 생각했지만 알 수가 없었다. 그 호텔의 건물이 특별히 이국적이었던 것도 아니고 우리가 호텔이라는 데를 처음 가본 것도 물론 아니었다. 서울에 부지기수로 많은 호텔 중에 2, 3류 정도의 작은 규모였고, 작으나마 미적으로 강렬한 주장을 하고 있는 개성 있는 건물은 더군다나 아니었다. 정원은 넓은 편이었고 잘 가꾸어져 있었지만 이국적인 정치를 느낄 만한 특별한 식물이 있는 것도 아니고 꾸밈이 색다른 것도 아니었다. 되레 휴지통을 돌절구처럼 꾸민 거라든지 동백나무 산호수 등의 정원수가 우리 고유의 정서에 더 친근감을 주면 주었지 이국적으로 꾸미려고 애쓴 데는 전혀 없었다.

그런데 어째서 세 사람이 한결같이 외국 같다라는 첫인상을 받았을까? 다만 좋다는 걸 무심히 외국 같다고 표현했대도 그건 기분 나쁜 일이었다. 우린 세 사람이 다 한두 번씩은 주마간산 식으로나마 외국 바람을 쐰 적이 있고 그중 한 친구는 이 세상 안 가본 데가 없이 두루 다녀왔건만 우리나라처럼 아름다운, 그야말로 금수강산은 없다는 데 이의가 없을 터였다. 사랑하기 때문에 아름다워 보인다는 것은 다른 것과 비교할 수 없는 절대적인 것이었다. 그렇다면 아무리 오랜만에 마음 놓이게 기분 좋은 경치에 접했다고 해도 하필 외국 같다는 칭송의 말을 할 게 뭐였을까?

그 의문은 곧 풀렸다. 회를 사먹으러 해변가로 나가기 위해 원시림처럼 꾸며놓은 수풀 사이 오솔길을 지나 조그만 철문을 나섰다. 호텔 경내를 벗어나자마자 해변가였다. 또한 호텔 경내를 벗어나자마자 쓰레기 더미였다. 비닐봉지, 깡통, 유리병, 신문지 등이 어지러이 흩어진 걸 보면서 외국 같다는 인상이 어디서부터 비롯됐는지 분명히 알아낼 수가 있었다.

오래간만에 티끌 하나 없이 구석구석 정결하게 가꾸어진 환경이 외국처럼 비쳤던 것이다. 그렇담 저렇게 쓰레기를 함부로 버리는 무신경이 우리들의 본디 모습이란 말인가?

바닷가 횟집에 앉아서도 그 문제에서 좀처럼 놓여날 수가 없었다. 바닷가에 즐비한 횟집 중에서 한 집을 고를 때도 될 수 있는 대로 깨끗한 집을 고르려 했다. 가장 깨끗하고 양지바른 집이었다. 바로 발밑에서 바닷말이 환히 들여다보이게 맑은 바닷물이 철썩이고 지척에 거제도 죽도 한산도 그 밖에 이름 모를 섬들이 그림처럼 있었다.

그러나 바닷말과 함께 바다의 그 무한한 정화력으로도 영원히 정화시킬 수 없는 시뻘건 비닐 조각도 떠 있었고 크고 작은 비닐 통, 유리병, 신문지 조각이 파도가 넘실거리는 바위틈에 버려진 채였다. 그곳은 바로 횟집 마당이기도 했다. 겨울이라 손님이 없어서 문을 닫은 횟집도 많고 문을 연 집도 우두커니 먼바다나 바라보고 앉아들 있는데 바로 제 집 마당의 쓰레기도 좀 치워놓고 손님을 기다리면 좀 좋을까. 하긴 엄격히 말하면 바닷가는 횟집 마당에서 손이 닿을 듯이 가까울 뿐 마당 안은 아니었다. 마당과 바닷가도 야트막한 축대로 경계를 이루고 있었고 경계선 안은 정결했다. 호텔 마당이 아무리 넓어도 울타리 안은 골고루 정결하고 울타리를 한 발짝만 벗어나도 쓰레기 더미인 것처럼.

그럼 소위 관광지로 개발이 된 고장의 울타리 밖의 이런 불결은 누가 책임을 질 것인가. 그들이 바로 빤히 보이는 울타리 밖의 불결을 그렇게 방치하는 건 그 책임이 관광객에게 있기 때문인지도 모르겠다.

너희들이 허구한 날 저렇게 더럽히고 가니 우린들 어쩌겠느냐고 일부러 그렇게 버려두는 건지도 모르겠다. 가장 깨끗한 양 개발 안 된 섬의 불결한 부엌을 막 피해 나온 우리도 이제 피하려야 피할 수 없는 우리가 저지른 우리 몫의 불결과 정면으로 대면하지 않으면 안 되었다. 골고루 미친 청결을 보고 외국 같다고 느낀 이질감도 바로 자신 속에 있는 불결에 대한 이런 체념 내지는 무책임 때문이 아니었을까, 슬그머니 부끄러워졌다.

울타리 밖의 불결을 우리 공동의 치부로 인식하고 더불어 책임을 져야 하는 건 애국 이전의 문제가 아닐까. 우린 곰보나 코찡찡이한테서도 얼마든지 좋은 점을 발견해서 사랑을 느낄 수 있지만 씻지 않은 얼굴, 눈곱 낀 눈, 누런 이빨을 보고는 절대로 사랑을 느낄 수가 없다.

3부

서울내기 시골뜨기

화로를 인 여인

요샌 일기예보가 참 잘 맞는다. 특히 주말 예보가 잘 맞아 야외 나들이 계획을 세우는 데 많은 도움을 주고 있다.

이사 가기로 한 날도 일요일인데 가랑비가 뿌릴 거라는 예보였다. 그러나 야외 놀이처럼 간단히 계획을 바꿀 수는 없었다. 우리가 판 집으로 그날 당장 주인이 들어오는 건 아니었지만 친정어머니가 손 없는 날이라고 받아주신 날을 일기예보 때문에 바꾼다는 건 경망스러운 것 같기도 하고, 지나치게 현대적인 것 같기도 했다. 짐을 미리 다 싸놓은 것도 문제였다.

이사 가기 전날 밤은 빗소리가 나나 안 나나 귀를 기울이느라 잠도 제대로 못 잤다. 비올까봐 잠 못 이루기는 국민학교 적 소풍 전날 밤과 흡사했지만 그 기분은 사뭇 달랐다.

“나즉하고 그윽하게 부르는 소리 있어 나아가 보니, 아아 나아가 보니……”로 시작되는 이슬비를 노래한 시처럼 나즉하고 그윽하게 빗소리가 나는 것도 같고 안 나는 것도 같았다. 날 밝기 전 창밖으로 손을 내밀어봐도 비가 오는 것 같고, 다만 공기중에 습도가 높은 것도 같았다. 일기예보는 전국적으로 가랑비가 내리고 있으나 오후부터는 갤 거라고 했다. 반가운 소식이었다. 바로 이웃 동네로 가는 이사니 오후에 떠나도 늦을 건 없었다. 우리는 천천히 준비를 하면서도 고개가 삐뚤어진 것처럼 연방 하늘만 쳐다봤다.

우리는 일기예보에서 말한 오후를 문자 그대로 정오가 지난 즉시로 생각하고 싶었다. 그러나 그게 아니었다. 열두시가 지나자 나즉하고 그윽하게 오던 비가 소리내어 오기 시작했다. 그땐 벌써 이삿짐센터에서 와 있을 땐데도 이사를 연기하자는 의견이 나왔다. 연기할 것인가 강행할 것인가를 마지막으로 결정해준 것은 가장이나 주부의 권위도 이삿짐센터의 투정도 친정어머니의 손 없는 날도 아니었다. 우리는 오후에 비가 갤 것이란 일기예보를 철석같이 믿고 이미 아파트 관리실에 부탁해서 가스레인지를 떼고 가스 파이프를 굳게 봉인한 뒤였다. 하루를 더 머물러도 가스 없이는 곤란했다. 전기제품도 약간은 있었지만 이미 이삿짐 속에 깊이 포장되어 우리는 차 한잔을 끓여 마실 재간이 없었다. 그걸 핑계로 이사를 강행하기로 했다.

그럭저럭 새집에다 짐을 내린 시간은 오후 네시 가까운 시간이었고 그 무렵에야 겨우 비가 멎었다. 우리 식구도 그랬지만 이사를 거들어준 친척이나 아들의 친구들도 배가 고프다고 아우성치기 시작했다. 새집에선 밥만 새로 짓기로 하고 국과 반찬을 미리 마련해왔기 때문에 잠깐만 기다리면 진수성찬을 차려주겠다고 큰소리를 했다. 그러나 새집 역시 아파트였기 때문에 가스 연결이 문제였다. 제일 늦게 쌌고, 제일 먼저 가져온 가스레인지였지만 연결을 하려면 관리실 사람을 불러야 하는데 말만 곧 간다고 하고 와주질 않았다. 아무리 급하게 아우성을 치고 화를 내도 소용이 없었다. 우리는 야외놀이 할 때처럼 마련한 푸짐하고 즐거운 점심식사를 단념하고 중국음식점에다 짜장면을 시켰다. 우선 요기라도 하고 기다려야지 허기가 져서 견딜 수가 없었다.

우리를 도와주러 온 사람들이 급하게 허기진 배를 채우느라 입가에 짜장면 테를 두른 걸 보면서 문득 예전에 하던 이사 생각이 나서 가슴이 뭉클해졌다.

어렸을 때 우리집은 이사를 자주 다녔다. 서울에 와서 처음 몇 년간은 셋방살이를 했기 때문에 그랬을 것이다. 이삿짐은 초라했고 한 리어카밖에 안 되었다. 지금까지도 안 잊히는 건 리어카꾼보다 저만치 앞서서 길을 인도하는 어머니의 모습이다. 이사 갈 때마다 어머니는 머리에다 화로를 이고 앞서 가셨다. 여름이건 겨울이건 상관없었다. 이사 가는 날이면 아침부터 풍로에다 참숯을 이글이글 피워서 그걸 화로에 옮겨 담아서 그렇게 손수 이고 가셨다. 그때만 해도 불씨를 꺼뜨리면 쫓겨나는 시대는 이미 아니어서 끼니때마다 장작이나 숯불을 피워서 썼건만 어머니에게 불은 신성한 그 무엇이었다. 재물과 활력의 상징이었다. 그래서 화롯불만은 리어카에 절대로 싣지 않고 손수 이고 가셨고, 또 새집에 어떤 이삿짐보다 앞서 당도해야 했다. 복중에 이사를 해도 어머니는 이 신성한 의무를 거르지 않았다. 뙤약볕에 땀을 뻘뻘 흘리며 불화로를 이고 가는 어머니는 극성스럽다못해 괴기해 보이기까지 했다.

어린 마음에 그런 어머니가 얼마나 창피했는지 모른다. 초라한 단칸방에다 불화로를 내려놓고 불씨가 죽지 않은 걸 확인하고 나서 "그저 불 일어나듯 하십소서, 그저 불 일어나듯 하십소서" 하는 덕담을 할 때쯤이면 리어카꾼이 당도했다.

어머니가 그렇게 간절히 재복을 빈 보람이 있었던지 서울살이 몇 년 만에 우린 처음으로 집을 장만하게 되어 그 집으로 이사를 가는 날이었다. 그때는 이삿짐도 늘었고, 축하 겸 도와주러 와준 친척도 몇 명 있었다. 그래도 어머니가 불화로를 이고 앞장서 가는 데는 변함이 없었다. 그때 불화로를 인 어머니는 어찌나 자랑스럽고 당당했던지, 나는 그후에도 올림픽 성화를 받든 주자만 보면 그때의 어머니를 떠올리곤 한다.

처음 장만한 집으로 이사 간 날 어머니는 불화로를 내려놓고 덕담만 하신 게 아니라 그 불을 불씨로 해서 부엌 아궁이에다 장작불을 지피시더니 팥죽을 한 솥 쑤셨다. 미리 준비해 간 찹쌀 옹심이가 동실동실 뜬 팥죽은 식구들이나 일꾼뿐만 아니라 새로운 이웃집들까지 실컷 먹을 수 있도록 넉넉히 쑤었다. 잘 생각나진 않지만 그때 우리들도 오늘밤의 짜장면 테 비슷한 팥죽 테를 입가에 두르고 있지 않았나 싶다.

이사 가는 날 화로가 먼저 들어가야 재수가 있다느니, 팥죽을 쑤어 고사를 지내야 새로운 터줏대감의 동티를 막을 수 있다느니 하는 생각은 비단 우리집만의 풍속이 아니라 당시 꽤 널리 퍼졌던 민간신앙이었지 않나 싶다. 딴 집이 이사할 때도 종종 팥죽을 얻어먹은 생각이 난다.

결혼하고 들어간 시댁은 종로5가였다. 거기서 10년쯤 살다가 신설동으로 이사할 때였다. 그때는 이미 숯불이나 장작불보다는 연탄불이 널리 쓰일 때였다. 팔월 말에 이사를 하는데 시어머님이 굳이 연탄 화덕을 당신이 들고 가시겠다고 우기셨다. 그때만 해도 쏘시개탄이라는 것도 없었고 프로판가스도 보급이 안 됐을 때라 연탄불의 불씨를 꺼뜨리지 않고 가지고 간다는 것은 미신적인 이유를 빼고도 매우 중요한 일이었다. 그렇지만 그걸 굳이 들고 갈 까닭은 없었다. 이삿짐을 싣는 트럭에 얼마든지 안전하게 실을 수 있는데도 시어머님은 꼭 당신이 들고 가실 것을 주장하셨다. 나는 친정어머니가 이고 가시던 화롯불 생각이 나서 그걸 말리지 않았다. 시어머님은 당시의 전차 세 정거장 거리를 그 무거운 연탄 화덕을 혼자 들고 걸어가셨다.

올림픽의 성화 주자처럼 자랑스럽고 당당하게.

배추 꽁바기

크리스마스 장식이 요란한 상가 옆에 임시 김장 시장이 서고 있었다. 강추위가 약간은 풀렸다지만 낮 최고기온도 영하에서 꼼짝을 안 해 김장 장은 배추만 천막지에 덮여 있을 뿐 파는 사람도 사는 사람도 보이지 않아 쓸쓸했다.

몇 년 전까지만 해도 김장해넣은 지 한참 돼야 성탄절이 되었건만 요샌 내남없이 김장이 늦어져 세모까지 간다. 시기만 늦어졌을 뿐 아니라 양도 많이 줄어들고 아파트 같은 데선 김치는 해먹되 김장이라는 한목에 많이 담그는 연중행사는 눈에 띄게 퇴조하고 있다.

나 역시 그때까지 김장 전이었건만 김장 장을 보고는 아무런 걱정도 되지 않는 반면, 울긋불긋하고 번쩍번쩍하는 크리스마스 장식은 청산 못한 부채의식 같은 걸 들쑤시는 것 같아 공연히 마음이 부산하고 편치 못해졌다.

나는 상가에서 카드를 고르다가 암만해도 변두리 상가보다 시내 백화점에서 사야 할 것 같아 슬그머니 빈손으로 물러났다. 그리고 작년에도 재작년에도 같은 이유로 연하장 보낼 시기를 놓치고 만 생각이 나서 쓴 웃음을 지었다. 하기 싫으면 당당히 안 할 것이지 어떡하든지 핑계를 마련해서 의무나 예절에서 비켜나보려는 자신에게 울컥 싫증이 났다.

노인정엔 뭘 때는지 굴뚝에서 연기가 뭉게뭉게 피어오르고 있었다. 노인정은 우리집 창에서 곧바로 바라보이고 상가까지 가는 도중에 있건만 뭘 때는지는 고사하고 온돌방인지 난로식인지조차 확인해본 적이 없다.

노인정 앞은 어린이 놀이터인데 추위 때문에 텅 비어 있는 그곳 양지바른 벤치에서 노인네 둘이서 뭘 먹고 있었다. 여기까지 듣고 나면 누구나 곧 매우 을씨년스럽고 궁상스러운 풍경을 떠올리게 되겠는데 실상은 전혀 그렇지가 않았다.

두 노인은 아주 고운 빛깔의 누비치마에다 폭신하고 디자인이 세련된 앙고라 스웨터를 받쳐 입고 있어서 따뜻하고도 집안에서 사랑받는 노인으로 보였다. 뿐만 아니라 두 노인은 뭐가 그렇게 좋은지 소녀처럼 킬킬거리고 있었다.

두 노인이 그렇게 좋아라고 먹고 있는 건 뜻밖에도 배추 꽁바기(뿌리)였다. 나는 나도 모르게 걸음을 멈추고 말았다. 꽁바기 구경한 지가 몇 년 만인지 몰랐다. 서울 사람이 되고 나선 먹어보지도 구경도 못했으니 40년은 된 것 같았다. 뿌리 없는 푸성귀가 어디 있을까마는 예전의 청청하고 고소하고 속이 별로 차지 않은 토종 배추 대신 속고갱이가 잔뜩 찬 개량종 배추가 나오고부터는 뿌리는 퇴화해가는 것처럼 시늉만 겨우 남아 꽁바기라고 부를 만하지가 않았다.

그러나 두 노인이 아이들처럼 천진한 얼굴로 은밀한 식도락을 즐기고 있는 꽁바기는 그런 보잘것없는 게 아니라 도려낼 자리가 컵 둘레만한 살찐 진짜 꽁바기였다.

"어머나, 꽁바기 아녜요? 요새도 저런 꽁바기 달린 배추가 있군요."

나는 거침없이 먹고 싶은 얼굴로 꽁바기를 넘겨다보면서 물었지만 두 노인네는 꽁바기를 하나씩밖에 갖고 있지 않았고 이미 이빨 자국이 깊게 나 있었다. 꽁바기 달린 배추를 산 게 아니라 며느리가 어디서 꽁바기만 따로 사왔는데 맛이 어쩐지 옛날 꽁바기맛 같지가 않다고 했다. 내가 하도 먹고 싶어하는 얼굴을 하고 넘겨다보니까 일부러 그러는가도 싶었다. 실은 나도 그게 먹고 싶다기보다는 그립고 신기해서 그러고 있는 거였다.

개성배추는 배추맛이 좋기로 널리 알려졌지만 꽁바기맛도 일품이었다. 싱싱할 때 먹어도 고소했지만 싱싱한 걸 씻어서 뿌득뿌득 말랐을 때 자루 같은 데 담아서 방구석에 아무렇게나 던져두었다가 먹으면 더 맛이 좋았다. 자루는 이리저리 굴러다니고 발길에 차이다가 나중엔 농 밑에 자리잡게 되는데 입이 궁금할 때 열어보면 꽁바기는 말라비틀어져 크기가 많이 줄어들었지만 새로운 맛이 났다. 쫄깃쫄깃하고도 단맛이 진했다. 과자나 사탕 맛을 모르고 자라는 촌아이들에게 그 감미는 긴긴 겨울밤과 헛헛한 한낮에 얼마나 매혹적인 주전부리거리였는지.

그 생각이 나서 나는 노인들에게 그 꽁바기를 수들수들 말렸다가 잡수시라고 일러드렸다. 한 노인이 웃으면서, 그래 봤댔자 케이크랑 사탕이랑 하도 달고 요상한 것이 실컷 입맛을 버려놓았으니 예전 맛이 날 것 같지 않다고 했다. 또 한 노인은 꽁바기는 날로 썰어 넣고 푹 끓여야 그 진미가 우러난다고 했다. 맛있는 된장을 풀고 그렇게 끓이면 구수하고 달콤하기가 고기나 화학조미료로 낸 단맛과는 댈 게 아니라고 했지만 그 맛 역시 고기와 화학조미료로 실컷 버려놓은 우리 입맛이고 보니 믿을 게 못 된다.

꽁바기는 어떻게 먹는 게 더 맛있을까를 진지하게 궁리하던 노인들은 뭐니 뭐니 해도 피난 가다가 배추만 도려낸 밭에서 캐먹어본 꽁바기가 제일 맛있었다는 데 의견의 일치를 보았다. 피난 갈 때 노인들은 몇 살쯤이었을까. 언 밭을 손가락으로 이르집어 꽁바기를 파내 흙째 씹으면서 주린 배를 달래던 참담한 피난길을 회상하면서 노인들의 표정은 되레 싱싱하고 의기양양해졌다.

그 시절의 젊음 때문일까? 비극이나 참극이라도 활기의 원천 같은 걸 갖고 있음인가?

나는 꽁바기라는 하찮은 것 때문에 노인들과 길바닥에서 많은 애기를 했고 깊은 친화감을 느꼈다.

노인들은 또 꽁바기에 대한 추억이 당신네들 못지않아 뵈는 나에게 꽁바기맛을 못 뵌 게 여간 미안하지 않은 듯 며느리가 그걸 사온 곳이 성남의 모란장이란 걸 가르쳐주었다.

우리 동네선 성남이 시내보다 가까워서 살림꾼 주부들이 두세 명씩 짝을 지어서 고추나 마늘 배추 등을 사러 모란장까지 가는 일이 드물지 않았다. 거기가 시내의 도매시장보다 특별히 싸서라기보다는 서울 가까운 곳에서 시골의 오일장의 운치를 맛보는 재미가 더 진진한 듯했다. 나는 아직 가보지는 못했지만 이것저것 얻어들은 게 많아서 가본 듯 눈에 선했다.

내가 모란장에 각별한 친밀감을 느끼는 것은 가깝다는 것 말고도 매주 즐겨 보는 TV 드라마 〈전원일기〉의 작가가 모란장에서 소재를 얻는다는 걸 얻어들어서인지 내 상상 속의 모란장엔 일용네가 김이 무럭무럭 나는 순댓집 앞에서 소증난 속과 싸우느라 입술을 씰룩거리며 오락가락 떠날 줄 모르고 있기도 했고, 일용이댁이 올망졸망 이고 나온 잡곡을 펴놓고 앉아 하필이면 한푼을 쪼개 쓰려는 손님을 만나 손톱도 안 들어가게 빡빡한 흥정을 벌이고 있기도 했고 김회장댁이 싸구려 판에서 잠바 하나 사는 데 어찌나 깐깐하게 고르는지 장사꾼의 진을 빼고 있기도 했다.

그것만으로도 충분히 유쾌한데, 모란장에 나온 갖가지 소박하고 촌스러운 물건 중에 꽁바기를 하나 더 보탤 수 있으니 이 아니 즐거운가. 즐겁다못해 신바람이 나서 나는 그 노인들과 언젠가 한번 모란장에 같이 가자는 약속까지 하고 말았다.

그 노인들은 노인정 쪽으로 가면서 노인정에도 한번 놀러오라고 했다. 그 소리엔 약간 섬뜩했다. 꽁바기 때문에 잠깐 동안 친해진 정도가 아니라 숫제 노인 취급을 당한 것 같아서였다. 그중 한 노인은 다리가 불편한지 걸음을 옮기기도 힘겨워 보였다. 내가 마음을 열고 친구 삼던 그 노인들은 일흔 아니 여든이 넘었는지도 몰랐다.

그후 나는 물론 노인정에 놀러가지도 않았고 그 노인들과 정말 모란장에 구경 갈 엄두를 내보지도 않았다. 앞으로도 그런 일은 없을 것이다. 그러나 그날 그 노인들과의 시간은 참으로 재미가 있었다. 마지못해 의무로 하는 경로나 동정으로 상대하는 노인 대접이 아닌 정과 느낌을 통해서 마음으로부터 즐겁고 흐뭇했다. 솔직히 말해서 나는 의무나 예절을 뺀 순수한 마음으로 노인을 좋아해본 적이 거의 없다.

자신이 늙는 게 싫은 것만큼 노인을 혐오했는지도 모른다. 나는 절대로 늙지 않을 작정이었다. 백발이 되고 조글조글 주름이 잡히고 기운이 잡히고 기운이 쇠퇴하는 건 피할 수 있어도 감성의 노화만은 피할 자신이 있었다. 물론 백 살까지 산대도 노인정 같은 데는 얼씬도 안 할 작정이었다.

감성의 노화가 겁나는 것은 자신의 글이 타성에 빠질까봐였다. 육십, 칠십까지도 싱싱하고 탄력 있는 글로 젊은 고뇌와 만나고, 칠십이 넘으면 정서는 더욱 순화돼 맑고 영롱한 동화를 쓸 수 있을 것을 꿈꿔왔다. 내 말년의 독자를 어린이로 가정할지언정 노인으로 상상하긴 싫었다.

꽁바기 일이 있은 후 문득문득 노인들을 위한 몇 개의 이야기를 머릿속에서 굴려보곤 한다. 그게 조금도 우울하지 않고 신명이 난다. 앞서 몸은 늙어도 감성은 안 늙을 자신이 있다고 했는데 그건 자신이 아니라 조바심이나 강박관념이었는지도 모르겠다. 젊음보다 더 좋은 건 자연스러운 게 아닌가 싶기도 하다.

잉꼬

집에 잉꼬가 한 쌍 있었다. 새 같은 걸 집에서 기르고 싶어해본 적도 남이 기르는 걸 부러워해본 적도 없다. 더군다나 새와 새장을 돈 주고 사는 일은 나와는 상관없는 일이었다. 그런데도 새를 무척 좋아해서 여러 쌍 기르는 친지가 부득부득 한 쌍 주는데 싫다고 할 용기가 나지 않았다.

싫다고는 못했어도 기르는 방법을 모른다는 완곡한 사양은 해보았다. 그랬더니 방법이고 뭐고 따질 것도 없이 모이하고 물하고 채소만 안 떨어뜨리면 잘 자라는 새로 골라줄 테니 걱정 말라고 하면서 준 게 바로 잉꼬였다. 그다음엔 좀더 적극적인 거절을 시도해보았다. "동물을 별로 안 좋아해요"라고 무슨 큰 잘못을 시인하듯이 조그만 소리로 말했다.

"세상에 동물을 안 좋아하다니 정서적으로 무슨 결함이 있는 게 아녜요. 아냐, 그럴 리는 없고 안 길러봤으니까 그렇지. 한번만 길러보면 단박 좋아질 거예요. 세상에 이 귀여운 걸 어떻게 안 좋아할 수가 있겠어요."

이러면서 더 적극적으로 권하는 데야 당할 재간이 없었다. 사람마다 자기의 자를 가지고 있다는 건 어쩔 수 없다손 치더라도 그 자에다 절대적인 기준을 두고 함부로 남을 재는 건 적이 곤혹스러운 일이었다.

동물을 안 좋아한다고 말했다고 해서 동물을 길러본 경험이 아주 없는 건 아니다. 어려선 애완동물은 아니지만 소, 돼지, 닭 등 가축 속에서 자랐고, 어른 되어 아이들 기르면서는 개나 고양이 금붕어도 길러보았다. 금붕어는 최근까지도 길렀었고 저절로 날아들어온 새를 위해 장만한 새장과 그 밖에 기구가 아직도 광속에 남아 있다.

자의건 타의건 간에 그런 것들과 맺었던 인연들은 언제나 나 자신의 사람됨의 부피랄까 가려진 면이랄까 그런 것의 인정머리 없음과 거짓스러움에 싫증을 낼 계기로서 끝났을 뿐이었다. 반 억지로 우리 식구가 된 잉꼬와의 끝장도 그런 전례에서 별로 빗나가지 않았다.

잉꼬는 흔히 부부가 의좋기로 널리 알려져 있다. 딴 새인들 새장 속에 한 쌍을 넣어놓으면 의가 안 좋고 배기려고, 이런 심보로 하다보면 둘이서 부리를 비비는 버릇도 별로 신기해 보이지 않는다.

잉꼬에 관해 알려진 기정 사실 말고 또하나 기대한 건 예쁜 소리로 울 줄 알았다. 종달새나 뻐꾸기처럼 노래 부르진 못하더라도 참새 정도로라도 지저귀었으면 좋았으련만 그게 아니었다. 새벽부터 쫀쫀하게 짠 옥양목 찢는 소리를 냈다. 노래나 울음이라기보다는 비명에 가까운 '꺄악 꺄악' 소리를 때도 없이 질러댔다. 할 수 없이 내 방 창가에서 좀 떨어진 데로 옮겼다.

그래도 어린 손자가 오는 날 안고 베란다로 나가 새장 옆에 서는 건 큰 낙이었다. 집안에서도 "새 보러 갈까?" 하면 어린것은 눈을 빛내면서 엉덩춤을 추었다. 그러나 내가 어린것에게 정말 보여주고 싶은 건 비상하는 새였다. 아아, 비상, 새에게서 비상을 빼면 도대체 뭐가 남는단 말인가.

어느 날 아침이었다. 잉꼬가 한 마리밖에 보이지 않았다. 깜짝 놀라서 살펴보니까 새장 문이 열려 있었다. 내 잘못이었다. 전날 저녁 무렵 모이를 주고 나서 새장 문을 닫는 걸 깜박 잊어버린 것이다. 그 틈을 타서 드디어 비상을 감행한 것이다.

새장 속이 온 세상이었던 그놈에게 그 밖의 세상은 얼마나 큰 공포였으며 모험이었을까. 그것을 무릅쓴 비상은 어떤 모습이었을까. 그놈이 난생처음 넓으나 넓은 세상으로 떠나는 모습을 못 본 건 참 억울한 노릇이었다.

내가 이렇게 내 멋에 겨워서 새의 도주를 축하만 하자 식구들은 그 새가 결코 멀리 날아가진 못했을 거라고 했다. 기껏 60세제곱센티미터의 공간을 날던 새였으니 그것도 일리가 있는 소리였다. 그러나 단지 안 녹지대를 두루 살피고 다녔건만 새는 보이지 않았다. 단지만 벗어났어도 어디냐 말이다. 단지만 겨우 벗어나고 나서 날갯죽지가 꺾여 작은 돌멩이처럼 떨어졌다 해도 그놈은 제 족속 중 누구도 경험하지 못한 엄청난 모험에 자신을 불태웠음이 아니랴.

그렇게 그놈의 탈출을 찬양하는 동안 한 놈은 아직도 새장 속에 남아 있다는 걸 깜박 잊고 있었다. 얻어들은 바에 의하면 잉꼬는 한 놈이 죽으면 나머지 놈도 따라 죽는다던가. 동물의 금슬을 미화시키다보니 인간만이 할 수 있다고 믿어온 자살의 특권까지 슬그머니 양보한 꼴이었다. 따라 죽는 건 좀 과장이더라도 도망은 얼마든지 같이 칠 수 있을 법한데 우리 잉꼬는 그러지도 못했으니 참으로 딱했다. 혼자 남은 잉꼬는 죽지도 않고 도망도 안 가고 식욕도 여전했다.

넌 잉꼬도 아니다, 뭐가 그러니? 나는 가끔 이렇게 남은 새를 구박했다. 도대체 어느 쪽이 '잉꼬는 죽는 그날까지 의좋게 붙어 지내야 한다'는 계율을 어겼을까? 몰래 도망을 친 걸까? 같이 가자고 꾀었어도 마다고 한 걸까? 나는 심심하면 이렇게 우리 새가 혼자 된 때의 상황을 상상해보았지만 내 상상력이란 결국은 인간적인 상식의 한계를 벗어날 수 없는 거였다.

짝을 잃고 난 잉꼬가 달라진 게 있다면 훨씬 덜 우는 거였다. 꿀같이 단 아침잠도 사정없이 깨우던 그 옥양목 찢는 소리를 덜 듣게 돼서 나쁠 건 없었다. 그래도 그게 조금씩 마음에 걸리기 시작했다. 역시 슬퍼하고 있구나. 이렇게 인간적인 상식의 척도로 잴 수 있을 때 훨씬 쉽게 동정심이 우러났다.

혼자 있는 새를 볼 때마다 가슴이 철렁했다. 큰 못할 노릇을 하고 있는 것 같았다. 어느 날 밤은 일부러 살짝 새장 문을 열어놓아도 보았다. 그러나 혼자 남은 새는 한 번도 탈출을 시도하지 않았다. 보는 사람마다 짝을 구해주라고 했고, 나도 그럴 작정이었다. 아이고 불쌍한 거, 오늘은 내가 너희 '색시'를 꼭 구해다주마 하기도 했고 너희 '신랑'을 구해다주마고 하기도 했다. 남은 게 수놈인지 암놈인지도 몰랐기 때문이다. 짝을 구하려면 우선 그것부터 알아둬야 할 텐데 그것도 모르면서 거짓 약속을 되풀이했다.

그러나 혼자 있는 그놈을 볼 때마다 가슴이 철렁하도록 안돼 보이는 마음에는 손톱만큼의 거짓도 없었다. 그러나 그뿐, 그놈의 짝을 구하기 위해 시간이나 노력을 들여본 적이 있었던가. 새 파는 집이 통 보이질 않는단 말야, 이게 내 핑계였다. 거의 매일 가다시피 하는 슈퍼마켓을 겸한 상가 건물 안에 새 가게가 없는 건 사실이다. 외출할 때는 거의 전철을 이용한다. 설마 철로 연변에 새가게가 있으리라고 바란 건 아니면서도 한 번이라도 그 궤도를 이탈해본 적이 있었던가. 그 정도의 시간과 수고도 아끼면서, 새의 고독을 볼 때마다 가슴이 철렁한 것만은 거짓이 아니란 건 누가 믿어준담.

초겨울에 한 2주일쯤 일본을 여행할 기회가 있었다. 추위를 많이 타는 편이라 두꺼운 스웨터와 코트를 잔뜩 챙겨가지고 갔는데 그쪽은 우리보다 훨씬 포근했다. 일껏 가지고 간 겨울옷들이 거추장스럽기만 했다. 가방은 무거운데 막상 갈아입을 건 마땅치 않은 것도 속상했다. 비슷한 위도상에 있는 나라라고 막연히 생각하지만 기후 조건은 반드시 위도의 영향만 받는 건 아닌 모양이다.

여기서 첫눈이 온 다음날 떠났는데 그쪽은 단풍이 절정기였다. 남쪽으로 내려가니 단풍이 아직 덜 든 곳도 많았다. 질

리도록 단풍 구경을 많이 하고 돌아온 날이었다. 마중나와준 아이들이 내가 너무 얇게 입고 있는 것을 이상해하면서 그동안 여기는 얼마나 추웠나를 얘기했다.

"글쎄 베란다의 잉꼬가 얼어죽었다니까요."

그 소리에 정신이 번쩍 났다. 가슴이 철렁하는 정도가 아니라 예리하게 쑤셨다. 동사라니. 식구들이 추운 밤에 새장 들여놓는 것을 잊어버렸다면 모이 주는 것은 안 잊어버렸을라고. 깃털 가진 짐승이 동사를 했다고 믿는 것보다 아사를 했다고 보는 게 훨씬 합리적이었다. 아사로 처리해도 그놈이 불쌍하긴 마찬가지였다. 다 내가 집을 비운 탓이라고 생각하니 어쩌자고 질금질금 눈물까지 스며나와 집을 본 식구들을 한껏 미안하게 만들었다.

여행하는 동안 한 번도 그놈 생각을 한 적이 없는데도 말이다.

지금도 베란다엔 빈 새장만 남아 있다. 시일이 지나고 나니 그 새장을 봐도 덤덤하다. 잉꼬로 하여 가슴이 철렁했다는 것도 눈물을 그렁였다는 것도 거짓말은 아니지만 거기엔 뭔가 거짓스러움이 있다. 거짓말과 거짓은 한참 다른 것이 아닐까?

내가 동물 기르기를 싫어한다고 말할 수 있는 것도 나의 이런 허위의식과 맞닥뜨리는 걸 꺼리는 마음 때문인지도 모른다.

더 싫은 건 동물을 동물 나름으로 내버려두지 못하고 인간이 만든 고정관념 속에 가두어 기르려는 심보이다. 도망친 잉꼬를 생각하면 지금도 슬며시 즐거워진다. 그놈이 도망친 건 새장으로부터가 아니라 잉꼬는 모름지기 이러저러해야 된다는 인간이 만든 고정관념으로부터이기 때문이다.

이름 붙은 날

밸런타인데이까지 쇠야 하느냐 말아야 하느냐고 떠들건 말건 또 그날이 뭐하는 날인지, 어디서 유래한 것인지 알건 말건 그 이름이 과히 낯설지 않아진 지도 벌써 몇 년 된 것 같다.

하긴 '짐'이나 '메리'가 흔한 서양 이름이란 것 정도만 알고 있어도 기르는 개한테도 써먹고 미국서 태어난 아이한테도 써먹을 수 있으면 됐지 그 족보까지 알아서 뭐할 거나.

백화점이라면 꼭 시내 한복판에만 있어야 하는 줄 안 것도 옛날.

요새는 변두리에도 쇼핑센터라는 이름의 백화점이 수도 없이 많다. 백화점과 쇼핑센터가 어떻게 다른지도 잘 모르지만 닭하고 치킨하고 전혀 다른 게 아니라는 것 정도를 알 만큼만 유식해도 그것 때문에 큰 불편은 겪지 않으니 굳이 따질 것도 없다.

쇼핑센터가 많다보니 시내에 안 나가고 동네에서만 뱅뱅 돌아도 밸런타인데이라는 걸 알게 됐다. 민속의 날 대매출이 끝나자마자 밸런타인데이 대매출의 화려한 현수막이 나부끼기 시작했으니 말이다.

어디선가 얼핏 얻어듣기론 밸런타인데이는 여자가 남자한테 사랑을 고백할 수 있는 날이라던가, 구혼을 할 수 있는 날이라던가, 그런데 왜 백화점에서 대매출을 하는 걸까. 사랑도 사다가 고백을 하라는 뜻인가. 밸런타인데이에 대한 나의 짧은 지식으로는 도무지 대매출이 이해가 안 갔다.

그러다가 오랜만에 시내에 나간 길에 살 것도 좀 있고 구경도 할 겸해서 큰 백화점 지하상가에 들렀다가 드디어 그 현장을 보게 됐다. 젊은 아가씨들로 유난히 붐벼 그쪽을 도저히 통과할 수 없는 매장이 있었다.

크리스마스 때보다 더한 혼잡이 어떤 특정한 매장에만 몰려 있는 게 하도 이상해서 저만치 물러나서 자세히 보니 거기가 바로 밸런타인 대매출의 대목을 맞고 있었다. 대목 상품은 초콜릿이었다. 하트형의 예쁜 상자에 열 개 또는 스무 개씩 담은 초콜릿이 날개 돋친 듯이 팔리고 있었다.

셀로판지에 간드러지게 포장한 한 송이 장미꽃을 들고 있는 아가씨도 꽤 있었다. 그렇지, 사랑의 고백을 어떻게 맨입으로 하나. 밸런타인데이 대매출이란 바로 사랑의 소도구의 판매 작전이었구나. 겨우 그 정도나마 이해를 하고 나니 속이 좀 시원했다. 또 웃음이 절로 나올 만큼 귀엽기도 했다.

내가 보기엔 밸런타인데이까지 쇠야 하느냐 말아야 하느냐로 떠들고 근심까지 할 것은 없는 일이다 싶었다. 예수님 나신 날 값비싼 뇌물용 상품을 바리바리 실어내는 것도 못 말렸는데 젊은이의 사랑의 모습이 시체時體따라 변하는 걸 무슨 수로 말리랴.

나는 초콜릿 매장에서 한참 떨어진 곳에서 따끈따끈한 오방떡을 하나 사먹었다.

오방떡. 일명 국화빵, 풀빵이라고 불리는 따뜻하고 말랑말랑하고 속에 달고 질척한 팥이 든 즉석빵은 으레 국민학교 근처나 삼류 극장 모퉁이, 버스 종점 등의 노점에서 팔았다. 군것질 중에서는 가장 값싼 거였다. 요새 아이들도 입이 높아지고 어머니들은 또 영양가와 위생관념에 철저해져 그런 거리의 풀빵장수가 줄어들었다 싶었는데 당당하게도 최고급 백화점 식품 매장에 자리잡고 있었다. 그 대신 한 개에 거금 2백 원이었다. 나는 그 비싼 오방떡을 먹으면서 저 초콜릿은 도대체 얼마나 받을까 궁금했지만 가까이 가서 가격을 확인할 엄두가 나지는 않았다.

외래 명절은 밸런타인데이까지 정착될 기미이고 우리 명절은 설 추석 빼고는 거의 다 잊혀가는 걸 개탄하는 소리도 들리는데, 명절이 남아나고 못 남아나고는 순전히 장사꾼 손에 달린 것 같다.

잘 포장해서 상품을 만들 수 있는 명절은 유지되고 또 남의 것도 그럴듯하면 수입까지 하지만 상품 가치로 바꿀 수 없는 명절은 슬그머니 자취를 감추고 마는 게 아닐까.

사라져간 명절 중에 잘하면 유지될 수도 있었는데 싶은 아쉬운 명절로 단오가 있다.

1950년대까지만 해도 단오가 되면 서울에서도 창포 장수가 리어카에다 청청한 창포를 하나 가득 싣고 골목골목을 누볐었다. 그걸 한 묶음 사서 따뜻한 물에 우려내면 푸르스름한 빛깔과 함께 말할 수 없이 그윽한 향기가 우러난다. 그 창포물에다 머리를 감으면 머릿결이 부드러워질 뿐 아니라 향기가 오래 머릿결에 머물러 있어 초여름 훈풍에 문득 머리가 나부낄 때마다 둘레에 은은한 향기를 풍기게 된다.

강렬하지도 난하지도 않고, 소박하지만 촌스럽지 않고, 그윽하지만 너무 세련되지 않은 그 향기는 그것을 풍기는 여자가 비록 콘크리트로 된 지하도 한가운데나 호텔 커피숍 입구에서 자리가 없어 쩔쩔매고 서 있다 해도 멀지 않은 곳 연못이 있는 초원을 거느리고 있는 것처럼 보일 것이다.

왜 그 좋은 게 상품이 안 되고 말았는지 모르겠다. 아무리 좋은 것도 상품이 못 될 때 도태되고 만다는 건 슬픈 일이다.

나는 여지껏 한 가지만 애용하는 샴푸나 비누를 따로 갖고 있지 않아 그런 것들을 살 때마다 이것저것 만져보고 냄새도 맡아보고 하면서 한참씩 시간을 보내는 버릇이 있다.

아무리 오래 골라도 결과는 별로 신통치 않아 살 때마다 딴 걸 사서 써보게 되는데 내가 찾아내고자 애쓰는 건 바로 이 창포 향기였는지도 모르겠다.

단오 무렵 길가나 백화점에서 청청한 창포잎을 길길이 쌓아놓고 판다면 얼마나 보기 좋을까. 그건 이미 한 단의 창포가 아니다. 고가古家가 한 채 보일락 말락 하는 가없는 초원, 이름 모를 물풀이 자생하고, 소금쟁이 물방개가 떠다니는 연못을 덤으로 얻어가질 수 있는 것이다.

단오 때는 또 앵두가 한창일 때다. 모든 과일이 사시장철 나서 때가 없지만 고 귀여운 과일만은 잠시밖에 못 먹는다. 창포와 앵두를 나란히 상품을 만든다면 금상첨화가 되리라.

단오 하면 또 씨름과 그네를 빼놓을 수가 없다. 씨름은 이미 상품으로 개발이 되어 제철이 따로 없이 1년 내내 막대한 상금이 걸린 씨름판이 벌어지고 있다. 씨름이야 제철 없이 1년 내내 해도 상관이 없지만 그네는 뭐니 뭐니 해도 녹음방초 호시절인 단오절이 제격일 듯싶은데, 1950년대까지만 해도 단옷날 동묘에 가면 볼 수 있었던 그네뛰기마저 흐지부지 사라져버렸다.

단오절의 두 가지 민속놀이 중 하나는 되살아나고, 하나는 영영 사라져가는 갈림길이 된 것도 장삿속으로 봐서 승산이 있게 뜯어맞출 수 있느냐 없느냐에 따라서가 아니었을까. 그런 안목으로 볼 때 하루 팔려고 창포를 대량 양식하기를 바랄 순 없으리라.

상품이 되자면 축제가 명절 명목으로 붐을 조성해 한꺼번에 왕창 파는 것도 중요하지만 남은 재고도 상품 가치를 잃지 말아야 한다. 그렇다면 창포로 샴푸나 비누를 만들어서 특이하게 포장을 해서 비싸게 파는 상술도 부려봄직하다.

"연인의 머릿결에서 창포 향기를……" "도시의 여인에게서 야성의 향기를" 어쩌고 하는 캐치프레이즈를 내걸고 단옷날 남자가 여자친구한테 창포 샴푸를 선물 안 하면 총각 귀신을 생전 못 면할 듯이 위협적인 선전을 해대면 혹시 단옷날도 부활되고 돈도 벌지 않을까. 글쎄…… 내 머리는 장사꾼의 머리가 아니므로 과히 믿을 만하지는 않다. 또 그런 것까지 걱정할 일도 아니다. 우리가 걱정을 안 해도 장사꾼들은 자꾸자꾸 명절과 축제를 만들 테니까. 다만 며칠이라도 명절이 비는 날은 대 바겐세일 기간으로 메우면 되고, 이름 붙은 날이 모자라서 못 팔아먹으면 그건 현대의 장사꾼이 아닐지 모른다.

장사꾼 아닌 사람에게 정말 필요한 건 뭣에 홀린 것처럼 정신없이 물건을 사야 하는 날이 아니라, 정신을 똑바로 차리고 물건을 안 사고 견디는 날인지도 모르겠다. 1년 열두 달이 온통 축제 기간이니 며칠쯤 축제 아닌 날을 가지는 것도 내 정신이 정말 내 정신인가 확인하기 위해 꼭 필요하지 않을까.

예로부터 이름 붙은 날이라고 해서 다 잘 먹고 잘 입고 흥청망청 노는 날만은 아니었다.

제삿날조차 잘 먹는 날로 정착했지만 본디 뜻이 그렇지 않은 날 중 한식寒食을 음미해볼 만하다. 문자 그대로 불 안 때고 찬밥 먹는 날이다. 거기엔 그를 불러내기 위해 그가 숨은 산에 불을 놓았음에도 산에서 나오지 않고 나무를 끌어안고 타 죽었다는 중국의 개자추介子推라는 충신의 비화가 따른다. 그 충절을 기리기 위해 그날만은 아궁이에 불을 지피기조차 삼가고 찬밥으로 때웠다고 한다.

의로움을 기리려면 정신을 차려야 하고 정신을 차리려면 먹는 일은 최소한으로 간소하게 해야 된다는 게 이 질탕한 시대를 사는 우리에겐 어쩐지 시사적이다.

우리에게도 이름 붙은 날이긴 한데 장사꾼에게 내줄 수는 없는, 곰곰 그 참뜻을 움켜쥐고 음미해야 하는 비통한 날, 절통한 날이 없지 않다. 1·4후퇴날, 4·19날 등등…… 그런 날만이라도 백화점 쇼핑센터의 반들반들하고 요상하고 터무니없이 비싼 매장을 좀 쓸쓸하게 만들었으면 좋겠다.

소비생활을 아주 중단할 수 없으면 변두리 노점에서 산나물도 사고 푸성귀도 사고 자반고등어도 사고 진짜 풀빵도 사 먹으면서 말이다.

강변에서

한때 운전을 배워 내 차를 몰고 다녔으면, 꿈꿔본 적도 있었으나, 요샌 내 분수를 알게 되어 깨끗이 단념하고 산다. 분수 속엔 경제적인 것도 있으나 겁이 많고 기계라는 것에 대한 거의 선천적인 지진성遲進性을 갖고 있는 나의 성품과 젊었달 수 없는 나이도 포함돼 있다.

그러나 죽을 때까지 결코 내가 내 손으로 내 차를 모는 일은 없으리라고 극단적인 단념을 하게 된 것은 내 자식 중의 하나가 교통사고를 당하고부터이다. 그후로는 내 손으로 운전을 한다는 걸 꿈도 못 꾸게 되었을 뿐 아니라 택시나 남의 승용차를 얻어타고 앉아서도 조마조마해서 등을 편히 뒤로 기대지 못하는 버릇이 생겼다.

난폭한 기사라도 만나면 숫제 눈을 감고 기도를 할 만큼 차 무섬증에 시달리면서도 차를 덜 탈 수는 있어도 안 타고 살 수는 없으니 내 처지가 적이 딱하다 하겠다.

일전엔 어떤 볼일로 새벽 네시 반경 집에서 광화문까지 택시로 가보고 소요 시간이 15분 미만이라는 데 새삼스럽게 놀란 적이 있다. 겁 많은 내 눈에도 별로 거슬리지 않게 쾌적한 정도로 달렸건만 그랬다. 보통때 같으면 한 시간 가까이 걸리는 거리였다. 두말할 것도 없이 차가 밀리지 않는 시간이기 때문이었다. 차들이 없으면 이렇게 좋고 편한 걸 하고 감탄하다 말고 생각하니 차에 의하지 않고 가락동 구석에서 서울 한복판까지 무슨 수로 15분은 고사하고 한두 시간 안에라도 갈 수 있을 것인가.

문명의 편리함에는 으레 남과 더불어 누리기 위한 불편이 따른다. 그게 귀찮아서 편리함만 취하고자 하면 어떻게 될까? 보통 사람의 마음속에도 자신의 편리를 방해하는 남의 편리는 꼭 쓸어버리고 싶은 심보가 있다. 평소 특별한 악인 줄 알고 증오해 마지않던 독재자의 심보도 그런 것의 연장이 아닌가 싶어 쓴웃음을 짓게 된다.

각설하고, 남의 차 무섬증과는 상관없이 친지 중에 차를 손수 모는 이들이 늘어나는 추세다. 자연히 차를 얻어타는 기회도 종종 생기는데 재미있는 것은 차 인심이 좋은 친구일수록 운전 솜씨가 믿을 만하지가 못하고 차 인심이 인색한(자기의 갈 길과 방향이 같은 데까지만 태워주지 절대로 남을 위해 돌거나 더 가지 않는) 친구일수록 능숙하게 운전을 한다.

초보 운전이면 으레 집까지 태워다주겠다고 인심을 쓴다. 그런 차 얻어타는 건 내 쪽에서 사양을 하지만 경우에 따라서는 불가피할 때도 있다. 일전에도 그런 차에 편승하고 근교까지 나가야 할 일이 생겼는데 나는 잔뜩 긴장해서 내 옆의 손수 운전자의 정신이 헷갈리지 않도록 일절 말을 시키지 않고 있었다.

차가 워커힐을 지나면서 오른편으로 한가한 들과 강을 끼고 달렸다. 한강은 시내 나들이할 때마다 건너야 하니까 자주 보는 편이지만, 유난히 쾌청한 날씨 탓인지, 아니면 서울을 벗어난 상류 쪽이라 그런지 그날따라 깜짝 놀라도록 새파랗게 보였다. 나는 그만 탄성을 지르고 말았다.

"어쩌면 한강이 저렇게 아름다우니? 그렇지만 한눈팔면 안 된다. 넌, 앞만 봐. 내가 다 얘기해줄게. 잉크빛깔야. 지중해 같애."

이렇게 허풍을 떨면서 한강물이 깨끗해졌다는 게 정말인가보다고 생각했다.

지난여름 손자를 데리고 걸어서 한강을 반쯤 건너다 만 생각이 났다. 버스나 전동차로 건널 땐 아무것도 아닌 강이 걸어서 건너보니 한강이란 이름이 부끄럽지 않게 큰 강이었다. 꼭 건너가야 할 필요가 있었던 게 아니라 강가에 가보고 싶어 하는 손자를 데리고 나오긴 했는데 강변으로 접근할 방법이 없었다. 슬슬 산책 삼아 다리를 건너면서 강을 굽어볼 수 있는 게 고작이었다.

다리 위에서 곧장 내려다 본 한강물은 매우 더러운 구정물이었다. 특히 교각 근처에는 온통 잡동사니들이 엉켜서 흐느적거리고 있었다. 커다란 구정물 건더기가 수초처럼 너울거리는 걸 보고 손자가 "저게 뭐야 할머니?" 하고 물었다. 나는 얼떨결에 "미역이란다"라고 대답했다. 그보다 앞서 한강물은 우리 모두가 먹는 수돗물의 원천이라고 가르쳤기 때문이다. 지금쯤 손자가 할머니의 그 터무니없는 거짓말을 잊어버렸기를 바라지만, 안 잊어버리고 있다가 강에선 미역이 날 수 없다는 올바른 지식과 만나게 돼도 할 수 없다고 생각한다. 내가 손자에게 시킨 거짓말이 어디 한두 가진가. 아기는 배꼽으로 나온다고 가르쳤고, 어른 잘못으로 얼어 죽은 잉꼬는 따뜻한 남쪽 나라로 간다고 가르쳤다. 할머니 노릇이 어머니 노릇보다 편한 건 이런 거짓말이 훗날 탄로나도 허물될 게 없기 때문이 아닐까.

아무리 조기 성교육이 유행이라지만 손자한테 올바른 성교육을 하는 할머니 할아버지는 어째 정나미가 떨어진다. 나의 할머니가 나에게 시킨 거짓말 중 지금까지도 절로 훈훈한 미소를 자아내게 하는 것도 이런 터무니없는 성교육이었다. 신랑 각시가 달에서 눈이 맞으면 달 같은 아기를 낳고 꽃에서 눈이 맞으면 꽃 같은 아기를 낳고 우물에서 눈이 맞으면 우물 같은 아기를 낳고, 시궁창에서 눈이 맞으면 시궁창 같은 아기를 낳는다고 했다. 눈이 맞는 게 뭐야?라고 물으면 하늘하고 땅이 눈이 맞으면 번개가 번쩍 천둥이 우르르 하는 것과 같다고 했다. 그 할머니 생각을 하면 내가 마치 할머니의 할머니가 된 것처럼 할머니가 귀엽다는 생각이 들고, 요새 태어나셨으면 시인이 되셨을걸 하고 아쉽기까지 하다.

내 손자가 훗날 할머니의 거짓말이 생각난다면 어떤 생각이 들까? 역시 귀엽다고 생각해주길 바란다면 한강물의 미역보다 더한 망상이 될지도 모르겠다.

내 명령대로 한눈팔지 않고 곧장 앞만 보고 차를 몰면서 친구가 물었다.

"더 말해봐. 잉크빛 같고 지중해 같고…… 뭐 또 없어?"

"새파란 비단 폭 같고……"

"바다가 왜 별안간 비단 폭으로 좁아드니 재미없게스리……"

"그게 내 상상력의 한계인 걸 어떡해?"

"혹시 뭐 떠 있는 건 없니?"

"떠 있다니? 백조나 뭐 그런 거?"

"유치하게 백조는. 왜 있잖아 나룻배, 거룻배, 돛단배, 요트, 그런 거 말야."

"아무것도 안 보이는데."

"찾아봐. 하다못해 호랑이라도 떠다니지 않나."

친구가 명령조로 삭막하게 말했다. 우린 같이 열없이 웃었다. 나잇값도 못하고 경망하게 들떴던 마음이 슬그머니 가라앉았다. 그 당시 호랑이 유람선 계획은 아주 취소된 건가 잠시 유보된 건가 서로 물었지만 둘 다 확실한 걸 알지 못하긴 마찬가지다. 취소됐다면 다음 발상은 어떤 것일까?

"다음엔 거북선이나 들고 나오지 않으려나 몰라."

친구가 몹시 화난 듯이 말하면서 차를 거칠게 몰았다. 친구도 나도 만의 하나라도 다음 발상이 거북이 모양이 되리라고 생각하고 있는 건 아니었다. 다만 그런 말장난으로 우리들의 상상력이 얼마나 한정된 틀에서 못 벗어나고 있나를 탄식해본 데 지나지 않았다.

88올림픽의 상징적 동물로 귀엽고 상냥한 호돌이 마크가 생겨난 것까지는 좋았다. 우리가 알고 있는 외포스럽고 영검에 넘치는 호랑이하곤 동떨어진 것이었으나 자고로 무뚝뚝해서 감정을 겉으로 잘 나타내지 않기로 알려진 우리 민족도 사상 초유의 큰 손님 치르기를 위해 반면에 미소를 띠는 미소연습에 여념이 없으니 순종 한국 호랑이의 후손이 어느 깊은 산속에 남아 있대도 그 정도의 애교는 부릴 성도 싶었다. 더구나 그 순하고 장난스럽기만 한 호랑이가 전혀 근거 없이 급조된 게 아니라 민화民話에 나타난 인간과 보다 친근하고 해학적인 호랑이한테서 따왔다니 그럴듯해 보였다. 문제는 낄 데 안 낄 데 함부로 남용되고 범람하는 호랑이 형상이 거의 다 크게 호돌이 마크를 못 벗어난 데 있지 않을까.

호랑이 유람선 얘기가 전해지자마자 누구나 다 입을 모아 반대한 것은 이미 수다한 호랑이 형상에 식상한 때문도 있겠으나 아무도 그 모형을 보기도 전이었으니 성급하달 수도 있는 문제였다.

그러나 누구나 보지 않아도 본 듯이 느낄 수가 있었다. 그건 그것을 계획한 쪽의 상상력의 한계와 우리의 상상력의 한계가 쉽사리 만나서 꼼짝 못하게 맞물리게 된 절망감 비슷한 것이었다. 문제는 이미 태어나 유포된 호랑이의 틀 안에서 누구나 뻔히 짐작할 수 있는 모습밖에 못 만들어내는 데 있는 것이지 유람선에 호랑이의 이미지가 가미되는 것 자체에 있는 것은 아니었다.

민화의 호랑이가 정답고 해학적이라지만 그건 할멈, 할멈 떡 하나 주면 안 잡아먹지의 능청스럽고 잔혹한 호랑이와 호질虎叱의 서슬 푸른 권위가 넘치는 호랑이를 과감히 죽이고 나서 비로소 탄생시킨 어느 무명의 백성의 창조적인 호랑이인 것이다. 지금 어느 누가 감히 호돌이를 부정하고 뛰어넘을 수 있을 것인가. 가끔 사는 일이 못 견디게 답답할 적이 있는데 나라가 좁아서보다도 여행이 자유롭지 못해서보다도 상상력을 자유롭게 놓아주지 않는 틀을 늘 의식해야 하기 때문인지도 모르겠다.

서울내기 시골뜨기 1

이웃에 사는 네 살짜리가 엄마와 함께 마실을 왔다. 아이는 현관을 들어서자마자 쪼르르 부엌으로 가더니 냉장고 문을 열고 주스를 꺼내서 따는 것이었다. 엄마는 나무라거나, 여기가 남의 집이란 걸 그 아이에게 가르치려고 하지 않고 다만 "목이 말랐구나" 했다. 아이는 주스를 반도 안 마시고 깡통을 내던져서 주스가 마룻바닥으로 흘렀다. 내가 걸레를 가지러 간 사이에 그 엄마는 태연히 남의 휴지를 끝도 없이 풀어내어 그것을 닦았다. 그 엄마가 풀어낸 휴지의 부피가 방석 솜을 하나 풀어낸 것만큼 쌓였다.

"빨기 귀찮게 뭣하러 걸레로 훔치려고 그러세요?"

그 엄마는 되레 걸레를 들고 간 나를 이렇게 나무랐다. 아이는 이리저리 돌아다니다가 다시 냉장고 문을 열고 안을 휘저었다. 그 엄마는 이번에도 아이를 내버려두고 저 하고 싶은 얘기만 했다. 아이가 빈손으로 와서 요구르트를 달라고 떼를 썼다. 우리집 냉장고엔 요구르트가 없었다.

"글쎄, 얘는 이렇게 참을성이 없답니다."

엄마가 그렇게 말하고 아이를 데리고 갔다. 집에 가자마자 그 아이에게 요구르트를 줄 건 뻔했다. 그 아이가 참을성이 없다는 소리도 참으로 적절한 지적이었다. 그 아이뿐 아니라 아이들이 전반적으로 참을성이 없는 걸 종종 보게 된다. 쇼핑센터에 가면 아이도 태우고, 산 물건도 담을 수 있는 수레가 준비돼 있다. 거기 올라탄 아이는 즐비한 상품 중 자기가 가지고 싶은 것, 먹고 싶은 것을 서슴지 않고 손가락질하고 엄마들은 거의가 아이가 달라는 대로 다 준다. 따라서 텔레비전에 선전이 새로 나온 과자가 잘 팔린다. 아이 기억에 잘 남도록 기발하게 만들어진 선전에 나온 과자는 품귀현상까지 빚는다. 도시의 웬만큼 사는 집 아이가 먹을 거나 장난감을 어른에게 요구할 때는 참을성도 없거니와 돈 걱정 같은 것도 물론 없다. 어느 가정에서나 아이가 왕이기 때문에 왕은 참을 필요도 돈 걱정을 할 필요도 없다.

돈 아쉬운 걸 모르도록 아이를 키워야 한다는 게 요새 젊은 엄마들의 생각인가본데 아쉬운 걸 모른다는 건 귀한 줄 모른단 얘기고, 귀한 걸 모르니까 남의 집 것을 소비하거나 망가뜨리는 데 전혀 망설임이 없게 된다.

남의 아이 흉봐서 무엇하랴. 내 손자도 마찬가지이다. 지난 여름 홍수 때다. 물 빠지고 난 논의 처참한 모습을 텔레비전으로 보면서 내가 하도 안타까워하니까 손자가 왜 그러느냐고 물었다. 나는 그 아이가 알아듣기 쉽도록 쌀은 저 논에서 자라는 벼에서 나는데 벼가 저렇게 못쓰게 됐으니 맛있는 쌀밥을 못 먹게 될까봐 걱정이 돼서 그런다고 설명을 했다. 다섯 살짜리 손자는 할머니는 참 이상하다는 듯이 나를 쳐다보면서 쌀은 슈퍼에 가서 사면 되지 않느냐고 했다.

웬만큼 사는 도시 아이들이 거의 그 모양이다. 슈퍼나 백화점에 지천으로 쌓인 물건을 보며 자랐고 그 물건을 얻기 위해선 돈이 필요한 것까지는 알게 되지만, 돈을 벌기까지 얼마나 수고해야 된다는 건 모른다. 대부분의 어른은 아이는 돈을 알아선 안 된다고 여기고 자기 아이를 돈을 모르게 키운 걸 자랑스럽게 생각한다.

그러나 시골 아이는 싫든 좋든 우리의 일용할 양식이 인간의 얼마나 큰 수고와 얼마나 오랜 기다림 끝에 얻어진다는 걸 알고 있다. 인간이 자연을 길들이는 법을 알고 있고, 자연이

지닌 위대한 양면성을 알고 있다. 자연은 수고하는 인간에게 무진장한 자비를 베풀지만, 까닭 없이 분노하면 모든 걸 다 빼앗고 파멸시킬 만큼 잔혹할 수도 있다. 시골 아이들이 자연과 기다림에 대해 알고 있는 것은 지식이라기보다는 생활이요 환경이다. 그래서 그들의 사람됨의 바탕을 이룰 뿐 지식이란 의식이 없기 때문에 잘난 척을 할 줄도 모른다. 도시 아이들이 성적이니 아이큐니 하는 걸 툭하면 코에 걸고 다니는 것과는 매우 대조적이다.

나는 도시 아이들의 가장 큰 문제가 참을성 없음이요 기다릴 줄 모르는 거라고 여기고 있는데, 그것은 큰일이고 작은 일이고 간에 어려움을 참고 때를 기다리지 않고는 되는 일이 없기 때문이다. 물론 도시 아이들도 자라면서 참을성 없이 되는 건 자동판매기에 돈을 넣고 상품을 사는 것밖에 없다는 걸 스스로 알게 될 것이다. 또 자동판매기라도 돈을 삼키지 않고는 즉각 물건을 내지 않고 그 돈을 벌기는 어렵고 시간이 걸린다는 것도 알게 될 것이다. 그러나 워낙 참을성 없음이 몸에 밴 아이들인지라 돈 벌기 위한 수고와 기다림도 참기 싫어 쉽게 빨리 돈을 벌 수 있는 방법이나 궁리하게 된다면 어찌할 것인가.

시골뜨기들은 참을성과 기다림의 의미를 본능처럼 알고

있다. 그건 바로 그들만의 바탕이요, 학력이나 아이큐보다 몇 배나 값진 저력이다. 만약 시골뜨기가 어느 날 문득 한 알의 날알, 한 포기의 채소를 위한 그 고된 수고를 참기가 싫어서 때가 돼야만 거둘 수 있다는 기다림이 지겨워서, 그곳을 박차고 도시로 나왔을지라도 그걸 안다는 것이 무엇과도 바꿀 수 없는 저력과 지혜가 되리라.

그런 뜻으로도 시골뜨기들이 열등감을 느낄 까닭은 조금도 없다. 그들이야말로 참으로 큰일, 참으로 값진 일을 할 수 있는 본바탕을 갖춘 사람들이다.

서울내기 시골뜨기 2

여럿이 짜고 한 사람을 따돌리고 안 놀아주는 것을 우리 시골말로는 '돌리뱅이친다'고 했었다. 서울 와서 국민학교에 들어가고 나서 나는 우울한 아이가 되었고 툭하면 학교 가기 싫다고 훌쩍이면서 어머니 치마폭에 휘감기길 잘했다. 어머니가 왜 그러느냐고 물으시면 "아이들이 다 나만 돌리뱅이친단 말야"라고 대답하면서 더욱 설움이 복받쳤다. 지금도 그때 생각을 하면 조금 쓸쓸해진다.

그때(1930년대)만 해도 국민학교도 시험 쳐서 들어갈 때여서 2부제 수업 같은 건 없었지만, 입학하고 나서 한 달가량은 교실 수업이 없이 운동장에서 보냈다. 유희나 노래도 하고 학교 시설물의 이름도 외고, 이용법을 되풀이해서 배우고 익힌

다. 이를테면 공중도덕을 배우는 기간이었다.

자연히 반나절을 이리저리 몰려다녀야만 했다. 그럴 때 마다 아이들은 어떻게든 선생님의 손을 잡으려 했고 손을 못 잡을 때는 치마꼬리라도 잡고 싶어했다. 그래서 선생님은 발길을 옮기는 것조차 불편할 만큼 아이들에게 에워싸이게 되고, 조금 떨어져서 바라보면 한 떼의 병아리떼를 거느린 암탉처럼 보였다. 나도 선생님의 치맛자락이라도 잠깐 잡아보고 싶었다. 시골뜨기 눈에 비친 선생님은 참으로 아름답고 우아하고 고상했다. 도시적인 것 중의 좋은 것만의 결정체였다. 줄서 있을 때 선생님이 잠깐 옆을 스치거나 하면 은은하게 풍기는 크림 냄새를 맡을 수 있었고, 그 세련된 도시의 냄새는 선생님에 대한 동경을 더욱 간절하게 했다. 그러나 선생님에 대한 동경이 간절할수록, 그런 선생님 눈에 들기엔 내가 너무도 보잘것없는 촌뜨기란 열등감은 깊어갔다. 나는 어떻게든 선생님 치맛자락이라도 잡아보려고 아이들의 극성맞은 다툼에서 스스로 멀찌가니 물러나 있음으로써 그 아이들이 나를 돌리뱅이쳤다고 믿으려들었다.

불과 며칠 사이에 선생님 손을 줄창 잡는 아이, 치마꼬리만 단골로 잡는 아이, 그 둘레를 착실히 따라다니는 아이가 정해졌다. 선생님 주위에 인의 장막의 서열이 정해졌다고나 할까. 그리고 그 서열에 따라 뽐내고 남을 깔볼 수 있는 권한 같은 것도 생겨나기 시작했다. 아이들을 모름지기 공평하게 사랑해야 된다는 신념에 투철하신 선생님은 자신의 공정치 못한 사랑이 아이들 사회에 끼친 영향을 즉각 눈치채고 될 수 있는 대로 번갈아가며 손을 잡아주려고 노력하기 시작했다. "자아, 자아, 이리 온." 기운이 모자라거나 숫기가 없어 저만치 뒤처진 아이를 가까이 불러 손을 잡아주면서 줄창 매달리는 아이를 슬며시 떼어놓기도 하고 특별히 더럽거나 칠칠치 못한 아이를 코를 닦아주는 체, 단추를 끼워주는 체 돌보면서 될 수 있는 대로 피부적인 접촉을 골고루 나누려고 애썼다. 나는 왠지 선생님의 이런 보살핌에조차 들지 못했다. 내가 너무 평범한 아이였기 때문이라기보다도 시골뜨기라는 열등감 때문에 막상 간절한 소망이 이루어질 찰나조차도 스스로 피하지 않았나 싶다.

교실로 들어와 수업을 하게 되고부터 학교 가기 싫다고 우는 나의 못된 버릇도 차차 가시게 되었다. 공부를 썩 잘하는 편은 못 됐지만 공평하게 평가받을 수 있다는 안도감 때문에 학교생활이 훨씬 덜 불행해졌다. 그러나 애교를 부린다거나 딴 재주나 말썽으로 선생님과 특별히 가까워진다는 것은 꿈도 못 꾸었다.

1학년 때 겨울방학이었을 것이다. 방학은 즐겁지만 특히 겨울방학엔 설이 껴서 그 즐거움이 각별했다. 나는 방학하는 날 곧장 시골로 내려갔다. 기차 속에서 서울서만 사는 아이는 도대체 무슨 재미로 방학을 할까를 심각하게 의심하기도 했었다. 우리 고향 개성의 설음식 중에선 특히 강정이 유명하다. 강정 중에도 얄팍하게 밀어서 마름모로 썬 깨강정, 흑임자강정과 약간 도톰하지만 맛이 뛰어난 땅콩강정은 어린 눈에도 도시의 어떤 음식보다도 깔끔하고 세련돼 보였다. 나는 나도 모르게 불쑥 우리 선생님 좀 갖다드리고 싶다고 했다. 할머니는 좋은 음식 보고 선생님 생각을 하는 나를 들입다 칭찬하시고 예쁜 동고리짝에다 강정을 수북이 담아주셨다. 그러나 개학날 그걸 가지고 학교까지 가긴 갔는데 드릴 용기가 나질 않았다. 그때까지도 그만한 숫기가 없었고, 막상 선생님을 뵈니 그런 시골 음식을 잡수실 것 같지도 않았다. 그렇다고 그걸 도로 집으로 가져갈 수도 없고 생각다못해 하굣길에 사직 공원에서 아이들한테 풀어 먹이고 말았다. 어릴 적 버릇이 여든 간다고 지금도 무슨 모임 같은 데서 나는 왠지 주빈 가까이에 잘 가지질 않는다. 주빈 아니라도 모임에서 인기 있는 분들이 정해져 있기 마련이다. 덕망이 있거나, 지명도가 높거나, 화술이 뛰어나거나, 좋은 자리에 있어 소위 끗발이 있는 분들 주위엔 자연히 동그랗게 인의 장막이 쳐지게 된다. 나는 그 축에 못 끼고 바로 처져 있으면 절로 1학년 때 생각이 나지만, 그때 같은 열등감은 없다. 다만 조금 비켜나 있는 게 편하기 때문에 비켜나 있을 뿐이다. 때로는 중심에서 좀 비켜난 자리가 윗자리일지도 모른다는 엉뚱한 생각을 할 때도 있다. 왜냐하면 좀 비켜난 자리에선 뭘 더 많이, 더 총체적으로 볼 수 있기 때문이다.

서울내기 시골뜨기 3

국민학교부터 서울서 다녔으니 서울 사람 된 지가 50년 가깝다.

또 고향땅이 휴전선 이북이 된 지가 30년이 훨씬 넘었으니 여름방학, 겨울방학, 적어도 1년에 두 번씩은 밟아보던 고향땅을 못 밟아본 지도 그렇게 오래된 셈이다. 시댁이 또 대대로 내려오는 순 서울 토박이어서 시골과 관광지 이상의 관계를 가질 기회가 전혀 없이 살아왔다. 참으로 쓸쓸한 노릇이다. 그러면서도 나는 나를 시골뜨기라고 생각하기를 좋아한다. 남들이 나의 말씨나 옷차림, 행동 중에서 촌스러운 점을 꼬집어내서 흉을 보는 경우가 있더라도, 그게 조금도 창피하거나 마음 상하지 않는다. 나에게 아직 촌티가 남아 있다는 게 마치 예전에 고갈된 줄 알았던 원초적인 생명력이 남아 있는 걸 확인한 양 은근히 대견하고 즐겁다.

어려서 처음 서울에 왔을 땐 시골뜨기라고 놀리는 말이 제일 듣기가 싫었었다. 서울 아이들의 빠르고 상냥한 말씨, 깡총한 내리닫이, 약고 잔꾀에 능한 각종 놀이 등은 나의 선망의 대상이었고, 자신의 촌티는 하루빨리 씻어내야 할 더러운 때처럼 혐오스러운 것이었다. 나는 비굴할 정도로 서울 아이들에게 아부하고 충실하게 심부름꾼 노릇까지 해가면서 그들의 친구가 되려고 애썼다. 어떤 예쁜 계집애는 툭하면 운동화를 한 짝 벗어서 저만치 던지고 나더러 주워오라고 했다. 내가 주우러 간 동안 그애는 외발로 서서 깡총거리면서 다리 아파죽겠다고 엄살을 떨었다. 나는 그 아이의 하얀 양말 바닥에 행여나 흙이 묻을까봐 얼른 운동화를 주워다가 신겨주기까지 했다. 그때까지도 버선밖에 신어본 적이 없는 나에게 양말은 매우 귀하고 신성한 걸로 여겨졌다. 그렇게 그 예쁜 계집애를 떠받들었음에도 불구하고 그애는 까닭 없이 눈을 보얗게 흘기면서 나를 시골뜨기라고 놀렸고, 반 아이들까지도 나하고 못 놀게 할 때가 있었다. 그 아이의 변덕은 변화무쌍해서 종잡을 수가 없었고, 나는 잔뜩 주눅이 들어서 그 아이의 눈치만 살폈다. 지금도 아이들 사회에 그런 말이 있는지 모르지만, 그 시절에는 나처럼 친구한테 꼼짝 못하고 하라는 대로 하는 걸 '꼬붕' 노릇 한다고 했다. 아마 졸개 노릇쯤 되는 말일 것이다. 아이들이 나를 그 아이의 꼬붕이라고 놀렸지만 나는 시골뜨기가 서울내기의 꼬붕 노릇하는 걸 당연하다고 생각하고 별 불평이 없었다. 그러나 어머니는 매우 속이 상하셨던 모양이다.

내가 서울 아이한테 주눅 들지 않도록 여러 말로 타이르셨는데 그중에서 지금까지 잊히지 않는 말씀이 있다.

"서울내기 겁낼 것 하나도 없단다. 서울내기들은 쌀이 어떻게 해서 생겨나는지도 모른단다. 쌀나무가 어떻게 생겼는지 묻는 아이도 있단다."

어머니의 그 말씀은 그후 내가 시골뜨기라는 열등감에서 벗어나 되레 그걸 긍지로까지 여길 수 있는 중요한 귀띔이 되었다. 요새도 가끔 도심의 번화가나 빌딩의 그늘에 시골뜨기들을 만날 때가 있다. 시골뜨기라고 해서 예전처럼 서울 사람과 옷차림이나 소지품이 판이한 건 아니다. 그런데도 시골뜨기라는 걸 한눈에 알아 볼 수 있는 건 서울 사람과 서울의 번화에 주눅이 들어 어릿어릿한 태도 때문이다. 시골뜨기들을 볼 때마다 나는 속으로 기운을 내라고 조금도 주눅들 거 없다고 격려를 하곤 한다. 그들이 자연에서 배우고 닮은 지혜에 비하면 서울내기들의 잘난 척은 헛똑똑이의 허세에 불과하다. 또한 그들이 자연의 무궁무진하고 오묘한 조화와 창조력에 접하면서 맛본 경이와 감동에 비하면 서울내기들이 온갖 편리한 문명의 이기와 풍요한 소비생활에서 길들여진 나태와 교만은 얼마나 같잖고 허망한 것일까.

유리 겔라의 초능력 쇼를 본 서울 아이들의 열광은 대단했었다. 시골 아이라고 그런 신기한 재주를 보고 재미나다지 않을 리야 없지만, 조금은 더 여유가 있고 의젓할 수 있을 것 같다. 적어도 서울 아이처럼 단박 그 신기한 재주를 흉내내기에 탐닉했을 것 같진 않다.

시골 아이들은 의식적이든 무의식이든 진정한 초능력자가 자연이란 걸 알고 있고, 그 초능력자와 태어나서부터 교감해왔기 때문이다. 땅에 씨 뿌리고 싹트면 정성껏 가꾸어 풍성한 수확을 올리는 걸 일상생활로 하고 자란 시골 아이들 눈에 손바닥에 씨앗을 놓고 기합을 넣어 싹트게 하는 재주는 신기하지만 쓰잘데없는 잔재주로 보이지 않았을까. 시골 출신의 진정한 저력은 자연으로부터 익힌 겸손의 덕에 있다 하겠다.

잊어버린 것투성이

우리집 식구들 사이에서 내가 오랫동안 누려온 특권이 하나 있다. 그건 '잊어버렸다'로 통하는 특권인데 처음엔 중요한 걸 어디다 두었는지 생각나지 않는 정도의 가벼운 거였다. 가벼운 거지만 식구들에게 끼치는 피해는 적지 않아서 이들이 뭘 찾을 때 "엄마 얻다 잘 두긴 두었는데 얻다 두었는지 잊어버렸다"라고 말하면 아이들은 쉽게 찾긴 틀렸다는 낭패스러운 얼굴을 하고, 그게 당장 필요한 중요한 걸 땐 울상이 되어 발을 동동 구르기도 했다. 나 역시 내가 두었다는 것만 생각나고 얻다 어떻게 두었는지 도무지 생각날 것 같지 않으면 지레 절망스러워지곤 했다. 그런 게 자주 되풀이되다보니 식구들이 각자 제 일은 제가 챙기게 되고 내가 뭘 잊어버렸다는

데 대해 자연스럽게 체념도 하고 관대해졌다. 그렇게 봐준 게 되레 더 나빴던 것 같다. 당시의 상황을 잘 돌이켜보면서 차근차근 생각하면 생각해낼 수 있는 것도 잊어버렸다고 아예 포기해버리기가 일쑤였다. 그렇게 해서 나의 건망증은 일종의 응석으로까지 자랐다.

나는 웬만한 건 잊어버렸다고 함으로써 살림의 자질구레한 일까지 총괄하기엔 너무 늙었다는 것과 살림과 글쓰기를 겸한 바쁜 몸이란 걸 은근히 과시하고 싶었는지도 모르겠다.

아이들이 나를 봐주었던지 아니면 저희들 나름의 자구책이었는지, 일찍부터 자기 주변은 자기가 챙겨 엄마의 '잊어버렸다'로부터 놓여난 후에도 나의 '잊어버림'은 계속되었고 그 항목도 불어나면 불어났지 줄지를 않았다. 제일 자주 잃어버리는 게 지갑이다. 시장에 가려면 지갑을 얻다 놓았는지 생각나지 않는다든지 외출해서 한참 가다가 어째 기분이 이상해서 핸드백을 열어보면 지갑도 없고 무일푼인 경우를 하도 당해서 식구들은 예사롭게 알지만 나는 점점 피곤하고 어떤 때는 심한 자기혐오에 사로잡힐 때도 있다.

다음으로 둔 곳을 잘 잊어버리는 게 메모지, 영수증, 고지서, 우편물, 그리고 숫자이다. 전화 온 데, 약속 장소나 시간, 시장 볼 것 등을 잊어버리지 않으려고 꼼꼼하게 메모를 해놓

왔다가 막상 그걸 쓸 때 가서 매모지째 없어지는 일이 왜 그렇게 자주 일어나는지. 어떤 때는 그런 종이쪽지를 찾느라고 한바탕 소동을 부리다 말고 어쩌면 나를 따라다니면서 그런 걸 감쪽같이 감추는 장난꾸러기 도깨비가 있을지도 모른다는 뚱딴지같은 생각을 하기도 한다. 그런 것들은 대개는 전혀 생각지도 못한 의외의 장소에서 찾게 되고 그 의외성이 하도 엉뚱스러워서 마치 도깨비장난을 방불케 하기 때문이다.

아이들의 말씨에서 흔히 '잊어버렸다'와 '잃어버렸다'를 혼동하는 걸 보게 되는데 잊어버림과 잃어버림은 그만큼 밀접한 관계가 있나보다. 어디다 어떻게 두었는지 잊어버린 게 영영 잃어버린 결과가 된 적도 있다.

아주 기다리던 반가운 편지를 받고 개봉하기 전에 전화를 한 통 받은 것밖에 없는데 얻다 놓았는지 생각나지 않은 게 영영 잃어버리고 말았다. 많지는 않지만 원고료로 부쳐온 소액환을 둔 곳을 잊어버린 게 아주 잃어버리게 된 적도 두 번이나 된다. 이렇게 중요한 것들은 잃어버리고 나서도 찾고 또 찾게 된다.

그런 일은 중노동보다 더 빨리 사람을 지치게 한다. 심신이 당장 녹초가 되고 만다. 물론 놓아두었음직한 데나 그렇지 않은 데를 가리지 않고 뒤지고 들쑤성거리기도 하지만 정신을 가다듬고 당시의 자기 거동을 추적하기도 한다. 모든 노력이 수포로 돌아가버렸다고밖에 생각할 수 없이 될 적도 있지만 훗날 엉뚱한 곳에서 찾을 적도 있다. 아주 버린 것으로 추정할 수밖에 없을 때도 기분이 나쁘지만, 대수롭지 않은 메모지가 평소 잘 보지 않는 숱 두꺼운 전집류 사이에 끼여 있는 걸 발견할 때도 아찔하다. 집에 적지 않은 책이 있고 그 책 겹이란 건 또 책의 권수의 몇백 갑절이 되는데, 그 무수한 틈바구니에다 잊어버림의 장소로서 혐의를 건다는 건 생각만 해도 끔찍한 일이다.

중요한 걸 아주 꾸겨서 쓰레기통에 던질 때의 내 모습이나, 대단찮은 것을 케케묵은 책 겹 사이에 꼭꼭 숨길 때의 내 모습은 도대체 어떤 꼴을 하고 있는 것일까? 그게 궁금한 적도 있지만 도무지 상상도 안 된다. 엉뚱한 데서 내 상상력의 한계 같은 걸 느낀다. 온종일 내 거동을 비추는 카메라 같은 게 있어서 바로 그런 순간을 포착했다고 해도 괜히 보기가 겁날 것 같다. 나를 따라다니는 심술궂은 도깨비가 있는 게 아니라 내가 도깨비가 되는 순간이 있는 게 아닐까. 가장 잘 알고 있다고 믿는 자신에 대해서조차 아는 부분은 극히 표피적인 일부분에 지나지 않는단 생각도 든다.

무엇을 언다 두었는지 다음으로 잘 잊어버리는 게 숫자이다. 숫자에 약한 건 지금처럼 건망증이 고질적으로 되기 전부터의 일이다. 식구들 나이도 하도 잘 잊어버려 숫제 몇 년생이라는 걸로 외기로 했더니 훨씬 편하고 실수도 없다. 몇 년에 태어났다는 건 불변하는 거지만 나이는 해마다 달라지니 헷갈리는 게 당연하다 싶다. 전화번호를 척척 외서 거는 사람을 보면 우러러보인다. 수첩이 없으면 꼼짝을 못한다. 그것도 응석인지도 모른다는 생각이 들 적도 있는 게 나는 전화번호 같은 거 못 왼다, 못 왼다 하는 사이에 내 집 전화번호도 생각이 안 나면서 아찔할 적이 있으니 말이다. 물건값도 마찬가지다. 이거 참 싸게 샀다고 자랑을 하고 나서 얼마에 샀느냐고 물어오면 말문이 막히고 만다. 살 때 싸게 산다고 속으로 흡족해하던 생각만 남아 있지 얼마에 샀는지는 어쩌면 그렇게 깜깜한지.

숫자에 대한 건망증은 식구끼리는 그래도 괜찮은데 외부와의 대인 관계에 더 많은 폐를 끼치는 것 같다. 요새는 결혼 청첩장도 전화로 많이 하는데 들으면서 곧 적지 않으면 장소나 시간이 오락가락한다. 분명하게 적어놓은 시간도 미심쩍을 때가 있다. 토요일 열한시…… 분명히 전화로 직장 가진 사람들이 참석하기 좋으라고 토요일로 잡았다고 했는데 그렇다면 열한시는 좀 곤란하잖아. 내가 두시를 잘못 들은 게 아닐까. 이런 객쩍은 생각이 들기 시작하면 걷잡을 수가 없이 된다. 점심 약속이나 그 밖의 모임의 약속 시간이나 날짜도 이런 식이다. 철석같이 약속을 하고 나서 감쪽같이 날짜나 시간 중의 하나를 잊어버린다. 또 의심할 여지없이 잘 기억하고 있다고 믿은 게 틀려서 실수하는 수도 있다. 실수하는 것까지도 좋은데 내 마음속엔 남들도 내 실수를 우리 식구처럼 이해해주거니 하고 응석부리는 마음이 있으니 딱한 노릇이다.

그렇다고 우리 식구가 다 내 건망증에 마냥 관대한 것만은 아니다. 남편이 부탁한 중요한 일을 두 번이나 거푸 잊어버리고 안 해놓았을 때 그는 정색을 하고 당신은 도대체 무슨 생각을 하면서 사는 사람이냐고 따지고 들었다. 처음 듣는 싫은 소리여서 나도 심각해졌다. 그리고 평소 내 머릿속을 꽉 차지하고 있는 것들을 돌이켜보게 됐다.

숫자에 어둡다는 것도 새빨간 거짓말이었다. 내 자식 나이도 헷갈리는 주제에 나를 차지하고 있는, 내가 만든 허구의 세계 속의 인간상들의 나이, 만날 때와 헤어질 때, 그들의 수입, 그 시절의 물가 등은 착오 없이 외고 있었던 것이다. 결국 허구의 세계를 위해 엄연한 실생활을 건성건성 살았다는 얘기밖에 안 된다. 그건 아무도 쉽게 이해할 수 있는 얘기가 아니다. 그러나 머릿속에 늘 하나나 둘쯤의 허구의 세계와 여러 사람의 허구의 인간상을 가지고 있고 그들에게 진실성을 부여해야 하는 게 나의 일(職業)인 걸 어쩌랴. 변명 같지만 나는 여자가 적어도 일을 가지려면 가정생활도 흠 잡힐 여지 없이 더욱 완벽하게 수행해야 된다고 생각하는 편은 아니다. 그렇게 말하는 사람을 봐도 쯧쯧 속 들여다뵈는 소리 작작 하시지 하고 치지도외하게 된다.

자신에 대해서도, 건망증 등 결함이 많은 성격이지만, 나만은 바깥일과 가사노동을 양립시킬 수 있다는 과대망상 같은 건 한 바 없다. 그러나 확실히 중대한 걸 잊어버리고는 있었다. 엉터리지만 이 정도나마 양립시킬 수 있었던 것은 식구들이 내가 알게 모르게 도와주고 묵인해주고 벌충해주었기 때문이라는 걸 고마워할 줄 몰랐다. 그래서 응석만 부릴 줄만 알았지 고마워할 줄 몰랐다.

달포 전 딸아이가 병원에 입원을 했다. 뜻하지 않은 사고로 큰 수술을 받아야만 했다. 딸아이의 고통을 지켜보는 동안 하필 왜 나에게 하필 왜 내 딸에게 이런 일이 일어났을까? 하고 도저히 우리 식구에게 닥친 불행을 승복할 수가 없었다. 고통을 당하는 것보다 지켜보기가 더 힘들게 여겨졌고 지켜보기보다는 하필 왜 나에게로라는 원망을 삭이기가 더 고통스러웠다. 또 병원과 집 사이를 하루 몇 번씩 왔다갔다하면서 피곤하고 일손이 아쉬울 때마다 참 이건 아무개한테 시켜야지 하고 딸의 이름을 부르곤 했다.

그애가 병상에 있다는 걸 깜박 잊고 그애를 찾다가 참 내 정신 좀 봐, 하고 나면 그애가 곁에 없다는 상실감이 한층 절절해졌다.

그애의 병구완을 위해서 그애를 찾을 만큼 나는 뒤죽박죽이 되어 있었다.

병구완뿐 아니라 그애가 평소 해오던 일이 하나하나 그 자리를 드러냈다. 나는 그애 자체가 우리 집안의 꽃이요 기쁨이란 건 알고 있었지만 그애가 한 일에 대해선 전혀 모르고 있었다. 모르고 있었다기보다는 알려고도 하지 않았었다. 부모로서 자식에게 아낌없이 해준 것만 생각했었지 자식이 부모에게 해준 역할에 대해선 잊고 있었던 것이다. 그애가 다만 있다는 것만으로 기쁨이 되었던 정신적인 것으로부터 그애가 실질적으로 해준 여러 가지 역할들이 그애가 없음으로써 그 빈자리를 드러냈다.

그애가 그렇게 착실하고 큰 일꾼인 걸 나는 까맣게 모르고 있었다. 내가 그애를 사랑하고 돌본 줄만 알았지 그애가 나를 사랑하고 돌본 것에 대해선 생각하려들지를 않았다.

그애가 병상에 있는 동안 그애가 남긴 빈자리 앞에 우두망

찰을 하면서도 문득문득 딸하고의 관계뿐 아니라 남하고의 관계에서도 그런 잘못을 범하고 있는 게 아닌가 하는 생각이 들곤 했다. 내가 누구에게 잘해준 것에 대해선 무심하거나 잊어버리고 마는 걸 어떻게 다만 건망증이라고 변명할 수 있을까.

딸애가 고통받고 있는 중에도 어김없이 봄은 왔다. 조금씩 조금씩 강변로의 버드나무에 녹두색이 도는 걸 봐도 가슴이 울렁거리기보다도 언짢은 생각부터 들었다. 개나리가 핀 걸 봐도 목련이 핀 걸 봐도 심란하고 금세 눈물이 앞을 가렸다. 며칠 전엔 전철을 타고 가는데 도심에서 한참 벗어난 낯선 동네라 거기가 뭐하는 곳인지는 모르겠는데 연못도 있고, 동산도 있고, 잔디도 있고 꽃나무도 있는 광활한 녹지대가 나타났다. 공원이나 대학 캠퍼스로 보이는 그 녹지대에서 나는 비로소 흐드러지게 만개한 봄의 절정을 보았다.

내가 언짢아하던, 외면을 하던 봄은 어김없이 와서 거기서 흥청망청 잔치를 벌이고 있는 것처럼 보였다. 버드나무는 그의 1년 중 가장 아름다운 연연한 녹색으로 유연하게 살랑이고 있었고, 벚꽃 앵두꽃은 높고 낮은 꽃구름이 드리운 것처럼 만개해 있었고 호수에는 백조가 떠 있었다. 그 화려한 봄을 보자 이 좋은 철에 병상에 있는 내 딸이 한없이 불쌍한 나머지 봄이 꼴 보기 싫고 저주하고픈 생각마저 들었다. 올해도 어김없이 봄이 올게 뭐람. 나는 마치 나의 불행 때문에 우주의 질서가 멈춰주길 바라는 것처럼 엄청난 응석을 부리고 있었다.

그러나 딸애의 신속한 회복을 지켜보면서 내가 얼마나 커다란 걸 잊고 있었다는 걸 깨달았다. 훌륭한 의사의 최선의 치료와 최선의 좋은 약과 헌신적인 간호의 덕만 생각했지 올해도 어김없이 언 땅에서 생명을 불러일으키고 다른 가지에서 꽃봉오리를 부풀린 자연의 생명력이 그런 치료에 합력했음을 잊고 있었던 것이다.

가을 기운

태풍이 그 수명을 다했다는 일기 해설을 듣는 것은 묘한 기분이었다. 태풍은 어떤 모습으로 그 광란의 생애를 마치고 임종을 맞이하는 것일까.

"누가 바람을 보았는가"라는 시구처럼 태풍도 바람인 이상 그 위력에 의해 흔들리고 쓰러지고 날뛰고 파괴되는 자연과 인간이 만든 구조물의 모습을 볼 수 있을 뿐 아무도 태풍을 볼 수는 없다. 따라서 그 엄청난 광기가 임종하는 모습을 상상한다는 것은 얼마나 부질없는 노릇인가.

태풍이 그 수명을 다했다는 보도와는 상관없이 서울에 강풍을 동반한 폭우가 내리던 날이었다. 1년 중 가장 덥다는 8월 첫 주였는데도 바람 때문에 꽤 선선했다. 나는 시장에 가다 말고 길가에서 걸음을 멈추었다. 비를 맞고 있는 풀숲과 가로수와 분꽃 과꽃 코스모스 등 일년초가 어딘지 한여름의 그 기승스러운 청청함을 잃고 있기 때문이었다. 코스모스는 아직 꽃도 피기 전인데도 그렇게 보였다. 나무와 풀 들은 다만 강한 바람과 빗줄기를 견디기 힘들어하고 있을 뿐일지도 모르건만 나는 성급히도 그것들의 푸름 사이에 스며든 가을 기운을 보려 하고 있었다.

나이 탓인지 계절 중에도 특히 가을에 민감하다. 그날 채찍처럼 모질고 굵은 빗속에서 문득 가을을 보고 나서도 무더위는 계속됐다. 그러나 한번 봐버린 가을 기운은 쉽사리 지워지지 않아 이글대는 불볕더위에 번들대는 미루나무 잎사귀 사이에도 맷방석만큼 크게 핀 해바라기의 짙노랑 사이에도 어김없이 가을 기운의 쓸쓸함이 스며 있는 게 보이는 걸 어쩔 수가 없었다. 그러다가 며칠 후부터는 한밤의 무더위 속에서도 얼핏, 마치 푸른 하늘에 있을랑 말랑한 엷은 새털구름처럼 얼핏, 소슬한 가을 기운을 느끼고 까실한 홑이불을 어깨까지 끌어올리게 되었다. 한낮의 더위도 남보다 먼저 견디기가 쉬워지면서 햇볕의 부피가 엷어지는 게 마치 어깨에 걸친 옷의 부피를 느끼듯이 명료하게 느껴지기 시작했다.

어젯밤 마침내 귀뚜라미 소리를 들었다. 아직도 가시지 않은 더위 때문에 잠이 깨었을 터인데도 방안의 가득 고인 열기 속에서 한 가닥의 소슬함을 찾아내려고 잔뜩 신경을 곤두세우고 있었다. 그때 어디선지 귀뚜라미 소리가 들리는 듯했다. 베란다 쪽 같아서 창문을 열었다. 바깥바람이 샘물처럼 청량했다. 이제 가을 기운은 나만의 환각이 아닌 완연한 것이었다. 그러나 귀뚜라미 소리는 환청이었던 듯 아무데서도 들려오지 않았다. 나는 베란다로 나가 화분들 사이에 쭈그리고 앉아 하늘을 쳐다보았다. 밤하늘을 오래간만에 본다 싶었다. 그때였다. 바로 화분 사이에서 귀뚜라미 소리가 들렸다. 여지껏 들어본 귀뚜라미 소리 중 가장 맑고 영롱한 소리였다. 인기척을 내면 끊길까봐 숨을 죽이고 있었지만 곧 멎었다.

새벽녘엔 기다리던 귀뚜라미 소리 대신 빗소리가 들렸다. 소나기인 듯 천둥 번개까지 치면서 한동안 억수같이 퍼부었다. 여름 동안 달구어진 땅을 식히느라 그런지 요샌 비가 잦다. 아침에 나는 한소나기 맞고 더욱 뚜렷해졌을 가을 기운을 보려고 아파트 녹지대를 살펴보았다. 나무가 한 그루 쓰러져 있었다. 생긴 지 얼마 안 되는 단지라 나무들이 아직 뿌리를 제대로 못 내려 겨우 목숨만 부지하고 있는데 그중에도 아주 뿌리를 못 내리고 꼭 싸리 빗자루를 거꾸로 세워놓은 것처럼 누렇게 말라 비틀어졌던 측백나무가 드디어 넘어진 것이다. 가을 기운이야 거목도 거역할 수 없지만 소나기쯤은 일년초도 잘만 견디건만 뿌리가 죽은 나무는 그걸 못 견디었던 것이다.

겨울 제비

강남으로 갈 날을 놓치고 어물쩍대다가 엄동설한을 맞은 제비 한 쌍을 공수해서 따뜻한 남쪽으로 보냈다는 뉴스는 절로 미소를 자아내게 했다. 어쩌다가 이 땅에 처지게 되었을까? 성질 게을러서였을까, 집 짓고 살던 집에 정이 너무 깊이 들어서일까? 한갓 날짐승에 대해서 이런 상상까지 하다가 무사히 따뜻한 고장에 도착했단 뉴스를 듣고 다시 한번 안도의 숨을 쉬게 되는 것은 우리에게 인간사 근심이 전혀 없어서가 아니라 오히려 인간사 근심이 쌓이고 쌓였기 때문이 아닐까. 그렇다고 해서 나라의 어려운 일, 긴급한 일에 관해 국민이 모두 걱정하고 마음을 졸일 때 전혀 그런 것과는 상관없는 한가로운 얘기가 뉴스 첫머리에 나오는 게 바람직하다는 얘기는 아니다. 국가적인 근심이 태산 같을 때, 그리하여 국민적 관심이 거기 집중돼 있을 때, 뉴스 시간에 그건 대강 넘기든지, 아예 짚고 넘어가지도 않고 쓰잘데없는 가십에 가까운 얘기나 해외 토픽 같은 걸로 오랜 시간을 끌 때 시청자는 어떤 배신감마저 느끼게 된다. 그만큼 TV 뉴스에서 시청자가 기대하는 것은 우리 모두가 당면한 정치적, 사회적인 정확한 기상도이고, 근심의 공감대이다. 더 바란다면 비전까지 제시해주길 바란다.

그런데도 안팎으로 어려움이 많은데 설상가상으로 여야가 쇳소리가 나도록 날카롭게 대립해 거의 화해나 대화의 실마리가 절망적으로 보일 때, 제비 한 쌍의 공수 뉴스는 별로 귀에 거슬리지 않았을 뿐 아니라 문득 숨통까지 트이는 듯했다. 새 중에서도 제비처럼 우리 민족에게 오랫동안 사랑을 받아온 새도 아마 없으리라. 인가의 추녀끝에다 집을 지어 사람과 친할 뿐 아니라 참새와는 달리 해로운 벌레를 잡아먹어 사람에게 직접적인 이익을 끼쳤고, 아름다운 자태는 물 찬 제비로 비유할 만큼 그 날씬한 생김새와 비상하는 모습까지도 사람들의 사랑을 받아왔다. 제비와 인간과의 이런 오랜 친교가 흥부전 속의 은혜와 원수를 갚는 제비로 나타났는지, 흥부전 때문에 제비가 인간과 친해졌는지 그걸 가려내기는 아마 닭이 먼저냐 달걀이 먼저냐를 가려내기나 마찬가지로 어렵고도 부질없는 노릇이리라.

그러나 제비가 우리의 사랑뿐 아니라 함부로 할 수 없는 영물이란 경외의 대상까지 된 것은 암만해도 흥부전과 관계가 있을 듯하다. 참새나 꿩처럼 미식가의 식욕을 돋우는 새가 있는가 하면 몸에 좋다 하여 또는 난치병이나 불치병에 특효가 있다 하여 몇 마리 남지 않은 천연기념물 희귀조한테까지 총부리를 겨누기를 서슴지 않은 적도 있는 우리건만 아직까지 제비를 약에 쓰려고 일부러 잡아 죽였다는 얘기는 못 들었다. 놀부가 제비 다리 분지른 게 사람이 제비에게 가한 가장 잔혹한 것이다. 마지막 못된 짓이 아니었나 싶다.

아무려나 제비에게 좋은 일을 했으니 보답을 기대 안 할 수가 없다. 우선 모진 추위와 경직된 정국으로 잔뜩 움츠러들었던 우리 마음에 부드럽고 따뜻한 기운을 불어넣었으니 보답은 이미 받은 셈인지도 모른다. 더 욕심을 부린다면 미움보다는 사랑이, 날카로운 것보다는 부드러운 게 훨씬 더 강하고 많은 가능성을 가졌다는 걸 깨우칠 계기가 되어주었으면 얼마나 좋을까. 사방에서 들리느니 춥고 경직된 화제 때문에 잔뜩 위축됐던 마음이 제비 두 마리가 뿌린 따뜻한 얘기로 다소 누그러진 김에 별 말도 안 되는 욕심을 다 부려본다.

어떤 주제 파악

여행 중 지방의 작은 읍 소재지를 지날 때였다. 국도를 벗어나 그 읍에 들른 것은 점심때가 지나 매우 배가 고팠기 때문이었다. 다 같이 허기가 진 중에도 일행 중의 한 식도락가는 이왕이면 그 지방의 특색 있는 음식을 먹어보자고 주장했다. 그 역시 주장만 그렇게 했지 그 지방을 대표할 만한 음식이 뭔지를 알고 있는 건 아니었다. 무슨 야시장인가에서 팔도음식을 고루 섭렵했다는 J씨도 열심히 그의 기억력을 더듬는 듯했으나 모르겠다고 했다. 널리 선전되지가 않아서 그렇지 향토적인 음식이 전혀 없을 리야 있겠느냐는데 일행은 의견의 일치를 보았다. 향토음식을 파는 데를 사전 지식 없이 찾아내려니 자연히 옥호나 겉모양을 볼 수밖에 없었다. 서양 이름은 물론 거들떠도 안 봤고 서울 식당이니 부산점이니 하는 것도 제외시켰다. 그러다보니 뒷골목에 구옥을 찾아다니게 되었다. 그런 음식점이 아주 없는 건 아니었지만 우린 서로 눈길을 마주하다간 지나쳐버리곤 했다. 그 불결함 때문이었다. 안에서는 안주인의 살림 솜씨가 칠칠치 못한 집의 부엌 냄새와 시궁창 냄새를 합친 것 같은 냄새가 나고, 밖에 내놓은 뚜껑 없는 쓰레기통에선 연탄재와 음식 찌꺼기가 함께 뒤범벅이 돼 있는 집에 선뜻 들어설 마음이 나지 않았다.

"우린 왜 이렇게 더러운 집만 골라 다니면서 속을 뒤집고 있지? 마치 불결한 곳이야말로 토속적인 게 남아 있을 수 있는 곳이라는 듯이 말야."

일행 중 한 사람이 문득 입맛 떨어진 얼굴로 이렇게 투정을 부렸다. 나도 그의 투정에 동의하는 마음이었다. 나 역시 어느 틈에 토속적인 것과 불결한 것을 거의 동일시한 꼴이 되고 만 우리 모습에 부글부글 화가 나고 있었기 때문이다.

우린 토속적인 것과 정갈을 겸비한 음식점 찾기를 단념하고 다시 그 읍의 번화가로 나왔다. 그동안 우리는 아니꼬울 정도로 불결에 과민해져 있어서 무엇을 먹을까를 정하는 것보다는 깨끗한 음식점을 찾는 게 우선이었다. 마침 문을 열자마자 정면으로 파란 불이 켜진 유리 찬장이 바라보이는 음식점이 있었다. 그 안엔 수저를 비롯한 기다란 조리기구와 물수건이 들어 있었는데 병원이나 이발소에서 볼 수 있는 소독장을 연상시켰다. 음식점 분위기엔 맞지 않는 것이었지만 청결하다는 인상이 강하게 풍겼다. 그 집은 불고기 전문점이었고 우린 국수나 산채를 먹고 싶었지만 오로지 청결한 인상 때문에 불고기를 먹기로 쉽게 협의했다.

그 유리장엔 자외선 소독장이라는 아크릴 표지판이 붙어 있었다. 우리가 그걸 보고 감탄을 하자 곧 있을 아시안게임과 88올림픽에 대비해서 지방의 요식업계도 그 정도의 위생시설은 의무라고 했다. 그 불고기집은 그 자외선 소독장을 간판처럼 내보임으로써 웬만한 흉은 다 묻힐 수가 있었다. 종업원이 그 속에서 숟갈을 꺼내다주는데 대가 아닌 입안에 들어갈 부분을 마구 손으로 만져도 탓할 마음이 안 났다. 어련히 손을 깨끗이 씻었을까 싶었다. 넓지 않은 실내는 매우 밝은 빛깔의 무늬목으로 돼 있어서 밝고 산뜻해 보였다. 다만 내부로 통하는 듯한 문이 헛간이나 광문처럼 찌들은 판자문인 게 약간 튀었다. J씨가 종업원에게 화장실이 어디냐고 물었더니 그곳을 가리켰다. 과연 그 문엔 흰 종이에다 먹 글씨로 "칙간 가는 길"이라고 쓰여 있었다. 뒷간과 같은 말인 칙간이란 소리는 자외선 소독장과 매우 안 어울렸을 뿐 아니라 깊은 산중의

절의 뒷간에다 WC라고 써놓은 걸 볼 때처럼 무신경해 보였다. 그러나 그 우스꽝스러움을 비웃을 배짱은 없었다. 남에게 보이기 위해 급조한 것의 추한 허점으로 말할 것 같으면 시골보다는 서울에 더 지천으로 널려 있기 때문이다. 우리야말로 그 본고장 사람이라는 주제 파악을 한 것이다.

창

몸이 불편해 며칠 집에 틀어박혀 있는 동안은 순전히 창이 온 세상이었다. 집에 만일 창이 없다면 얼마나 답답할까? 창으로 좋은 경치를 내다볼 수 있다면 비록 그 좋은 경치가 내 집에 딸린 마당은 아니더라도 내 집에 붙은 기막힌 덤이다. 콩나물 백 원어치를 살 때도 한 움큼의 덤을 받을 수 있으면 괜히 마음이 흐뭇해진다. 하물며 몇천만 원짜리 집을 살 때는 돈 주고 사는 집 안팎만 보지 말고 창을 통해 거저 얻을 수 있는 경치—덤을 눈여겨 확인할 일이다. 창으로 옆집 추녀와 뒷담밖에 볼 수 없는 집과 저만치 산이나 숲이나 공원을 볼 수 있는 집을 같은 값에 산다는 건 말도 안 된다.

우리가 최악의 거처로 치는 감옥을 상상할 때도 우선 창

없음을 떠올리게 된다. 있긴 있되 눈높이보다 훨씬 높은 곳에 손수건만한 창이 있고 그나마 창살이 달려 있을 테지. 같은 방에 갇힌 사람의 목말을 타고 겨우 그 창으로 밖을 내다볼 수 있다고 해도 풀 한포기 없는 시멘트 바닥과 시멘트 벽이 고작일 것이다. 대강 이 정도가 감옥의 있으나 마나 한 창에 대한 상상의 한계다. 감옥에 만약 숲이나 하늘을 실컷 내다볼 수 있는 창살 없는 큰 창이 있다면 그건 이미 감옥이 아니다.

그러나 이렇게 말하는 나도 덤을 보고 집을 산 적이 있는 것 같진 않다. 단독주택에 살 때는 그래도 창밖으로 내다볼 수 있는 주위 환경에 더러 신경을 썼지만 아파트에 살고부터는 창밖엔 으레 앞 동이 막혔거니 체념을 하고 있다. 그래도 지금 집에선 부엌과 서재의 창이 난 후면에는 길 건너로 딴 아파트가 아닌 너른 벌판이 있다.

며칠째 외출을 못하고 집에 있는 동안 창 곁에서 많이 보냈다. 창으로 얻은 덤은 그게 비록 가슴이 탁 트이는 좋은 경치는 아니었지만 우리 사회의 정직한 단면인 것만은 틀림이 없었다. 집도 나무나 풀도 없는 너른 벌판이라고 해도 사람의 손은 그걸 잠시도 그냥 놓아두지를 않는다. 비온 후면 곤죽탕이 되던 벌판에 어느 틈에 포장된 도로가 가로세로로 생긴 것도 그 한 가지였다. 드문드문 있던 천막집이 보이지 않게 된 것도 어느 날 아침의 일이다. 여러 가지 학원 선전 간판이 누더기처럼 더덕더덕 달렸던 말뚝 같은 게 없어진 것도 갑작스러웠고 어느 토건회사의 가건물은 제법 동수도 많고 컸었는데 없어지려니까 순식간에 없어졌다.

장차 뭐가 되려는지 요 며칠 동안 불도저가 부지런히 땅을 고르고 있다. 대형 하수도관을 많이 갖다놓은 걸 보면 가까운 장래에 그 벌판에도 뭔가가 들어설 모양이다. 제발 눈앞을 탁 가로막는 아파트가 아니길 바랄 뿐 뭐가 생길지 알 길이 없다. 그렇다고 이 하루가 다르게 개발되고 있는 동네가 과거에는 뭐였는지 어떠했는지 알고 있는 것도 아니다.

언젠가 택시를 타고 우리 동네 이름을 대니까 운전기사는 "그 동네 요샌 좀 살 만해요?" 하고 묻는 게 아닌가. 언제는 살 만하지가 못했냐고 되물었더니 몇 년 전만 해도 운전수들이 해 진 후에 가기를 가장 꺼리는 동네였다고 했다. 소위 우범지대여서 으슥하고 불량배가 들끓었다는 것이다. 그러나 그런 증언 역시 전적으로 믿을 만한 건 아니었다. 그후 어떤 운전수는 우리 동네 이름을 대니까 "아, 그 너른 풀밭과 소나무 동산이 있던 동네요?" 하면서 풀밭이 얼마나 푸르렀고 그 동네 풀밭에만 자생하던 풀꽃이 얼마나 보기 좋았었는지를 정감 어린 어조로 얘기해주는 게 아닌가. 나는 물론 나중 운전수가 좋다. 오늘도 나는 매캐한 흙먼지를 날리며 개발당하는 벌판을 내다보며 그 위에 망막한 초원과 별 같은 들꽃을 오버랩 시킬 수 있으니 얼마나 좋은가. 그 운전수 덕이다.

라일락의 계절

알고 지내는 사람은 많아도 친구라고 부를 만한 사람은 몇 안 된다. 그중에도 속마음을 편안하게 털어놓을 수 있는 친구는 일생에 한두 번 만날까 말까가 아닐까. 나처럼 안으로만 꽁꽁 뭉친 사람은 더구나 그렇다.

Y는 고등학교 친구도 어릴 적부터의 소꿉친구도 아니건만 처음부터 내 마음을 열게 했다. 긴긴 겨울밤 그의 안방 구들목은 따뜻했고 낡은 포대기는 엄마의 치마폭처럼 친근했다. 나는 그에게 무슨 얘기든지 다 했다. 며칠만 안 만나도 일이 궁금했고 생활이 숨가쁠 땐 그에게 달려가고 싶어 목이 타곤 했다. 그와 얘기할 수 있다는 건 나에겐 곧 안식을 의미했다.

무엇이 나로 하여금 꼭꼭 닫힌 마음을 열게 했을까. Y에겐 확실히 남의 마음을 열게 하는 특별한 재주가 있었다. 그렇다고 누구든지 Y 앞에서 마음을 열었다는 얘기는 아니다. Y도 친구가 많은 편은 아니었다. 그러니까 그의 재주는 나에게만 들어맞는 재주였다. 내 닫힌 문의 자물쇠에 맞는 열쇠를 그가 갖고 있었을 뿐이었다. 도둑놈의 열쇠가 아닌 다음에야 어떤 자물쇠고 원칙적으로는 하나의 열쇠로밖에 열 수가 없이 되어 있다. 서로 마음을 열 수 있는 친구가 귀할 수밖에 없다.

Y의 또하나의 미덕은 내가 지니고 있는 문제성을 그 앞에 드러내 보임으로써 그 문제의 양면성을 보도록 해주는 것이었다. 내 문제의 막다른 골목에서 그는 통로를 암시해주었고 아무리 추악한 문제에도 아름다움이 숨어 있다는 걸 깨닫게 해주었다. 내가 굳이 구질구질한 것에만 집착하고 지긋지긋해할 때 그는 그것을 뛰어넘는 비결을 귀띔해주었다.

그의 집 넓지 않은 마당엔 잘 자란 라일락나무가 두 그루 있었다. 마당이 좁아서인지 그 나무들은 뿌리와 줄기만 담 안에 두고 가장귀는 담 너머로 뻗어 좁은 골목 하늘을 가리고 있었다. 오월이 되면 라일락 향기를 멀리서도 맡을 수가 있었다. 나는 어느 틈엔지 라일락 향기와 그의 인간성의 향기를 혼동하고 있었다. 그에게 털어놓을 온갖 숨가쁜 얘기를 머릿속에서 굴리며 그 향기를 맡는다는 건 나에게 크나큰 구원이었다.

Y가 미국으로 이민을 간 지도 어언 10년이 넘는다. 자식을 떠나보내면서도 눈물 한 방울 안 흘려 지독하단 소리를 들을 만큼 눈이 여리지 않은 내가 그때는 왜 그렇게 눈물이 나던지. 그가 이 땅에 없단 생각만 나면 길 가다가도 버스 타고서도 빨래하다가도 설움이 복받치곤 했다. 그는 봄에 떠났고 곧 그가 살던 집에 라일락이 만개했다. 그가 안 사는 집에 라일락이 핀다는 게 덧없어 또 눈물이 났다. 속 상하는 일이 있을 때는 그가 이 땅에 없다는 걸 문득 잊고 그에게 털어놓으려고 미리 머릿속에서 이야기로 꾸밀 적도 있었다. 그럴 때도 환각처럼 라일락 향기를 맡았다. 그에게선 자주 편지가 왔고 그의 편지엔 영락없이 라일락 향기가 들어 있었다. 나는 그의 향기를 받기만 하고 주지는 않았던지 그의 편지가 점점 뜸해지기 시작했다.

나는 다시는 내 마음을 열 친구를 못 만나 쓸쓸했지만 그가 생각날 때마다 눈물이 핑 돌던 버릇도 차츰 없어졌다. 겨우 1년에 한철 라일락이 필 때마다 그와 그의 옛집을 생각하고 감미로운 슬픔에 잠기는 정도이다. 며칠 전 미국에서 그를 만나고 왔다는 사람을 만나 이것저것 그의 근황을 들었다. 그는 아주 잘살고 있다고 했다. 좋은 소식이었지만 남의 입을 통한 그의 모습엔 라일락 향기가 묻어 있지 않았다. 요새 온 천지가 라일락의 계절인데도 말이다. 사람 사는 일의 덧없음이 때아닌 가을바람이 되어 살갗에 시리다.

북으로 간 여배우

인간이 경영하는 모든 일이 그렇지 않은 게 어디 있을까마는 특히 TV 드라마는 시의를 잘 타야 할 듯하다. 꽤 괜찮은 드라마도 비슷한 드라마와 맞물렸다든가 그때의 계절, 시사성, 사회적 분위기가 어긋남으로써 빛을 못 보는 수가 있고 그 반대로 시의에 적절했음으로 화제가 되고 기억되는 수도 있다. 자연히 좋은 드라마를 만들려는 노력과 함께 시의에 맞추려는 노력도 함께 하지 않으면 안 되는 게 드라마 만드는 이들의 어쩔 수 없는 고충이리라. 그러나 기회란 인간이 애써 만든 것보다 어디서 뚝 떨어진 것처럼 느닷없이 주어진 게 더 그 실속이 알차고 맛이 진진한 데 그 묘미가 있다. 인간이 노리지 않고 저절로 주어진 때가 공교롭게 잘 맞기로는 아마 〈북으로 간 여배우〉가 장원감이 아닌가 싶다. 〈북으로 간 여배우〉는 문예봉을 주인공으로 했다지만 지금의 육십대 이상이나 문예봉을 알까, 거의가 그의 이름이나 소문을 알고 있는 정도다. 나 역시 그의 한창 시절의 사진을 본 기억이 있을 뿐 그가 나오는 영화나 연극을 본 적은 한 번도 없다.

자연히 〈북으로 간 여배우〉를 보면서 여주인공의 모습에 대입시킨 실제 인물은 사진으로 본 듯 만 듯 희미한 문예봉이 아니라 최은희의 얼굴이었다. 최은희 역시 북으로 갔대서만이 아니었다. 나는 최은희 전성시대의 영화를 본 것이 거의 없다. 그 유명한 〈성춘향〉도 못 봤다. 지금은 거의 거론도 안 되는 〈마음의 고향〉이란 영화에서 최은희를 처음 보고 그뒤 〈사랑방 손님과 어머니〉에서 본 게 전부인 것 같다. 둘 다 흑백이었고 이미지에서도 비슷했다. 특히 〈마음의 고향〉은 해방되고 나서 아직 혼란기를 못 벗어났을 때 학교에서 단체관람으로 보러 갔었는데, 우리의 자연의 아름다움과 최은희의 청초미와 우아한 한복 맵시는 오랫동안 잊을 수 없는 깊은 인상을 남겼다. 전쟁 말기의 일본의 군국주의 국책영화밖에 본 일이 없는 우리에겐 최초의 영화다운 영화였고, 신선한 경이였고, 우리 것을 보는 심미안의 개안이었다. 지금 그 영화를 볼 수 있다면 모든 면으로 수준 이하일지도 모르지만 그때 정서가 극심하게 고갈된 우리에겐 조금도 과장 없이 그러했었다. 〈사랑방 손님과 어머니〉도 줄거리를 다 아는 얘기라 그런지 주제에서 오는 감동보다는 〈마음의 고향〉의 청초미가 한층 세련되고 우수가 가미된 그의 특이한 미모로서 잊히지 않는 영화다.

〈북으로 간 여배우〉에서는 북쪽의 공연물을 다큐멘터리로 볼 수가 있었다. 요즈음 TV 드라마에서 북의 실상을 있는 그대로 보여주는 방법을 자주 시도하는데 참 잘하는 일이라 생각한다. 문예봉을 최은희로 대입하고 그가 우리 심상에 남긴 그윽하고 아름다운 이미지와 북의 피바다적인 살의 적의의 형상화를 대비시켜 생각할 때 어느 쪽이 우월하냐를 따지는 게 차라리 혐오스러워진다. 우열을 따지는 건 같은 장르끼리나 할 수 있는 일이다. 시는 시끼리, 구호는 구호끼리 우열을 따짐이 마땅하다.

〈북으로 간 여배우〉가 방영된 지 불과 며칠 만에 북으로 간 여배우가 그곳을 탈출했다. 그동안 그쪽에서 그들 부부가 한 일로 미루어 그들이 받은 대우는 최고의 파격적인 것이었다. 이쪽의 영화인도 웬만해선 못 누릴 호화스러운 여건이었다. 그러나 그들은 그것을 마다하고 그곳을 탈출했다. 물질적 여건이 아무리 풍족해도 자유 없이는 예술을 할 수 없다는 걸 그들은 몸으로 입증했다. 그건 그들이 새삼스럽게 입증할 것도 없는 예술이란 게 생겨난 이래의 진리이지만 그 사건을 계기로 다시 떠들어대도 결코 진부하지 않고 듣기 좋고 신바람이 나니 이상한 일이다. 그들이 앞으로 예술의 자유와 함께 진실을 말할 수 있는 자유까지 누릴 수 있길 바라마지않는다.

할머니

아아, 세월의 덧없음이여.

딸네가 이웃 동네여서 외손자가 다니고 있는 유치원도 집에서 멀지 않다.

어느 날 우연히 그 앞을 지나려는데 마침 유치원이 파한 시간이어서 아이들이 줄지어 버스를 타고 있었다. 나는 반가워서 열심히 줄 선 아이 중에서 손자 녀석을 찾았으나 먼저 탔는지 보이지 않았다. 아이들이 다 타자 나는 버스 문간으로 고개를 들이밀고 "재화야, 재화야" 큰 소리로 손자의 이름을 불렀다. 그래도 그 아이는 나타나지 않았다. 나는 혹시 그 아이가 병이라도 나서 결석을 한 게 아닌가 더럭 걱정이 돼, 인솔하는 선생님에게 그 아이를 찾아달라고 부탁을 했다. 선생님이 그 아이를 찾아서 버스 문간까지 데리고 나왔다. 그 아이는 심히 곤혹스러운 듯 표정이 잔뜩 찡그린 채로 굳어 있었다. 나는 그렇게까지 요란스럽게 그 아이를 찾았지만 막상 찾고 나니 할말도 없고, 그애의 표정을 보아하니 그애가 할머니의 주책을 친구들에게 얼마나 창피스러워하고 있나도 알만해서 한다는 소리가 "아침에 뭐 먹고 왔어? 할머니하고 뽀뽀할래? 착하지"였다. 그 아이는 찡그린 얼굴로 얼른 내 뺨에 뽀뽀를 하고 안으로 들어가버렸다.

그때 문득 나는, 창피해서 어쩔 줄 모르는 그애의 찡그린 얼굴에서 어릴 적의 나를 보았고, 내 속에선 옛날에 돌아가신 내 할머니를 느꼈다.

국민학교 때, 개성으로 수학여행을 갔었다. 개성에서 20리 밖 촌에 사시는 우리 할머니는 손녀를 보러 개성역까지 마중을 나오셨다. 나는 우리 반이 역 앞 광장에 정렬하기 전서부터 할머니를 보았지만 모르는 척했다. 빳빳하게 풀을 먹인 당목 치마저고리를 입으시고 머리엔 베 보자기에 싼 보따리까지 이고 계신 할머니가 창피해서 나는 끝내 모르는 척할 작정이었다. 그러나 할머니는 단념하지 않으시고 큰 소리로 내 이름을 부르기 시작했다. 그래도 나는 못 들은 척했다. 이름을 일본말로 바꿔 부르던 일제시대라 "완서야, 완서야" 하는 할머니의 외침을 내 이름이라고 알아들을 수 있는 친구는 없었기 때문이다. 그러나 거기까지 나와서 허탕을 칠 할머니가 아니었다. 할머니는 서투른 발음으로 내 이름을 일본말로 부르기 시작했다. 그때 할머니의 혀 짧은 발음이 어찌나 우습고도 슬프던지 나는 "할머니" 하면서 나서지 않을 수가 없었다. 그때의 나도 오늘의 내 손자처럼 얼굴을 엉망으로 찡그리고 있었으리라. 아아, 세월의 덧없음이여. 유치원 앞에서 내가 발견한 건 나의 할머니가 아니라 세월의 질풍 같은 속도가 아니었을까.

소녀의 편지

내가 아는 한 소녀가 아주 고민스러운 얼굴로 나에게 이런 상담을 해왔다. 소녀는 작년까지도 지방의 소도시에서 학교를 다니다 서울로 왔기 때문에 그쪽 친구들로부터 편지를 받는 일이 많다고 했다. 소녀는 매우 영리하고 용모 또한 단정한 모범생이었으므로 따르는 친구가 많았으리라고 추측하는 건 어렵지 않았다. 소녀는 물론 편지를 받는 즉시 답장을 썼지만 그 답장을 부친 적은 한 번도 없었다는 것이었다. 소녀의 고민이란 바로 써놓기만 하고 못 부치는 편지 때문이었다.

"오오라, 편지를 너무 잘 쓰려고 그랬구먼. 편지란 글재주 겨루기가 아니니까 진실과 정성만 담겨 있으면 돼. 자기가 받아서 기쁘고 고마운 편지가 어떤 편지였던가를 생각해보면 편지 쓰기가 조금도 어렵지 않을걸."

나는 이 자존심 높은 소녀가 답장을 부치지 않은 까닭은 으레 편지글이 잘 안 된 것을 부끄러워하는 마음 때문이었으려니 짐작하고 그렇게 말해주었다. 그러나 그게 아니었다. 소녀는 답장을 쓰고 나서 읽어보면 너무 잘 쓴 것 같고 이렇게 잘 쓴 글을 왜 남을 주나 하고 아까운 생각이 들어 자기가 간직하게 된다는 것이었다. 그렇게 되니 자기가 쓴 답장만 쌓이고 친구들로부터의 편지는 차츰 줄어들고 이젠 아주 끊겨버리고 말았노라고 했다. 글솜씨에 자신이 없어서 편지를 못 쓴다는 변명은 가당치는 않아도 흔히 들을 수 있는 소리지만 너무 잘 쓴 게 아까워서 못 부친다는 소리는 생전 처음 들어보는 소리였다. 그러고 보니 이 나무랄 데 없는 소녀에 대해 한두 가지 짚이는 게 있었다. 소녀는 여럿이 찍은 사진 중에서 자기 모습이 조금만 자기 마음에 안 들게 나와도 지체하지 않고 짝짝 찢어버리는 버릇이 있었다. 그뿐 아니라 그 필름까지 회수하려고 안달을 해서 남의 눈살을 찌푸리게도 했다. 그만한 나이 또래에 흔히 있는 결벽성 같으려니 했는데 그게 아닌지도 몰랐다. 편지와 사진 사건을 종합해보면 지나친 자기 황홀이 아닌가 싶었다. 자신에게 홀려 그 밖의 것엔 전혀 관심이 없는 심리 상태를 흔히 나르시시즘이라고 한다.

그러나 자홀과 자애는 구별돼야 할 줄 안다. 나르시시즘의 어원이 된 그리스 신화에 나오는 나르키소스는 호수에 비친 자기 모습에 반해 오로지 그것만을 찬미하느라 침식을 잊고 마침내 여위어서 죽었다. 죽은 후 한 떨기 수선화가 되었다고는 하나 자화자찬은 결국 자기 파멸의 벌을 받는다는 교훈을 담고 있다.

자애는 다르다. 모든 사람은 우선 자기 자신을 사랑한다. 인간의 기본적인 조건이다. 우리가 가장 고귀한 걸로 치는 조국애니 인류애니 하는 것도 실은 자애의 일부이다. 조국을 위해 자기 목숨을 버릴 수 있는 것도 조국이란 자기 자신의 나라이기 때문이다. 지구 반대쪽에 있는 한 번도 가보지 못한 나라 민족이 인간 이하의 박해를 받을 때 우리가 분노하는 것도 자기가 인간이기 때문이고, 비록 이민족이라도 인간 이하의 대접은 자신의 인간성이 모욕받은 것처럼 느끼기 때문이다.

나는 소녀의 얘기를 듣고 나서 이런저런 생각을 했지만 과히 근심이 되진 않았다. 누구에게나 자애가 있는 것처럼 나르시시즘적인 요소도 누구에게나 조금씩은 다 있는 게 아닐까. 소녀는 그게 좀 심한 편이었지만 근심할 것까지는 없는 게 그게 이상하다는 걸 알고 말로 털어놓았기 때문이다. 심한 나르시시즘이란 일종의 자폐증 같은 거여서 자기 외의 대상에게 절대로 자기를 털어놓지는 않는다. 소녀가 자기 문제를 털어놓았다는 건 이미 편지 부치기의 시작이라고 낙관해도 좋을 듯하다.

조카딸에게 보내는 편지

경심이 보아라.

일전에 네가 불쑥 우리집에 다니러 왔을 때 이모는 얼마나 반가웠는지 모른다. 그동안 너 보기가 좀 힘들었어야 말이지. 너뿐 아니라 요즈음 고3 아이들 다 그렇지 뭐. 뉘 집에서나 고3은 왕자님 공주님으로 대접할 만큼 특별하고 귀한 몸인지라 너희 엄마가 심부름을 보냈을 리는 없고, 이모가 오죽 보고 싶었으면 이렇게 왔을까 이모는 그저 신통하기만 했단다.

그런데 나중에 너희 엄마한테 들으니 그게 아니었다며? 지난달 월말고사 성적이 신통치 않자 너희 집에선 엄마 아빠는 물론 언니 오빠가 총동원해서 네 성적을 근심한 나머지 식구들이 무슨 구호라도 외치듯이 너를 향해 공부해라 공부, 그

성적 갖고는 아무 대학도 못 간다고 자나깨나 외쳤다며? 어느 날 견디다 못한 네가 훌쩍 집을 나가 그제야 어른들이 너무 했다는 걸 알고 사방에다 수소문을 한 모양이더라. 너희 엄마는 네가 어디에고 건강하게 살아만 있다면 공부는 꼬래비를 해도, 대학을 못 가도 아무렇지도 않다는 걸 뒤늦게 깨닫고 가슴을 쳤다는구나. 너희 엄마가 사랑한 건 경심이 너였을 뿐 공부 잘하는 경심이, ××대학생 경심이라는 조건부가 아니라는 걸 네가 없어지고 비로소 알게 된 거지. 어른들이란 때때로 그렇게 미련해질 때가 있단다. 그때 집을 나간 네가 온 데가 바로 이 이모네였던 거야. 너희 엄마는 식구들의 성화에 못 견디어 나간 네가 가장 가까운 친척인 이모네로 갔을 리는 없다고 생각하고 나한테는 연락도 안 한 거였단다. 아무것도 모르는 이모는 너한테 위로가 되거나 교훈이 되는 말은 커녕 네가 그렇게 싫어한 공부 소리밖에 못했으니 얼마나 듣기 싫었을까.

"아이고 고3 공주님이 어인 행차실까? 반갑긴 하다만 조금만 놀다 가거라. 공부해야지."

이모의 첫마디가 아마 그랬을 거다. 너는 그냥 쓸쓸히 웃기만 했었지. 이렇게 이모 역시 너를 위해 아무것도 해준 게 없는데도 너희 엄마는 경심이가 이모네 다녀오고 나서 한결 명랑해지고 식구들의 공부해라 소리에 신경질도 덜 부린다고 좋아하면서 내가 무슨 말을 해줬느냐고 자꾸만 묻는 거야. 아무리 생각해도 좋은 말해준 게 없는데 말야. 그때 우린 저녁 먹고 나서 잠깐 텔레비전을 봤었지.

"이모, 텔레비전 본 지도 한 달은 넘은 것 같아요."

네가 이렇게 말하는 소리를 들으면서 이모는 고3이란 참으로 힘든 시기구나, 잠깐 가슴이 찡했었지. 그러면서도 "30분만 보렴. 이모네 와서 텔레비전에 재미 붙였단 소리 들으면 곤란하니까" 이렇게 오금을 박는 걸 잊지 않았던 것 같다. 그때 마침 뉴스 시간이었는데 장애자의 영웅 릭 핸슨이 휠체어로 부산 임진각 구간을 완주하고 골인하는 장면을 비쳐주고 있었다. 그는 신체장애자에 대한 우리나라의 편견에 불을 지른 영웅답게 늠름하고 아름다웠었지. 너의 얼굴에도 감동과 경탄이 짙게 어린 걸 이모도 보았단다. 혹시 그 장면이 너에게 어떤 교훈이 되지 않았을까. 그는 신체장애는 능력의 장애가 아니라고 당당하게 부르짖었는데 신체장애를 병신이라고 비웃고 성적이나 학벌을 곧 인격으로 평가하는 우리에게 얼마나 큰 충격이었는지 모른다. 그러나 릭 핸슨이 그다지도 아름다운 기적으로 보였던 것은 우리에게 그런 후진성이 남보다 많이 남아 있기 때문이 아니었을까. 성적이나 학벌을 곧 인격으로 평가하는 건 확실히 부끄러운 후진성이지만 그런 후진성이 남아 있음으로 해서 그게 아니라는 걸 증명해 보여줄 너희들의 가능성은 그만큼 폭넓고 다양할 수 있는 게 아니겠니? 창조주께서 인간의 얼굴만큼이나 다양하게 주신 인간 능력을 우리는 몇 가지 안 되는 과목의 성적 안에 단순화시켜버렸고 그 안에 들지 않으면 쓸모없는 인간 취급을 해 온 건 사실이다. 경심아, 너희들은 우리 세대의 이 무서운 폭력에 지면 안 된다. 용기와 희망을 잃지 말고 자신을 개척해야 한다. 다시는 몇 등했냐고 묻지 않으마. 그 대신 네가 최선을 다 했다는 걸 믿고 자랑스러워할 수 있게 해다오. 이모가.

발자국 소리에도 곡조가 있는데

또마야, 네가 다녀간 후 할머니는 이 편지를 쓴다. 네가 할머니한데 놀러올 때마다 할머니는 네가 미처 대문을 흔들기도 전에 문간에 나가 활짝 대문을 열어놓고 너를 맞아들이곤 했지? 할머니는 어떻게 미리 네가 올 줄 알았을까, 너는 그걸 궁금해했었지? 그걸 가르쳐주려고 이 편지를 쓴다.

할머니 방에선 우리 골목으로 들어오는 사람들의 발자국 소리가 아주 잘 들린단다. 할머니 방 창문 밖을 지나가는 사람들은 우리집에 오는 사람 말고도 옆집에 오는 사람, 앞집에 오는 사람, 그다음 집에 오는 사람, 또 그냥 골목을 지나서 가거나 시장으로 가는 사람들이 있기 때문에 늘 발자국 소리가 그치지 않지. 할머니는 그 수많은 발자국 소리들 속에서 영락없이 우리 또마의 발자국 소리를 가려낼 수 있단다. 네 발자국 소리는 아주 힘차거든. 할머니의 방의 뿌리가 다 울릴 정도로. 우리 또마의 발자국 소리가 이 세상에서 제일 힘차냐고? 그건 아냐. 더 힘찬 소리도 있긴 있지. 근데 어떻게 아느냐고? 그건 말야, 나리 나리 개나리의 곡조와 뻐꾹 뻐꾹 뻐꾹새 노래의 곡조가 다르듯이, 이 세상의 수많은 노래의 곡조가 다 다르듯이 사람의 발자국 소리에도 저마다의 곡조가 있단다. 할머니는 우리 또마의 발자국 소리의 곡조를 알고 있고 그걸 제일 사랑한단다. 그 소리를 들으면 할머니는 가슴이 울렁거리고 입가에 절로 웃음이 떠오르곤 하지. 보통때는 신경통으로 동작이 느리고 굼뜬 할머니도 그 곡조만 들으면 날쌔고 씩씩한 할머니가 되어 얼른 대문을 열고 두 팔을 크게 벌려 너를 맞는단다.

또마야, 너를 안으면 너는 내 가슴을 하나 가득 채우고도 넘치지. 네 팔다리는 어쩌면 그렇게 억세고 씩씩하니. 네 눈동자는 어쩌면 그렇게 밝고 총명하니. 네 머리털은 어쩌면 그렇게 향기롭고 부드러우니. 할머니는 너에게 뭐든지 주고 싶다. 우선 먹을 걸 내놓지. 또마가 왜 그렇게 튼튼한지 네 먹성만 보면 단박 알 수 있거든. 너는 할머니가 만든 건 뭐든지 잘 먹으니까. 할머니는 찐빵도 만들고 고구마도 굽고 신식 아이

스크림도 만들어서 너에게 먹이는 게 그렇게 신바람이 날 수가 없단다. 또마야, 너는 가리지 않고 뭐든지 잘 먹고 특히 할머니나 엄마가 정성을 듬뿍 들여서 만든 음식을 좋아하니까 그렇게 튼튼한 거야. 알았지? 실컷 먹고 나면 그다음에 할머니에게 이야기를 조를 차례다. 우리 또마는 너무 욕심이 많아. 먹는 대로 소화를 잘 시켜 배도 쉬 고프지만, 마음도 쉬 고파서 자꾸만 새로운 이야기를 조르니 말야. 이제 할머니 이야기 밑천도 달랑달랑해. 앞으론 할머니도 공부를 좀 해야겠어. 삼국지나 서유기 같은 긴 이야기를 다시 읽었다가 또마 앞에 서리서리 풀어놓으려고 벼르고 있단다. 이야기공부뿐 아니라 자연공부도, 과학공부도, 역사공부도 다시 해야겠더라. 또마의 학년이 올라갈수록 알고 싶어하는 게 많고, 뭘 알고 싶어할 때처럼 우리 또마의 눈이 아름답게 빛날 땐 없거든. 또마야, 앞으로도 많은 걸 궁금해하고, 신기해하고 그리고 질문하렴. 선생님에게, 엄마 아빠에게, 할머니에게, 그래도 모자라거든 책에서 물어서 그 대답을 찾고 또다른 질문을 마련하렴. 이 세상은 네가 아무리 해도 다함이 없을 만한 신비가 가득찬 고장이란다.

또마야, 요새는 네 그 무진장한 호기심이 할머니에게까지 옮아서는, 할머니도 세상만사가 다 신기하게 여겨진다. 세상

만사가 신기하니 한결 젊어진 것 같은 것도 다 우리 또마 덕이구나.

할머니도 너에게 질문을 하나 할까? 우리 또마는 커서 뭐가 될꼬? 하고 말야. 할머니는 맨날맨날 같은 질문만 하지? 왜 같은 질문을 되풀이하는 줄 아니? 네 대답이 자꾸 변하는 게 재미있고 신기해서란다. 어렸을 때 너는 커서 아버지가 되겠다고 했단다. 조금 자라서는 운전수가 되겠다고 하더니 조금 더 자라서는 순경 아저씨가 되겠다고 했고, 국민학교 들어가선 선생님이 되겠다고 했지. 2학년 때는 로켓 과학자가 되겠다고 했던가. 대동여지도를 만든 김정호 선생처럼 되겠다고 했다가 세종대왕처럼 되고 싶다고도 했다. 앞으로도 되고 싶은 건 더 많아질 테고 할머니는 네가 되고 싶은 게 다 될 수 없다는 걸 알면서도 네가 되고 싶다는 걸 다 찬성한단다. 왠 줄 아니? 그건 네가 그만큼 훌륭한 분들을 많이 만났다는 증거이기 때문이란다. 앞으로도 너는 아, 저분처럼 되고 싶다고 생각할 수 있는 좋은 분을 더 많이 만나 그 분들의 영향을 영양 삼아 훌륭한 사람, 이 세상에 없어서는 안 될 사람이 되리라는 것을 할머니는 믿고 축수한다.

너는 뭐가 되더라도 너 아니면 안 될 그 무엇이 되리라. 네 발자국에도 너만의 곡조가 있는데 네 인생에 어찌 너만의 곡조가 없겠니.

또마야, 내 사랑하는 손자야. 할머니가 너를 사랑하는 까닭은 내 핏줄이기 때문만은 아니란다. 너의 그 무한한 될 성싶음, 너의 그 어린이다움이야말로 할머니의 희망이요 사랑이란다.

4부

이멜다의 구두

어떤 고행

집이 가락동이라고 하면 사람들은 으레 농수산물도매시장에 대해 물어본다. 어떤 사람은 가락동 사람은 매일 그 도매시장에서 장을 보는 걸로 속단하고 생활비가 적게 들겠다고 부러워하기도 한다.

그러나 이런저런 말썽 끝에 개장을 하고 한 달이 지날 때까지도 나는 그 거대한 도매시장이 어디 붙었는지도 잘 몰랐다. 우리집에서 그곳까지 택시로는 기본요금 거리라는데 그렇게 가깝게 갈 수 있는 길은 아직도 공사중이어서 뒷길로 돌아가야만 한다고 했다. 그렇게 가깝고도 먼 시장엘 며칠 전 벼르고 별러 가보았다. 시내로 곧장 가던 14번 버스가 그곳을 경유해서 간다는 팻말이 버스 정류장에 붙은 후였다.

팻말이 붙은 정류장에서 14번 버스를 타고 농수산물도매시장 가느냐고 물었더니 가긴 가는데 갈아타야 한다고 했다. 그리고 한 정거장 가서 종점 같이 생긴 데서 내려주면서 거기서 나가는 버스를 타면 도매시장을 간다고 했다. 막 오가는 버스가 있기에 부랴부랴 올라탔다. 타고 보니 14번이 아닌 게 이상해서 운전사한테 물어보았더니 누가 농수산물도매시장 간댔느냐, 입 뒀다 뭐하느냐 이다음부턴 똑똑히 물어보고 타라고 호통을 치더니 차를 세우고 내려줬다. 하필 진창 한가운데였다. 진창에서 미처 발도 빼기 전에 그 버스는 나한테 흙탕물을 철썩 뿌려주고 떠났다. 허름하게 입고 나오긴 했지만 바지와 티셔츠에 진흙이 물방울무늬처럼 찍힌 내 꼴을 보면서 나는 고약한 슬픔을 맛보았다. 집으로 가고 싶은 걸 식구들 보기 민망해 진창을 헤치고 다시 버스 종점으로 갔다. 이번엔 버스를 잘 살펴보았다가 농수산물시장경유라고 써붙인 버스를 골라 탔다. 그래도 미심쩍어서 운전사한테 이 버스 가락시장 가냐고 다시 한번 다짐을 했다.

"거기 써붙인 거 눈이 있으면 보면 될 게 아네요. 더워서 미치겠는데 웬 말들이 그렇게 많은지 모르겠단 말야."

그날은 정말 더웠다. 비가 오락가락해서 더군다나 무더웠다. 말대꾸하기도 지겨운 날씨라는 건 나도 동감이었다. 그렇다면 '예'라고 한마디로 대답하면 될 것을 왜 그렇게 길게 했을까. 이런 종류의 불친절과 구박을 나는 증오한다. 결국 나는 운전사와 한동안 말다툼을 하고 말았다. 흙탕물 같은 말이 사정없이 끼얹혀졌다. 그날 나는 두 번 흙탕물 벼락을 맞은 셈이었다. 그는 내가 미워서 그랬는지, 거기가 14번 정류장이 아니었는지 가락시장 앞을 그냥 지나갔다. 그리고 빙 돌아서 뒷문 가까운 곳에서 내려주었다. 덕택에 그 넓은 시장을 고루 돌아다닐 수가 있었다. 무더운 대낮이라 더 했겠지만 도처에서 풍기는 악취는 도저히 먹을 것을 사고 싶지 않게 했다. 그리고 왜 그렇게 바닥이 질척대는지, 수산 시장은 장화를 신어야 안심하고 다닐 수 있을 정도로 물바다였고 채소 시장 근처도 함부로 버린 채소가 썩어서 곤죽탕을 이룬 곳이 허다했다. 그럴 바엔 차라리 흙바닥이었으면 스며들기라도 하련만. 시멘트 문화와 농경문화가 겉도는 것처럼 부패물들이 스밀 곳을 못 찾고 겉돌고 있었다. 길고 긴 고행을 끝마치고 마침내 출구를 찾아 나와보니 집으로 갈 수 있는 버스 정류장은 길 건넌데 횡단보도는 한 정거장 성남 쪽으로 거슬러올라가야만 있었다. 버스 운전사 나무래 무엇하랴. 불친절이야말로 이 도시 사람들의 운명이거늘.

어떤 몸서리

중고등학교 시절 학생 입장불가의 영화를 가슴을 쪼릿쪼릿하며 들어가본 추억이 없는 사람이 어디 있을까마는 나의 경우는 그게 좀 심했던 것 같다. 모든 면에 당당할 정도로 모범생이어서 이렇다 할 탈선의 추억이 없기 때문인지도 모르지만, 거기 관해서만은 지금 생각해도 어떻게 그럴 수 있었을까 싶게 당돌하고, 나의 딴 기질이나 행동하곤 도무지 아귀가 안 맞는 짓을 많이 저질렀었다.

한번은 점심시간에 영화관에 간 적이 있었다. 내 모교는 숙명여고인데 지금은 강남으로 이사를 했지만 그때는 수송동이었고 거기서 제일 가까운 영화관으로는 화신백화점 맨 꼭대기 층에 있었다. 물론 개봉관은 아니었지만 그래도 꽤 괜찮은 외화를 상영하기로 정평이 나 있었다. 마침 점심시간 다음 수업이 선생님의 결근으로 자습으로 되어 있는 걸 기회로 점심은 굶을 각오로 영화를 보기로 했다. 그런 면으로 단짝인 친구와 함께 학교를 빠져나와 영화관으로 간 것까지는 일사천리로 차질이 없었는데 영화를 볼만하면 정전이 되기를 수없이 되풀이하는 게 아닌가. 참 재수없는 날이었다.

그때(해방된 지 2, 3년 후)는 정전이 일상사처럼 되어 있던 때였다. 물론 언제 정전이 되리라든가 언제쯤 불이 들어오리라든가 하는 예고나 양해도 없었다.

사람 감질나게 꼭 재미있는 대목에서만 깜박거리던 전기가 마침내는 마냥 나간 채 소식이 없었다. 참을성이 없거나 나쁜 사람들은 투덜대며 영화관을 빠져나가기 시작했다. 그러나 우리는 수업 시간을 빼먹은 주제에 학교로 돌아갈 생각은 안 하고 줄기차게 기다렸다. 어떠한 경우든 참을성만큼 권장할 만한 미덕은 없는 것이어서 마침내 그 영화를 끝까지 볼 수가 있었다. 밖에 나와보니 어둑어둑했다. 그때 가서 아차, 하면서 가슴이 두근대기 시작했으니 어지간히 좁은 소견머리였다. 교실은 물론 학교 전체가 사람의 그림자라곤 없이 조용했다. 어디선지 탁구 치는 소리가 들렸다. 그 소리마저 없었으면 고요조차 느낄 수 없었으리라.

교실 칠판에 친구와 내 이름과, 교무실로 오라는 담임선생님의 지시가 크게 쓰여 있었다. 교무실에 가보니 담임선생님도 퇴근하신 후였다. 숙직선생님한테 담임선생님의 주소를 알아가지고 낯선 동네를 헤매어 겨우 그날 안에 선생님을 뵙고 꾸중을 듣고 나서야 귀가한 생각을 하면, 지금도 그때 내가 고지식한 학생이었는지 문제학생이었는지를 도무지 종잡을 수가 없다.

아무튼 왕년의 영화광의 기질은 지금도 어느 만큼은 남아 있어서 좋다는 영화는 시간을 내서 영화관에 가서도 보지만 텔레비전을 통해서도 자주 보는 편이다. 너무 오래된 영화를 텔레비전으로 볼 때는 예전 생각이 나서 반갑긴 하지만 예전처럼 재미있진 않다. 어떤 때는 저런 걸 어떻게 졸지도 않고 봤을까 싶은 것도 있다. 처음부터 끝까지 클라이맥스만 연속되는 요새 영화에 나도 모르게 중독이 된 모양이다. 그전 서부영화는 사람 하나를 죽이기 위해 두 시간가량이 소모되었고 죽여야 할 까닭 또한 관객이 공감할 만큼 절절했다. 그렇게 꼭 죽여야 할 원수나 악당을 죽이고도 그 승리자의 모습엔 허망감과 우수가 어렸었다. 그러나 요새 영화는 두 시간 미만의 시간에 몇백 몇천 명도 죽인다. 무기가 아닌 인간이. 죽어간 사람도 자기가 그렇게 죽어야 할 만한 개인적 원한을 산

일이 없다. 한 사람의 영웅과 수많은 떼죽음을 보고 나오는 관객의 얼굴에도 일말의 우수나 허망감도 어려 있지 않다. 흘러간 명화를 재미가 없어 끄고 나서 문득 우리가 신봉해온 발전이라는 것에 대해 몸서리쳐질 적이 있다.

이멜다의 구두

봄기운이 도타워지면서 낮엔 집안보다 집밖이 한결 따습다. 난방이 덜 되는지, 집안엔 아직 겨울 기운이 남아 있어 껴입고 외출을 했다가 번번이 진땀을 흘리는 고역을 치렀다. 오늘은 마음먹고 내복을 벗고 겉옷도 가볍고 밝은색으로 차려입었다. 좀더 봄기운 나는 새 옷을 장만하고 싶다는 욕심도 생기면서 마음이 들떴다. 그러나 신발장을 열고 보니 마땅한 구두가 없었다. 어제까지 신던 굽 낮은 까만 구두 말고 상큼한 보라색이나 베이지색 구두를 신고 싶은데 없었다. 산 적이 없으니 없을 수밖에. 그래도 좀 나은 구두가 있을 것 같아 신발장의 구두를 거의 다 꺼냈다. 맙소사 식구가 세 식구밖에 안 되는데 구두는 서른 켤레가 넘었고 그중의 스무 켤레 이상이 여자 구두였다. 식구 중 나 혼자가 여자라고 해서 그 구두가 다 내 것은 아니다. 딸이 시집가면서 버리고 간 것을 내 눈엔 말짱해서 껴둔 것까지 합쳐서 그랬다. 그중엔 철 지난 부츠도 있고, 철 이른 샌들도 있고, 산 지가 너무 오래되어 모양으로나 수명으로나 다 된 것도 있었다.

신을 만한 게 단 한 켤레도 없는 서른 켤레의 구두 앞에서 나는 엉뚱하게도 이멜다의 3천 켤레의 구두를 연상하고 있었다. 우리집의 서른 켤레의 구두와 이멜다의 3천 켤레의 구두는 양적으로도 그렇지만 질적으로도 비교가 안 된다. 내 것은 문자 그대로 고물장수도 안 집어갈 헌신짝일 뿐이다. 그러나 내가 이런 식으로 헌신짝을 못 버리고, 시집간 딸들이 버린 헌신짝까지 껴두다가는 죽는 날까지 3백 켤레쯤의 헌신짝을 모으는 것쯤 문제없을지도 모른다. 그래서 세계적인 화제는 못 되더라도 유족들 사이에서 참 딱한 늙은이였다는 화젯거리로 남게 될 수도 있으리라.

가끔 얼토당토않은 것끼리, 또는 정반대되는 것끼리 묘하게 닮아 보일 때가 있다. 이를테면 한 달에 10만 원 수입에서 7만 원을 저금했다는 거짓말 같은 사실의 주인공과 남의 돈 내 돈 없이 몇십억 몇백억을 주무르고 사치의 극을 누린 큰손을 가진 사람이 닮아 보일 적이 있다. 그 지나침 때문에. 지나

치면 만고의 미덕이라는 절약도 아름답지가 않고, 누구나 누리고 싶어하는 부도 혐오스럽게 된다.

내가 반 평도 안 되는 현관에 수북이 산처럼 쌓인 헌 구두를 망연히 바라보면서 이멜다의 구두를 연상한 것도 그런 까닭이다. 그 두 가지는 얼토당토않은 거였지만 아름답지 않고 혐오스럽다는 걸로 매우 닮아 보였다. 뭐든지 그것을 즐기려면 우선 제정신이어야 한다. 그러나 3천 켤레의 새 구두는 이미 제정신을 가진 사람의 것이 아니다. 병적인 집착이요 광분일 따름이다. 뭐든지 덮어놓고 아까워서 껴두는 걸로 자신을 가장 분수를 지키며 검약하게 사는 걸로 착각해온 나는 그럼 제정신인가. 그 두 가지는 서로 상반되는 것 같으면서도 집착과 자기도취라는 공통점이 있다.

동양사상이 왜 중용을 인간 최고의 덕목으로 삼았나를 알 것 같다. 중용이란 유교경전 중 사서의 하나지만, 단지 중용의 낱말 풀이만 들어봐도 아름답다. "마땅하여 지나치거나 모자람이 없으며 또 어느 한쪽으로 치우치지 않고 떳떳하여 알맞은 상태나 그 정도"(신용철·신기철 편저, 『새 우리말 큰사전』에서).

이멜다의 구두 덕에 나는 오랫동안 껴두었던 헌 구두들을 미련 없이 버릴 수가 있었다. 물론 다시 신을 만한 것 몇 켤레도 남겼다. 내일쯤은 새 구두도 한 켤레 사야겠다. 회색으로 살까 베이지색으로 살까? 눈 딱 감고 분홍 구두를 살까? 주책없이 설레고 있다.

눈 온 다음날

올겨울은 유난히 추웠다. 삼한사온이 믿을 게 못 된 지는 여러 해 되건만 눈이 오고 나서 포근해지기는커녕 한층 서슬이 퍼렇게 추위가 날을 세우는 걸 보면 괜히 야속해지기까지 한다. 어린 시절 고향의 눈 온 다음날은 참으로 푸근했었다. 초가지붕을 덮은 눈은 영락없이 푹신한 햇솜이어서 보기에도 따뜻해 보였지만 실제로 집안에서 지내기에도 한결 따뜻했다. 그 하늘이 내린 솜이불도 해가 높다란 대낮엔 조금씩 부피가 줄면서 추녀 끝으로 녹아내리기 시작해 밤사이엔 영롱한 고드름을 만들곤 했다.

그러나 무엇보다도 따뜻한 건 할머니 말씀이었다. "눈 온 다음날은 거지가 빨래를 한단다." 어려서부터 남처럼 씩씩하질 못해 눈이 오면 자칫 집안 화롯가로만 파고드는 나를 할머니는 이렇게 격려하셨다. 정말 거지가 빨래를 하는지 그걸 본 적은 없다. 그러나 그 시절만 해도 날이 풀리면 제비보다 먼저 각설이떼가 한바탕 마을 아이들의 엉덩춤과 신바람을 일으켜놓고 지날 때라 거지에 대한 혐오감은 조금도 없었다. 혐오감은커녕 괜히 그립기까지 했다. 그 각설이떼들이 눈 온 다음날 어느 양지바른 시냇가에서 단벌 누더기를 빨아 말리면서 봄나들이를 준비하고 있을 생각하면 절로 마음이 푸근해지곤 했다.

지금은 각설이떼도 거지도 없어져서 그런지, 눈 온 다음날도 거지가 빨래할 만큼의 푸근한 말미를 주지 않는다. 차와 사람들이 다져놓은 눈길이 유리처럼 얼어붙을 만큼 기온이 급강하하는 게 요즈음의 눈 온 다음날이다. 내가 사는 동네는 변두리도 한참 변두리라 아직도 공터가 많다. 밭도 아니고 논도 아니고 택지도 아닌 풀밭도 있고, 산도 아닌데 노송이 모여 있는 언덕도 있다. 앞 베란다론 첩첩한 아파트군이 보이지만 뒷 베란다로는 이런 빈터가 보이는 맛으로 지난여름은 별로 답답한 줄 몰랐다. 아직 남아 있는 빈터는 나의 숨구멍이었다. 그러나 겨울이 되고부터 버스에서 내려서 집까지 그 빈터를 거쳐야 한다는 건 큰 고역이었다. 바람을 막아줄 건물이 없는 그 빈터는 겨우내 시베리아 벌판처럼 추웠다. 특히 눈 온 다음날은 꽁꽁 얼어붙어 엉금엉금 기다시피 해야만 했다. 며칠 전에도 그렇게 조심조심 걷고 있는데 뒤에서 역시 조심조심 뒤따라오던 모녀의 말소리가 들렸다.

"엄마 잠자리들은 어느 나라로 가서 겨울을 살아?"

"글쎄…… 잠자리들은 제비처럼 남쪽 나라로 가서 겨울을 나는 게 아니라…… 글쎄."

젊은 엄마는 딸의 생급스러운 질문에 시원스러운 대답을 못했다. 나는 모녀를 돌아다보았다. 후드가 달린 빨간 코트를 입은 소녀는 대여섯 살쯤 되어 보였다. 눈이 크고 맑았다. 지난여름이었던가, 초가을이었던가. 그 공터엔 빨간 고추잠자리들이 무진장 많이 날아온 날들이 있었다. 강아지풀 조리풀 억새풀 따위 잡초들이 미풍에 건들대는 상공을 나는 잠자리떼들의 경쾌한 선회는 참으로 보기 좋았었다. 소녀도 그것을 보았으리라. 나도 그것을 보았다. 그러나 나는 잠자리떼들의 안부를 한 번도 궁금해한 적이 없다. 나는 오직 얼어붙은 공터가 싫었고, 그 공터가 지난날에 준 기쁨을 떠올릴 만한 여유가 없었다. 나는 그 얼어붙은 공터 위에다 잠자리떼를 떠올린 깜찍한 소녀에게 나라도 시원한 대답을 해주고 싶었지만, 나 역시 잠자리가 어떤 방법으로 월동을 하는지 알지 못했다.

아이들이 끊임없이 어른에게 질문을 하는 건 어른이 즈이들보다 유식하다고 믿기 때문일까? 아닐 것 같다. 굳어버린 어른의 호기심과 상상력이 답답해서 두드려보는 것뿐이 아닐까.

진한 음식과 말

김장은 일곱 포기쯤 할까 여덟 포기쯤 할까 망설이다가 문득 내가 겪은 식생활의 변화의 급격함에 놀라게 된다. 백 포기씩 하던 김장이 열 포기 이내로 준 것은 물론 식구가 준 것과도 상관이 있다. 여덟 식구가 세 식구로 줄었으니까. 그러나 내가 결혼할 때만 해도 시어머님과 남편과 세 식구였는데도 김장을 배추 50포기는 한 생각을 하면 식구보다도 식생활 주생활의 전반적인 변화와 관계가 있을 듯하다. 김장을 50포기 내지 백 포기씩 할 때만 해도 김장을 반양식이라고 해서 마당에 나란히 묻어놓은 대여섯 개의 김치독을 보면 곳간에 쌀가마가 쌓여 있는 것처럼 흐뭇했었다. "김장하셨어?"가 김장철에 으레 주고받는 인사였고, 김장철 특유의 을씨년스럽고 변덕이 심한 날씨는 주머니가 가난해서 김장을 아직 못한 서민의 마음을 한층 주눅 들고 초조하게 했었다.

그러나 근래에 급격히 늘어난 아파트라는 편리하고 추위를 탈 필요가 없는 주거환경은 김장을 맛없게 하는 힘이 있고, 또한 영양에 대한 높은 인식과 경제성장은 식탁을 풍요롭게 하고 김장김치를 먹는 동안을 훨씬 단축시켰다. 이젠 김장을 아직 못했다고 해서 또는 아주 안 할 거라고 해서 돈이 없어 못한다고 동정할 사람은 없다. 별로 김치를 좋아하지 않으면 조금씩 사다 먹을 수도 있고, 겨우내 한두 포기씩 담가 먹을 수도 있다. 김치가 반찬의 주종을 이룰 때는 많이 담글수록 이익이었지만 지금은 많이 담가 주체를 못하는 주부가 미련해 보이고 실제로도 낭비가 되는 경우가 흔하다. 야채 저장법의 발달로 겨우내 싱싱한 배추가 공급되는데 구태여 김장에 큰 욕심을 부릴 필요가 없다. 이렇게 김장의 양이 준 것은 당연한 추세로 받아들이겠는데 질의 변화는 나로서는 적이 섭섭한 바 없지 않다. 질의 변화란 즉 담그는 법, 양념 쓰는 법의 변화인데 집집마다 김치맛이 다른 것은 손맛이니까 제쳐두고, 예전엔 지방에 따라 뚜렷이 담그는 법과 양념 쓰는 법이 달랐었다. 서울서는 김장에 주로 새우젓을 쓰고 조기젓으로 국물을 해 부었고 고춧가루나 그 밖의 양념을 그렇게 진하게 쓰지를 않았다. 여름에 오이소박이에도 국물을 해 부을 정도로 맛깔스러운 국물을 중요하게 여겨 김치가 잠길 정도로 붓고 우거지를 덮고 돌로 눌러놓았다. 알맞게 익은 김치는 국물이 혀를 톡 쏘게 시원하고 고운 분홍빛이 돌고 배추맛도 담백했었다. 이런 부드럽고 슴슴한 순 서울 김치가 어느 틈에 자취를 감추고 온갖 젓갈과 생선 어패류 등을 듬뿍 처넣고 양념과 고춧가루로 범벅을 한 맵고 진한 김치를 집집마다 담그고 있다. 아마 피난 시절 남쪽 지방에서 배워온 김치 솜씨에 서울 본래의 부드럽고 순한 김치맛이 밀려난 것 같다.

천만이 가까운 서울 인구 중 순 서울 토박이가 몇 퍼센트쯤 되는지는 모르지만 밀려난 게 어찌 김치맛뿐이랴. 서울의 음식점 간판을 보면 전주비빔밥 부산횟집을 비롯해서 팔도의 진미가 다 모였지만 서울 자 붙은 건 찾아볼 수가 없다. 서울 음식의 특색은 서울 김치가 그렇듯이 양념이 진하지 않고 맛이 부드럽고 슴슴한 건데, 그게 뭐든지 자극적인 거라야 주목을 끄는 요즈음 세대에 맞지 않는 것인지 점점 밀려나 자취도 없이 사라져가는 듯해 적이 섭섭하다. 한편 자극적인 음식과 자극적인 말 사이에 어떤 상관관계가 있는 게 아닌가도 생각하게 된다. '퍽' '매우' 해도 될 것을 '너무너무' 한다든가 '세련'을 '쎄련' 등등 열거하라면 한이 없는 말의 양념 과잉현상 말이다.

쓸쓸한 일

작가라면 누구나 다 한두 번은 겪는 일이지만 자신의 소설이 텔레비전극화될 적이 있다. 내 소설도 몇 번 그런 적이 있는데 처음엔 자기 소설이 영상화되는 데 대해 약간은 기대도 하고 그 시간엔 긴장도 했었다. 기대를 했을 적엔 물론 실망도 커서 격분한 적도 있고, 수치감에 몸 둘 바를 모르기도 했었다. 그 시간엔 안절부절하기가 싫어서 아예 안 보기도 하는데 그래 봤댔자 제 눈만 가리고 세상의 눈을 가린 것처럼 여기는 만큼이나 우스꽝스러운 것이다. 이래저래 자기 작품이 영상화되는 건 피하는 걸 수로 알았건만 이런저런 친분 관계로 몇 편은 그걸 피치 못한 일도 생겼다. 그러는 사이에 꽤 마음에 들게 된 작품도 생겼고, 소설이 영상화되기까지의 과정에 대한 나의 깜깜한 무지에서도 어느만큼은 벗어날 수가 있었다. 이제는 그건 그쪽의 창작물이라고 나로부터 뚝 떼어놓고 생각할 수 있는 여유 같은 것도 제법 생겼다.

그러나 아직도 내 작품을 텔레비전에서 봤노라고 알은체하는 사람과 만나는 건 질색이다. 소설을 쓴 지가 10년이 넘다보니 만나면 인사를 나눌 정도의 이웃 사람이나 거의 매일 만나는 시장 사람들 중에서도 내가 소설가라는 것을 아는 사람이 많다. 그래서 “요새도 좋은 글 많이 쓰세요?”라든가 “요새는 무슨 작품을 구상하세요?”라는 인사를 듣게 된다. 그런 질문에 어떻게 대답해야 되는지 몰라 “아, 네, 그저……”라고 얼버무리고 꽁무니를 빼면서 속으로 저 사람이 내 소설을 읽은 일이 있을까라는 나 나름의 질문을 가져보기도 한다. 잡문은 몰라도 소설을 읽었다는 이를 거의 만난 일이 없기 때문이다. 그러나 텔레비전으로 한번 나갔다 하면 사정이 달라진다. 제각기 한마디씩 하고 싶어한다. 그런 사람일수록 하나의 드라마에서 원작자의 역할을 각색 연출까지 포함시켜 생각하고 있게 마련이다. 원작엔 없는 게 각색이나 연출 과정에서 덧붙여지기도 하고, 있는 게 없어지기도 하는데 하필 덧붙여진 걸 참 재미있더라고 칭찬(?)해주거나 그 부분이 마음에 안 들더라고 불평을 하는 소리를 들으면 어떻게 대꾸해야 하나보다는 얼른 그 자리를 모면하고 싶은 생각밖에 안 난다. 심지어는 그 역할엔 그 연기자가 안 맞는다든가, 그 연기자 때문에 그 작품이 살았다든가 하는 연기 평까지 들어야 할 때도 있다. 도대체 소설 같은 걸 읽을 것 같지 않은 사람이 내 소설을 읽었노라고 얘기하는 소리를 귀담아들어보니 드라마로 된 것의 줄거리를 그대로 옮기는 웃지 못할 에피소드도 있다.

얼마 전에도 내 단편이 하나 드라마가 된 일이 있는데 방영된 지 며칠 후였다. 시장에서 건어물을 파는 아줌마가 나를 보더니 반색을 하며 자꾸만 쉬었다 가라고 했다. 나는 그 가게에서 사고 싶은 물건이 있는 것도 아닌데 쉬었다 갈 만큼 주인 아줌마와 친하지 않았기 때문에 사양하고 지나치려고 했다. 그러나 그 여자는 옆의 가게에서 콜라까지 한 병 갖다가 따면서 내 팔을 잡아끌었다. 그리고 다짜고짜 축하한다고 했다.

"축하라니요? 혹시 사람을 잘못 보신 게 아닌가요? 우리 집엔 요새 축하받을 만한 일이 없었는데요."

내가 이렇게 난처해하자 그 여자는 텔레비전 드라마를 쓰게 된 걸 축하한다고 하면서 "참 잘하셨어요. 아무도 안 보는 소설을 쓰는 것보다 드라마를 쓰는 게 얼마나 좋아요. 돈도 많이 벌고 인기 탤런트도 맘대로 부리고……" 그 여자 눈엔 소설을 쓰다가 드라마를 쓰게 되면 대단한 출세로 보이는 모양이었다. 나는 그 여자가 짐작한 것 같은 출세를 하지 않았다고 변명하고 대신 쓸쓸하게 웃고 그 자리를 피했다. 정말 속속들이 허전하고 쓸쓸했다.

씨름이 좋아

내가 유일하게 구경하기를 즐기는 스포츠가 씨름이다. 그렇게 말해놓고 나니 좀 우스워진다. 스포츠라는 말과 씨름이라는 말은 듣기에 궁합이 안 맞는다. 운동이라고 해도 어색하기 마찬가지이다. 그냥 씨름은 씨름이라고 해야만 제맛이 난다. 볼 때마다 언제고 한번 씨름판에 가서 실제로 하는 걸 구경해야지 하고 벼르지만 씨름판에 가본 적은 아직 한 번도 없다. 그러니까 순전히 텔레비전 중계로만 즐겨온 셈이다.

전번에 있었던 이만기 이준희의 결승전도 얼마나 큰 기대를 가지고 봤는지 모른다. 나는 이만기도 이준희도 똑같이 좋아한다. 둘이 각각 특색이 있을 뿐 아니라 서로가 서로를 빛내는 사이가 아닌가 싶다. 서로 이렇게 호적수를 가지고 있다는 건 크나큰 복이다. 관객도 그런 복을 아낄 줄 알아야겠지만 누구보다도 본인들이 그 아름다운 복을 아낄 줄 알아야겠다.

흔히 운동경기를 보는 재미는 어느 한쪽을 열렬히 응원하는 데 있다고 한다. 야구 경기 같은 걸 볼 때도 조금이라도 연고가 있거나 평소에 좋아하는 선수가 있는 팀을 내심 자기편으로 만들고, 상대방을 적수로 생각해야 한결 볼 재미가 있어진다. 국제경기 중에도 대일전에 제일 열광하게 되는 것도 일본에 대한 뿌리깊은 적대감 때문이다. 어느 편이 이겨도 그만인 경기를 보는 것처럼 맥빠지는 일도 없다. 그러나 나는 이만기와 이준희를 똑같이 좋아해 그 누구를 응원할 마음이 없었는데도 그 경기에 진진한 재미를 기대했었다. 그건 아마도 승부보다도 아름다운 경기에 대한 기대가 아니었을까. 그들의 기량과 남자다움과 당당함과 순박함은 막상막하여서 가히 아름다운 경기를 기대해볼 만했다. 그러나 뜻밖에도 경기는 중턱에서 아름답지 못하게 끝났다. 그 모양으로 퇴장한 이만기는 물론 승리를 거둔 이준희에게도 결코 유쾌한 승리는 아니었을 것이다.

참으로 섭섭했다. 야유하는 군중의 목소리에서도 그런 섭섭함을 느낄 수 있었다. 그러나 시간이 지나니까 우리를 섭섭하게 한 선수지만 아주 잃고 싶진 않다는 생각이 들기 시작했다. 이번 아니더라도 언제고 그도 정상의 자리를 잃게 되리라는 건 사람은 누구나 죽는다는 것만큼 피할 수 없는 운명이다. 그건 이준희에게도 또 앞으로 속속 태어날 천하장사에게도 마찬가지로 해당되는 공통의 운명이다. 이왕이면 우리가 사랑한 선수를 박수 치고 보내고 싶지 않은가. 현역의 천하장사만 있고 언제나 존경과 사랑으로 기억할 수 있는 전 천하장사가 없다면 큰 비극이다. 그건 씨름의 장래가 없다는 얘기도 된다. 누구누구처럼 되었으면 하고 흠모하는 선배 선수가 없이 후진이 양성되지 않는다. 자기가 존경하던 선배가 명예롭지 못하게 사라지고 잊혀 실의의 나날을 보내는 꼴을 보고 같은 운동에 일생을 마치고 싶은 마음이 어떻게 생겨나겠는가.

운동계뿐 아니라 정계를 비롯한 각 분야의 인재의 층이 얇아서 걱정이란 소리를 흔히들 한다. 그건 현역이 부족하단 얘기보다도 뒤를 댈 후진이 부족하단 얘긴데 후진이 부족하다는 건 흠모하고 뒤따를 만한 선배가 부족하단 얘기도 되지 않을까. 모처럼 자리를 잡기 시작한 가장 우리의 성미에 맞는 우리 고유의 경기를 굳건히 정착시키기 위해서라도 사람의 주춧돌을 잘 놓아야 할 것이다. 이제 도의 씨름을 정착시킬 때라는 씨름협회장의 의견에도 전적으로 동의한다. 그 도 때문에 씨름을 좋아했다고도 볼 수 있으니까. 그러기에 도와 사람을 함께 살릴 수 있는 유연성이랄까 묘책을 그에게서 기대해본다.

어둠의 길

야간 등화관제 훈련이 있던 날 밤이었다. 이사 오고 나서 처음 있는 등화관제 훈련이라 행여나 하는 기대를 갖고 그 시간을 지켜보았다. 기대란 딴 게 아니었다. 전에 살던 아파트에선 등화관제 훈련이 있을 때마다 아예 전원을 끊어버렸기 때문에 새로운 단지에선 그런 일이 없길 바랐었다. 그러나 마찬가지였다. 등화관제 훈련이란 불의에 적의 공습을 받았을 때, 경보에 따라 시민이 어떻게 대처해야 하나를 미리 연습해 둠으로써 실제로 그런 일을 당했을 때의 혼란을 줄이는 데 의의가 있을 것이다. 전원을 끊어버림으로써 그 나타날 효과는 거의 완벽하다. 그렇게 간단한 일이라면 적기가 왔을 때도 서울시 전체의 전원을 끊어버리지 뭣하러 훈련을 하는 것일까?

'훈련'을 사전에서 찾아보면 "실지로 활용할 수 있도록 가르쳐서 연습시킴"으로 돼 있다. 그러니까 완벽한 연습이 목적이 아니라 장차 정말 그 일이 생겼을 때 활용할 수 있을 것을 목적으로 한다. 텔레비전쯤 방구석에 켜놓아도 상관없을 줄 알았는데 의외로 환하게 밖으로 비쳐서 민방위 대원한테 야단도 맞고 수험생을 위해 촉수 낮은 스탠드 불을 켜놓고 창문에 검은 휘장을 쳤건만 문틈으로 꽤 환한 불빛이 새어나오는 걸 발견하는 일도 있기 때문에 연습을 하는 것이다. 연습을 통해 그런 미비한 점을 보완도 하고 또 왜 우리가 불 없는 반 시간 동안을 감수해야 하나도 생각해야 된다. 왜 연습을 해야 하나를 알지 못하면 결코 연습에 자발적이 될 수 없다. 또 자발적으로 참여하지 않는 한 연습이 골백번 거듭된다고 해도 실제로 활용할 만한 것이 되긴 어렵다.

그런데 왜 유독 아파트 단지에서만은 누가 무슨 권리로 주민 각자의 자발적인 행동의 기회를 미리 봉쇄하고 다만 완벽한 결과만을 여봐란듯이 연출하려드는 것일까?

단독주택에 살 때도 등화관제 훈련 때 깜깜하긴 마찬가지였다. 창이나 문틈을 가리기보다는 전깃불을 모조리 꺼버리는 게 "불 꺼 불 끄지 못해" 하는 호령을 들을 염려가 없어 편했다. 전깃불을 끄긴 마찬가지인데 전원을 끊어버리면 어떠냐고 할지 모르지만 같은 어둠이라도 그 질이 다르다.

처음 아파트로 이사 오던 해 등화관제 훈련 때 그걸 처음 느꼈었다. 방마다 다니면서 스위치를 내릴 새 없이 일제히 암흑세계로 변한 속에 쭈그리고 앉았는데 하염없이 설움이 복받쳤다. 그건 어떤 거대한 힘에 의해 꼼짝없이 강압을 당하고 있다는 무력감과도 통하는 이상한 설움이었다. 단독주택가의 등화관제가 아파트 단지의 등화관제보다 덜 완벽할지는 모르지만 그들의 어둠은 적어도 자발적인 행동의 결과니 그 속에 쭈그리고 앉아 무력감에 짓눌리지 않아도 되리라. 그렇다고 아파트 단지의 등화관제가 완벽했던 것도 아니다. 가끔 플래시 불빛 같은 게 창문에서 휘황하게 번득일 적이 있었다. 그럴 땐 "불 꺼 몇호 불 꺼" 하는 고함소리가 유난히 조급하고 무섭게 들리고 나서 슬그머니 꺼졌다. 주위의 칠흑의 어둠 때문에 더욱 당돌하고 눈부시게 느껴지는 플래시 불빛도 실은 어떤 다급한 필요에 의해 켠 게 아니라 강요당한 무력감에서 헤어나오려는 일종의 객기가 아니었을까. 내가 유난한 건지는 모르지만 등화관제 훈련 때처럼 아파트에 산다는 게 혐오스러울 때도 없다.

싫고 슬픈 일

손자들이 오는 날은 온몸이 녹초가 되는 날이다. 여기저기 어질러놓은 거 치우랴 위험한 건 미리 감추랴 먹을 거 마련해 주랴 씻기랴 질문에 대답하랴 눈코 뜰 새가 없다. 손자란 올 때 기쁘고 갈 때는 더욱 기쁘다는 옛말이 어쩌면 그리 잘 들어맞는지 모르겠다. 그래도 가고 나서 시원한 것은 잠깐 곧 또 보고 싶으니 내리사랑처럼 집요한 것도 없다 싶다.

위로 두 외손자는 이제 잔손 갈 나이를 지나 제법 아쉬운 심부름까지 해주어서 대견한데 뭐든지 물어쌓아서 일일이 대답을 하자면 밑천도 딸리거니와 나중엔 입아귀가 아프다. 아이의 질문을 받을 때마다 내가 얼마나 아는 게 없다는 걸 절감하게 된다. 뭐 하나 제대로 아는 게 없는 그야말로 무식쟁이다. 옛날엔 무식한 걸 낫 놓고 ㄱ자도 모른다고 한 걸 보면 우선 문자만 해독해도 무식을 면할 수 있었던 듯하다. 아이들의 질문이란 대개 단순 소박하면서도 근원적인 사물의 이치여서 으레 알고 있으려니 했는데 실은 모르고 있었다는 걸 대답을 하려다 말고 깨닫게 된다.

우리집은 변두리여서 근처엔 공터가 많다. 개발의 속도가 눈부신 세상이니 곧 뭐가 들어서게 되겠지만 현재는 채소를 가꾸기도 하고 그냥 공터로 버려져 있기도 하다. 공터엔 드문드문 무허가 판잣집이 들어서 있다. 손자와 채소밭으로 산책을 나갔다가 그 판잣집 앞을 지나는데 그 아이는 거기가 포장마차집인 줄 알고 아빠와 포장집에 가본 얘기를 자랑스럽게 했다. 나는 무심히 그곳이 포장집이 아니라 사람 사는 집이란 걸 가르쳐주면서 문 앞의 장독대와 길에 걸린 빨랫줄을 그 증거로 보여줬다. 아이는 믿을 수 없다는 얼굴로 집안을 기웃거려보고 나서 저 사람들은 왜 이런 집을 좋아하느냐고 물었다. "좋아서 이런 집에 사는 게 아니라……" 그리고 그다음 말이 안 나왔다. 가난해서 더 나은 집을 살 돈이 없을 거라고 대답하면 왜 가난하냐고 물을 테고 그때부터 대답이 궁색해질 게 뻔하기 때문이다. 그때 마침 공터 풀숲에서 방아깨비가 뛰는 게 보였다. 나는 큰 소리로 "방아깨비 봐라. 방아깨비. 할머니가 잡아줄게" 하면서 풀숲으로 뛰어들었다. 아직 주의력이 산만한 나이라 아이는 곧 판잣집에 대해 잊고 내 뒤를 쫓았다. 나는 일부러 명랑하게 웃으면서 속으론 내 교활함이 싫고 슬펐다.

아이가 풀이나 나무 이름을 물을 때도 곧 말문이 막히게 된다. 아파트 단지 내에 심어놓은 몇 가지 안 되는 나무의 이름도 다 알고 있지 못함이 아이 앞에 부끄러운 나머지 "나무를 사랑합시다" "잔디를 보호합시다"라는 커다란 팻말 대신 나무 이름이 적힌 작은 팻말을 세웠으면 좋겠다는 생각을 해왔었다.

며칠 전 집에서 가까운 새로 생긴 공원 앞을 지나는데 입구에 커다란 게시판이 붙었기에 읽어보았다. 그 공원 안엔 ○○종의 나무가 몇만 그루인데 공원에 들르는 아이들의 자연학습을 위해 나무마다 이름을 명기해놓았다고 했다. 하도 반가워서 공원으로 발을 들여놓았다. 게시판 바로 뒤쪽에 서 있는 나무들이 어른 눈높이에 책받침만한 크기의 명찰을 달고 있는 게 보였다. 원 이름도 중요하지만 나무의 모습을 해쳐도 분수가 있지 저게 무슨 꼴일까, 눈살을 찌푸리며 가까이 가보니 그나마 나무의 이름이 아니었다. 88기념식수라고 쓰고 그 밑에 나무를 기증한 사람의 이름이 쓰여 있었다. 그런 꼴을 보고 분개할 기력이 이젠 없다. 그냥 싫고 슬플 뿐이다.

육필

20년을 넘어 눌러살던 한옥에서 아파트로 옮길 때 가장 절실하게 느낀 건 불필요한 걸 얼마나 많이 끼고 살았나 하는 거였다. 앞으로는 버릴 것은 제때제때 버리면서 살아야지 하고 몇 번이나 벼르고 다짐했는지 모른다. 그후 접시처럼 바라지고, 으슥한 구석이라곤 없는 아파트에 산 지도 어언 다섯 해가 되고 보니 끼고 살려도 껴둘 데가 없어서 저절로 제때제때 처리를 하게 된다.

나이와 함께 충동적인 구매를 하는 일도 없어지고 객쩍은 욕심도 줄어 그만큼 처분해야 할 불필요한 것들도 많지 않지만 인쇄물의 범람만은 어쩔 수가 없다. 돈 내고 보는 세 개의 신문만 해도 신문의 부피보다 훨씬 더 두꺼운 공짜 인쇄물이

갈피갈피 끼어 있다. 대개는 인근에 새로 생긴 강습소나 학원의 선전물이나 쇼핑센터의 대매출 광고다. 이런 것들도 종이의 질이나 색채가 날로 호화로워지고 있다. 책자로 된 이런 것들이 우편함마다 잔뜩 꽂혀 있는 날도 있다. 또 우송되어 오는 백화점의 판촉 책자나 사보의 수효도 자꾸만 늘어나고 있다. 사보 중에는 꽤 볼만한 것도 있으나 대강 보고, 정 필요한 것은 오려놓고라도 제때제때 처리하지 않으면 그 무료로 배달되는 인쇄물에 묻혀버리고 말 지경이다. 한 달에 한두 번 꼴로 그런 인쇄물을 한 짐씩 현관문 밖으로 내놓을 때마다 단독주택에 살 적의 골목길이 그리워지곤 한다. 아파트에선 이런 파지를 현관문 밖으로 내놓기만 하면 저절로 없어지지만 보통 동네에선 고물장수한테 넘겼었다. 아이들이 어렸을 때는 몇 푼의 돈 대신 강냉이와 바꿔 먹을 수도 있었다. 소쿠리에다 갓 튀긴 강냉이를 받으면 구수하고 부드러운 냄새가 났다. 입에 넣어 바삭바삭하지 않으면 튀긴 지 오래된 강냉이라고 고물장수한테 투정도 했었다. 요새 '팝콘'이라고 서양 이름을 붙여서 파는 강냉이 튀김을 보면 원조가 옥수수임엔 다를 바가 없으나 그 하얗고 얄팍하고 버터 냄새가 물씬 나는 게 꼭 서양 사람 같고 강냉이는 구수하고 투박한 게 꼭 우리네 같은 게 재미있다. 골목길엔 요새도 몸통만한 비닐 자루에

다 강냉이를 하나 가득 담아 싣고 고물 팔라고 외치고 다니는 리어카장수들이 있겠지. 고물장수들한테는 요새 같은 봄철이 대목이었다. 집집마다 겨우내 쌓였던 먼지와 함께 껴두었던 불필요한 것들을 치우고 개운하게 봄을 맞고 싶어했으니까.

아무리 불필요하게 된 파지라고 해도 다 현관문 밖으로 내놓을 수 있는 건 아니다. 특히 편지 종류는 그게 아무리 육필이 아닌 공식적인 인쇄물이라도 함부로 밖으로 내굴릴 수가 없다. 편지는 처음부터 간직해야 될 육필 편지와 처리하거나 회답해야 할 청탁서나 청구서와 가도 그만 안 가도 그만인 초대장, 안내장 등으로 분류해놓지만 그것도 한 달에 한 번씩 정리를 해야 할 만큼 쌓이게 된다.

오늘은 지난 연말과 연초에 받은 연하장까지 합해서 정리를 하려니 단독주택의 아궁이가 그리워졌다. 편지를 파지처럼 문밖으로 내놓을 수도 없고 그렇다고 쓰레기통에 그냥 버리기는 더욱 미안스럽고 해서 찢어서 버리는 방법을 쓰는데 아궁이에다 태울 수 있었으면 얼마나 좋을까 싶어서이다. 물론 연하장을 몽땅 필요 없어진 청구서나 초대장과 함께 찢어버리는 건 아니다. 보관해야 할 것과 찢어버려야 할 것을 가려내는 기준은 단 한마디라도 육필로 된 사연이나 서명이 있고 없고로 정한다. 그걸 정하기 위해 연하장을 하나하나 펼쳐

보면서 육필의 귀함에 새삼 쓸쓸함을 느꼈다. 흩어져서 더욱 많아 보이는 수많은 연하장 속에 앉아서 맛보는 고적감과 허전함은 유별났다. 시쳇말로 군중 속의 고독이라고나 할까.

공주 인형

시골에서 자라서 그런지 어려서 인형을 가져보지 못했다. 인형이라는 게 있다는 것도 모르고 자랐다. 동생이 없어서 남들이 동생을 온종일 업어주는 게 부러우면 베개를 업고 웅얼웅얼 자장가를 불러주며 놀았다. 대개의 계집애들은 동생을 봐주어야 했으므로 인형 같은 게 필요 없었다. 인형이란 말도 서울 와서 처음 들어봤다. 풀각시라는 게 있었는데 풀로 머리 모양을 만들고 꼼꼼하게 땋아서 쪽을 쪄주고 막대기로 비녀를 해서 꽂았다. 인형을 손수 만든 셈이었다. 소꿉장난도 길에서 주운 사기 조각에다 흙이나 풀 같은 걸 담아서 밥 짓는 흉내도 내고 냠냠 먹는 흉내도 냈다. 게딱지라도 하나 얻으면 솥으로 쓰기에 마침맞았다.

일전에 친척댁 집들이 잔치에 갔다가 놀란 적이 있다. 새로 지은 집에 이사 가서 축하도 할 겸 자랑도 할 겸 손님을 초대한 거니까 집이 구석구석 잘 정돈돼 있을 뿐 아니라 고상한 취미에 감탄할 만큼 잘 꾸며져 있기도 했다. 보기 드물게 기능적이고 아름다운 집이었다. 특히 유치원 다니는 딸의 방은 좀 지나치게 잘 꾸며놓아서 동화책에 나오는 공주님 방을 연상시켰다. 내 딸들은 너무 막 기르지 않았나 미안한 마음으로 돌이켜보기도 했다. 정작 놀란 것은 그다음이었다. 그 방 한 귀퉁이엔 그 방보다 훨씬 잘 꾸며진 정말 공주님의 방을 방불케 하는 또하나의 방이 있었다. 금테를 두른 옷장이 즐비하고 그 옷장 속엔 일상복은 물론 수영복, 야회복, 여름옷, 겨울 외투, 내복, 겉옷이 즐비하게 걸려 있고 응접실과 욕실 침실이 갖추어져 있었다. 침대엔 방금 목욕을 끝낸 공주님이 하늘하늘한 나이트가운을 입고 길게 누워 있었다. 그 작은방의 주인공은 바로 그 공주 인형이었다. 나는 그 집의 모든 구조와 실내장식이 마음에 들었지만 딸의 방 속의 그 사치스러운 인형의 방만은 도무지 불쾌하기만 했다. 그건 그런 장난감을 장만해준 부모도 마찬가지인 것 같았다. 식사중에 무슨 말끝엔가 그걸 안 사주려고 얼마나 오랫동안 딸하고 심각하게 대립했던가를 피력하는 것이었다. 그런 장난감을 갖추어주려면 몇만 원에서 10만

원이 넘는 수도 있다고 한다. 목욕하는 건 못 보았지만 욕조엔 정말 물이 나오고 거품 목욕에 향수 목욕까지 있다고 한다. 딸애가 인형을 목욕시키고 가운으로 갈아입혔다, 야회복으로 갈아입혔다, 털 스웨터로 갈아입혔다, 원피스로 갈아입혔다 온종일 열 번도 넘게 옷을 갈아입히고 편안하게 재우고 하는 사이에 배우는 건 뭘까? 만일 여자가 집에서 하는 일이란 그저 목욕하고 화장하고 이것저것 예쁜 옷을 입었다 벗었다 하고 파티에 가지 않으면 화려하고 안락한 침대에서 잠이나 자는 걸로 안다면 어쩔 것인가. 그런 장난감이 날로 사치스러워지면서 값도 엄청난 것도 문제지만 가장 심각한 문제는 여자의 역할교육이 아닐까? 그 집 엄마도 그런 생각을 못할 엄마가 아니어서 안 사주려고 무진 애를 썼다고 한다. 그러나 친구들이 안 가진 친구가 없고 나중엔 엄마 아빠에게 협박을 하다시피 조르는 데는 당해낼 수가 없었다고 한다.

남자애들 장난감이 날로 공격적으로 돼간다고 우려하는 소리가 높다. 여자애들의 이 평화적인 장난감과의 함수관계 또한 우려할 만하지 않을까. 장난감을 만드는 업자에게 모방과 장삿속 말고 교육자적 양심 같은 걸 기대한다면 과욕일까? 딴 욕심을 많이 절제하고라도 우리 아이들의 장래를 위해 참으로 옳은 일엔 너도나도 욕심 좀 부렸으면 좋겠다.

털 코트

변두리에 살다보니 시내에 급한 볼일이 있을 때 택시만 금방 잡아도 재수가 좋은 날이 된다. 그날은 재수가 좋은 정도가 아니라 운수대통한 날이었다. 현관을 나서자마자 막 여자 손님들을 내려놓는 택시가 있어서 후딱 올라탔다. 근데 기사 아저씨는 어디까지 가느냐고 묻기 전에 흘긋 나를 돌아다보더니 "그 코트 얼마짜리나 되죠?" 하는 게 아닌가. 우선 울컥 불쾌한 생각부터 들었다. 기사로서 손님에게 할 질문이 아니었다. 나는 그의 질문을 묵살하고 짤막하게 행선지만 말했다. 기사도 더이상 아무 말도 안 하고 차를 몰았다. 한참 그렇게 시내 쪽으로 가는데 괜히 차내 분위기가 어색해지기 시작했다. 나는 내가 입은 코트를 새삼스럽게 점검해봤다. 산 지 3년

째 되는 건데 겉은 방수천이고 속은 소매만 빼고 온통 토끼털로 안을 대서 따뜻했다. 올겨울은 특히 추워서 그 코트 없이는 꼼짝을 못했다. 토끼털은 안만 댄 게 아니라 겉으로도 목둘레에서 앞단 밑단으로 한 바퀴 단이 쳐져 있었다. 기사가 그걸 보고 혹시 밍크털이라고 생각하고 값이 궁금했던 게 아닌가 싶었다.

그렇더라도 다짜고짜 남의 코트값을 묻다니. 나는 그가 무례한, 어쩌면 좀 이상한 사람이란 생각을 풀지 못했다. 강변도로 진입하기 전에 지루하게 신호를 기다리는 동안 기사가 재차 물었다.

"아주머니 그 코트 비싼 거죠?"

참으로 못 말릴 기사였다. 나는 피식 웃으면서 말했다.

"아니 왜 손님의 코트값에 그렇게 관심이 많으세요?"

"아까 아파트 앞에서 내려드린 여자 손님들 있죠? 그분들 입은 털 코트가 그게 다 백오십, 이백씩 하는 코트래요. 내 참 기가 막혀서……"

"아저씨는 손님 코트값 물어보는 게 취미신가봐요."

"아네요. 내가 물어보긴요. 난 한마디도 안 했어요. 넷이서 탔으니까 뒷자리에 셋이 앉았는데 털 코트 때문에 자리가 비좁았나봐요. 처음부터 끝까지 털 코트 얘기만 하는데 값 얘기도 나오더군요. 속으로 그 여자들 코트값을 합산해보니까 어찌나 부아가 나는지 차를 마구 몰았죠. 에이 재수 나빠, 어쩌면 네 명이 다 그 비싼 코트를 입고 있을 게 뭐람."

차가 강변로로 진입하면서 기사는 이렇게 투덜대더니 또 난폭 운전을 하려고 했다. 나는 비명처럼 내 코트를 밍크털이 아니라 토끼털이라고 털어놓았다.

며칠 전 새로 생긴 어떤 백화점에 들어갔다 느낀 건데 참 밍크코트 입은 여자들이 많기도 했다. 백화점 속은 후끈후끈하기가 초여름 같아서 더러는 벗어서 들고 다니기도 할 코트라면 쇼핑할 때는 자가용 안에 벗어놓고 다녔으면 좀 좋을까 싶을 정도였다. 대개는 젊은 여자들이었다. 생전 고생이나 근심이란 건 안 해본 것처럼 피부가 곱고, 표정이 철없이 밝은 여자들이 희희낙락 떼지어 다니는 걸 보면서 나도 운전기사를 닮았는지 조금 부아가 나려고 했다. 젊은 여자들 사이에서만 밍크코트가 흔한 건 아니다. 내 친구들 중에도 그걸 가진 이가 꽤 있다. 그러나 우리 나이만 돼도 지금 천만금을 가졌다 해도 한때는 고생을 한 자국이 지울 수 없는 흙집처럼 남아 있게 마련이다. 그러나 요새 젊은 부유층에겐 그게 전혀 없다. 자기 생애에서 고생이나 노력을 한 경험이 한 번도 없이 저절로 부유를 누린다는 건 개인적으로는 기가 막히게 좋은 팔자일지도 모르겠다. 그러나 사회적으로는 매우 눈에 거슬리는 존재들이다. 왜냐하면 그들은 자신이 고생한 경험이 한 번도 없는 것을 마치 이 세상엔 고생하는 사람이 하나도 없는 것과 같이 혼동하고 행동하기 때문이다.

자선과 어린이

가끔 외손자를 봐줘야 할 적이 있다. 요전에도 여섯 살짜리와 네 살짜리 두 녀석을 봐주고 있는데 마침 손님이 왔다. 손님은 마치 우리집에 아이들이 와 있는 걸 아는 것처럼 이것저것 아이들이 좋아할 만한 과자랑 사탕을 한 보따리 사들고 왔다. 내 아이들을 키울 때만 해도 손님이 사온 걸 아이들이 함부로 손대지 못하도록 엄히 다스렸건만 손자만 해도 내 식구 아닌 손님이라 과자 보따리를 끄르고 싶어하는 걸 말리지 못했다. 나중에 손님이 가고 나서 보니 조금만 빨다가 버린 알사탕이 여기저기 흩어져 있었다. 나는 그것을 주워모으면서 한바탕 야단을 쳤다. 네 살짜리가 주로 그런 모양이었다. 울먹울먹 입을 비죽대며 변명을 하는데 어떤 것은 너무 매워서 뱉어버리고 어떤 것은 너무 시어서 뱉어버리고 어떤 것은 너무 달아서 엄마가 단것은 이를 썩게 한다고 한 생각이 나서 뱉고, 등등 하나도 핑계가 없는 게 없었다. 집에서 별로 사탕을 사준 일이 없었으니까 호기심 때문에도 색색가지 사탕을 다 한번씩 맛을 본 모양이다. 나는 웃으면서 네 살짜리를 용서하고 다독거려주지 않을 수가 없었다. 그랬더니 뜻밖에도 옆에서 보고 있던 여섯 살짜리가 사탕이 그렇게 많은데 좀 먹다 버리면 어떠냐고 항의를 하는 게 아닌가. 녀석의 눈빛이 제법 진지했다. 나도 덩달아서 정색을 하면서 이 맹랑한 녀석을 타이른다는 게 좀 당황을 한 모양이다. 처음부터 서투르고 어렵게 나왔다.

"엄마가 늘 뭐든지 아껴 써야 착한 아이라고 했지? 특히 먹을 걸 아낄 줄 모르는 게 제일 나쁜 아이란다."

"왜?"

"왜라니? 먹고 싶어도 못 먹는 아이들이 얼마나 많은데, 그애들 생각도 할 줄 알아야지."

"걔들은 먹고 싶은데 왜 못 먹어?"

"먹을 걸 시장이나 슈퍼에서 거저 집어오는 게 아니라는 건 너도 알지. 다 돈 내고 사는 거야. 만일 아버지가 돈을 못 벌면 그애들은 먹고 싶어도 못 먹는단다."

"걔 아버진 왜 돈을 못 벌어?"

나는 여기서 말문이 막히고 말았다. 나중에 뭐라고 궁색하게 꾸며대긴 했어도 아이가 알아들을 것 같지 않으니 여기서 밝히고 싶지도 않다.

세상의 공 없는 것 중에도 애 봐준 공 없기가 으뜸이라나. 즈이 에미가 내가 한 소리를 들었다 해도 별로 좋은 얼굴을 하진 않았으리라.

한 해를 마무리 짓는 행사 중 불우이웃돕기처럼 해마다 해도 과함이 없고 흐뭇할 행사도 없으리라. 지난 연말도 방송국에서 대대적으로 그 행사를 했고 많은 사람이 참여해서 큰 성과를 올린 줄 안다. 이웃을 돕는 정경처럼 감동스러운 게 어디 있으랴. 그러나 너무 나이 어린 어린이가 저금통을 털어가지고 나와 화면에 비치는 일은 부모나 방송 당사자가 다 함께 삼갔으면 싶다. 그 아이들에게 불우이웃이란 추상적인 관념에 지나지 않을 테고 뭔가 좋은 일을 해서 화면이 비친다는 게 더 신나는 일일 게 뻔하다. 간혹 그애들 중엔 불우이웃에 대해 구체적으로 알고 있어 착하고 어린 마음의 아픔을 이기지 못해 나온 어린이도 없지 않아 있으리라. 어린이에게 불우이웃이 구체적이든 추상적이든 간에 아무튼 자기 외의 남에게 마음이 눈뜨는 시기는 중요한 시기이다. 부모나 사회가 다 함께 그 시기를 올바르게 선도할 책임이 있다. 남에게 무엇을 베풀 때 "오른손이 한 일을 왼손이 모르게 하라"는 성경 말씀처럼 마땅하고 옳고 아름다운 말이 또 있을까. 기고 앉고 걷는 방법을 비롯해 어린이는 모든 방법을 배우는 시기이다. 목적이 훌륭하다고 해서 어린이가 옳지 못한 방법을 배울 소지가 조금이라도 보이는 일이 용납되어선 안 될 줄 안다.

신바람

강동 쪽에 산 지가 5년이 넘는다. 강동하면 사람들은 으레 스포츠타운이라고 생각한다. 나 보기에도 종합운동장을 비롯해서 운동과 체육에 관계되는 기관이나 시설이 집중적으로 몰려 있다. 지금 있는 집으로 이사를 하고 보니 주위에 허허벌판과 야산이 보여서 참 좋아했더니 이 또한 미구에 올림픽과 관계되는 시설이 들어설 자리라고 한다. 이사는 했지만 강동지구는 못 벗어났다는 게 실감되었다. 86·88의 열기가 국민적인 활기가 돼 있는 마당에 스포츠에 무관심하다면 욕먹고 매까지 맞을 소리가 되겠지만 1988년도까지 살고 나면 그 후엔 무슨 기력으로 살까 걱정스러울 만큼 한꺼번에 기운 빼는 축에 끼기엔 정열이 딸리다보니 그렇게 되고 말았다. 체력이 국력의 일부이긴 하지만 국력의 전부는 아닌 이상 정열과 재정적인 투자도 적절히 안배되었으면 싶다.

하여튼 1988년도까지 주위 환경이 급속하게 발전을 할 생각을 하면 도무지 동네에 정이 안 붙더니 요새 우리 동네 참 좋은 동네라고 뽐낼 만한 자랑거리를 하나 발견했다. 우리 동네엔 석촌호수라는 인공의 호수가 있는데 그 호숫가에 놀이마당이 생겨난 것이다. 요전에 봉산탈춤을 공연할 때 가보고 얼마나 놀라고 흥분했는지 모른다. 우선 어마어마한 인파에도 놀랐지만, 그 많은 사람들의 각양각색의 마음속에서 신바람이란 공통의 정서를 끌어내어 한몸같이 한판 놀아보게 하는 우리 춤 우리 가락의 무서운 힘에 놀랐다. 더욱 놀란 것은 관객의 연령층이 겨우 걸음마를 할 수 있는 아이들로부터 팔십, 구십의 노인까지 고루 망라돼 있으면서도 서로 그렇게 죽이 잘 맞을 수가 없었다. 나는 아직까지 이 서울 바닥에서 그렇게 남녀노소가 고루 모인 구경판을 본 적이 없다. 연극 구경을 가면 주로 여대생이, 영화 구경 가면 연인끼리나 젊은 부부 아니면 중고등학생이 대부분이다. 온천장에나 가야 중년 부부를 볼 수 있고, 이름난 관광지엔 효도관광 온 노인들이 몰려다닌다. 어디가나 연령별 끼리끼리가 눈에 띈다. 우리처럼 윗사람 대접이 어렵고 까다로운 풍토에선 암만해도 같은 나이 또래가 어울리는 게 부담없이 자유스러울밖에 없다. 또 나이에 따라 신바람을 내는 방법도 전혀 다르다는 것도 따로따로 놀 수밖에 없는 중요한 까닭이 되었으리라고 본다. 그러나 그 놀이판의 가락은 나이나 계층 간의 장벽을 무시하고 고루 덩실덩실 신바람을 일으킬 수 있는 이상한 힘을 가지고 있었다. 우리의 핏속에 잠재한 공통의 신바람을 건드릴 수 있는 가락과 춤의 비밀, 그런 게 바로 우리가 부정할 수도 놓여날 수도 없는 우리 것의 위력이 아닐까.

나중에 매스컴에서 호수공원의 놀이마당이 성공적이었다고 떠드는 소리를 듣자 또 괜히 걱정이 되기 시작했다. 널리 알려지고 당국에서 미비한 걸 지원까지 해주게 되면 혹시 대학촌의 문화의 거리처럼 될까봐서였다. 문화의 거리라는 아름다운 멍석을 깔기 전의 대학촌이 얼마나 문화적이었던가. 문화란 어른이 아이에게 깔아주는 멍석 따위가 아니란 걸 보여준 좋은 본보기였다.

석촌호수 놀이마당이 많은 사람의 사랑을 받자 시설의 미비와 장소의 협소함이 문제되는 모양인데 놀이마당이란 어차피 그만큼은 불편한 게 아닐까. 놀이마당의 본래의 성격상 비슷한 게 여기저기 생겨 그 지역사회의 신바람을 풀어주게 돼야지 기존의 시설을 황당하게 확장할 일은 아니라고 생각한다.

도중하차

연속으로 방영되던 TV 극이 할 이야기를 다 못하고 흐지부지 끝나는 것을 흔히 도중하차라고 한다. 시작할 때 선전도 요란하게 호화 캐스트로 시작했다가 도중하차하는 연속극일수록 뒷이야기도 무성한데 가장 그럴듯한 뒷소문은 너무 가난한 사람 이야기를 다루었기 때문 아니면 너무 호화스러운 생활을 보여줬기 때문으로 되어 있다.

보통 시청자의 한 사람으로 그 자세한 내막이나 참다운 이유까지는 알고 있지 못하지만 보여주는 그림이 가난스럽다든가, 사치스럽다든가 하는 이유만으로 보여줄 가치를 결정한다는 건 도저히 납득이 안 간다. 그렇다면 중류층 얘기만 TV 극이 될 수 있다는 얘기도 되겠는데, 도대체 어느 정도를 중류층의 표본으로 삼아야 무난할 것인가. 소설과 달라 그 구체적인 모습을 눈으로 낱낱이 보여줘야 하는데 나 자신도 중류 정도로 살고 있다고 믿고 있지만, 과연 우리는 중류층의 보편적인 생활 정도와 비슷하게 살고 있는지, 얼토당토않게 살고 있는지는 도무지 종잡을 수가 없다.

중류층이 두터워야 잘사는 안정된 나라라고 할 수 있는데 우리나라는 부자와 가난뱅이가 너무 많아 상대적으로 중류층이 엷다는 얘기들을 흔히 한다. 그러나 한편 자신을 중류층이라고 생각하는 층이 우리나라처럼 두터운 나라도 없다고 한다. 월수 20만 원만 돼도 스스로 중류라고 생각한다는 통계도 있다. 중류의식을 가장 건전한 의식이라고 생각할 때 설사 생활정도가 중류에 못 미치더라도 의식만은 중류인 층이 두텁다는 것도 나쁠 것은 없다고 생각한다.

그러나 그 다양하고 광범위한 자칭 중류층이 자기들의 사는 모습에 비추어 거리감을 느끼지 않을 그림을 만들려면 더욱 난감해질 수밖에 없으리라. 방송 관계 고위층이 중류층을 좋아하는 것은 경제적으로 안정된 층이라는 것 말고도 걱정근심이 덜한 무난한 사람들을 선호한다고도 볼 수 있다. 걱정근심이 없다는 건 갈등이 없다는 얘기고, 갈등이 없이 드라마를 만들기란 고춧가루 없이 김치 담그는 일만큼이나 심심하고 맥빠지는 일이 아닐까.

그러다보니 웬만한 집에선 이미 예전에 없어진 풍경인, 마당 한가운데 수도꼭지와 물확을 중심으로 빨래하고 세수하고 김치거리 씻으며 고부간, 시누이 올케 간, 동서 간, 형제간이 밥상 받고, 이불 펴고, 코 골고, 양말 벗고, 입덧하고, 티격태격하다가 화해하고, 그게 너무 심심하면 대단치 않은 일을 침소봉대해서 한바탕 허풍을 떠는 실로 시답지 않은 일상사가 드라마가 될 수밖에 없는지도 모르겠다. 그건 드라마용 중류층의 삶이 될지는 모르지만 우리의 중류층의 참다운 삶은 아니다. 그림에 비쳐지는 경제적 생활상에서 광범위한 공감대를 찾기에 급급할 게 아니라 등장하는 인물의 성격과 사건에서 공감대를 찾아야지 않을까. 부자 이야기나 가난뱅이 이야기를 화면으로 볼 때 시청자는 부자나 가난뱅이 집 구경을 하려고 보는 건 아니다. 그건 중류층 이야기에서도 마찬가지다. 부자 이야기가 가난뱅이나 중류층의 공감을 못 얻었다고 해서 그 원인을 단지 호화로운 배경에서 찾으려는 건 시청자에 대한 모욕이다. 부자들의 보편적인 고뇌와 애환을 참따랗게 표출해낸 진실된 인간상이라면 빈부에 상관없이 공감을 얻을 수가 있다. 그런 이치는 물론 가난뱅이 이야기나 중류층 이야기에서도 마찬가지이다.

너무 가난한 삶 이야기여서 도중하차시켰다는 핑계보다는 차라리 시청률이 기대에 미치지 못했다고 털어놓는 게 훨씬 알아듣기 쉬웠을 것이다. 공영방송도 시청률 제일주의로 프로를 편성한다는 상업주의를 공공연히 드러내면서 시청료나 받지 말았으면 얼마나 좋을까.

문학작품의 영상화와 주인공 이미지

무슨 날만 되면 으레 특집 프로라는 걸 한다. 삼일절이나 광복절엔 일제의 만행이나 독립운동 얘기가 극화되고, 설이나 크리스마스엔 연예인이란 연예인은 총동원해서 놀이판을 벌이고 누가 더 혼란하고 괴상한 옷을 입었나 경쟁을 시킨다. 6·25엔 물론 북괴의 잔혹성을 그린 반공극이 방영된다.

하던 것도 멍석을 깔아놓으면 안 한다던가, 무슨 날엔 되레 그날의 강력한 주제가 주는 압박에서 슬쩍 비켜나 있고 싶은 심리도 있고 해서 나는 별로 특집 방송이라는 걸 안 좋아한다. 나이 먹을수록 세월은 빨리 가고 그 무슨 날이라는 것도 빨리 돌아와, 판에 박은 듯 진부한 획일성도 잊어버릴 만한 시간적 여유도 없이 금방 반복되는 것 같아 보기에 민망할 따름이다. 그래서 미리 선전이 요란한 특집 프로는 안 보는 걸 수로 알았다.

그러나 이번 6·25 특집극으로 방영된 〈영웅시대〉는 좀 달랐다. 6·25를 직접 체험하지 못한 역량 있는 작가가 대단한 열정과 야심을 가지고 쓴 전쟁소설이어서 연재한 당시부터 관심을 가지고 읽어온 터였다. 나는 6·25를 체험한 작가로서 이게 아닌데 싶은 대목도 많았지만, 더 많은 부분은 앞으로의 전쟁소설은 되레 미체험 세대에 의해 성공을 거둘 수 있는 가능성을 보여주는 뛰어난 것이었다. 나는 그 소설을 애독했기 때문에 어떻게 해석되어 영상화되나 궁금했다. 이렇게 기대를 가지고 기다리던 프로를 처음 조금 보다 말고 꺼버렸다. 주인공 이동영으로 분한 현석을 보자 더이상 보고 싶지가 않았다. 그렇다고 내가 평소에 현석이란 연기자를 싫어했다던가 그의 연기를 별로라고 생각했던 것은 아니다. 적역을 만났을 때 그는 아주 훌륭한 연기자이고 특히 촌티가 물씬 풍기는 그의 웃음은 발랑 까지지 않은 소박한 성품을 엿보는 것 같아서 좋아했었다.

내가 현석을 보고 실망한 건 내가 갖고 있는 이동영의 이미지와 너무 달랐기 때문이다. 나는 미리 이동영이란 인물에 대한 강렬한 이미지를 갖고 있었기 때문에 그와 너무 다른 현석을 도저히 대입시킬 수가 없었다. 마치 얼토당토않은 사람이 예전에 잘 아는 친구를 자처하고 나섰을 때처럼 곤혹스러웠다. 내가 알던 이동영은 현석보다 훨씬 마르고, 지적이고, 현석보다 훨씬 섬세하고 고통스럽게 웃는 사람이었다.

문학작품을 쓰는 건 작가이지만 읽고 해석하는 건 독자의 자유다. 독자는 또 거기 나오는 인물에 대해 얼마든지 자유로운 이미지를 가질 수가 있다. 따라서 나의 이동영에 대한 이미지와 〈영웅시대〉를 연출한 사람의 이동영에 대한 이미지가 전혀 다른 건 누구의 잘못도 아니다. 그런데도 나는 그 너무 다름에 배신감 비슷한 걸 느꼈고, 그게 전체의 해석도 다르리란 선입관이 되어 그만 그 극을 끝까지 볼 흥미를 잃고 말았다.

문학작품을 영상화시키는 데 따르는 고충을 알 것 같았다. 널리 읽힌 작품일수록 넓은 시청자 층의 선입관을 의식해야 하고, 그들이 갖고 있는 각양각색의 이미지 중에서 공통분모를 찾아내어 영상화시키는 일이란 결코 쉬운 일이 아닐 것이다. 여지껏 본 명작을 영화화한 것 중에서 내 이미지 속의 주인공을 꼭 집어낸 것 같은 영화는 그리 많지 않았다. 깜짝 놀라도록 닮아 있었던 것은 〈바람과 함께 사라지다〉의 스칼렛과 레트, 〈전쟁과 평화〉의 나타샤 정도가 아니었던가 싶다.

교양과 오락

전화를 받으니까 앳된 목소리가 대뜸 "박완서씨 있어요?" 한다. 젊은 목소리로 미루어 "나요" 해도 될 것을 습관적으로 그만 "전데요" 하고 말았다. 전화 목소리는 "어머 그래요, 반가워요"로 시작해서 문학공부를 하고 싶은데 어떻게 했으면 좋겠느냐는 용건으로 들어갔다. 나는 그 철딱서니 없는 아가씨의 나이부터 궁금해서 "학생 지금 몇 학년이지?" 하고 물었다. "6학년이요. 그건 왜 물어요?" "그럼 국민학교?" "네에." "네"라는 대답이 사뭇 도전적이었다. 나는 우선 학교공부 열심히 하고 틈틈이 좋은 책 읽으라는 정도의 상투적인 말을 했다. 그보다는 그 아이의 말씨가 귀에 거슬렸지만 그걸 바로잡아줄 만한 성의는 우러나오지 않았다. 그 아이는 "네, 우리

엄마께서도 그렇게 말씀하셨어요. 고마워요" 하고 전화를 끊었다. 할머니뻘은 되는 어른한테 선생님 정도의 존칭도 붙일 줄 모르는 아이가 자기 어머니에겐 최고의 존대말을 쓰고 있었다. 그 아이 나무래서 무엇하랴. 그 아이는 이제 겨우 국민학교 6학년이었다. 대학을 졸업하고 시집가서 아이 하나둘쯤 있는 인텔리 주부들이 집안도 아닌 공개된 장소에서 그 아이보다 훨씬 더 꼴사나운 존댓말 거꾸로 쓰기를 하는 걸 흔히 보게 된다. 공개방송에 참여한 젊은 주부들이 남편 얘기를 할 때 아빠께서 이러시구저러시구 하는 건 이젠 귀에 거슬리지도 않을 만큼 옳은 말씨 행세를 하게 됐다. 존댓말이란 상대방을 높이는 데 쓰는 말씨이다. 그러니까 듣는 상대방 중심이 돼야 한다. 방송에선 시청자가 듣는 사람이고 시청자들을 자기보다 어른으로 높이는 건 당연한 예절이다. 남편은 아내와 동격이므로 아내가 남편을 높여서 말할 수 있는 자리는 제 자식이나 남편의 제자 앞 정도면 족할 것이다. 어른 앞에서 남편에게 존댓말을 쓴다는 건 자기에게 존댓말을 쓰는 것과 같아서 상대적으로 어른을 하대하는 결과가 되고 만다. 그런데 요새 젊은 주부들 사이에선 시부모나 친정부모 앞에서까지 남편에게 최고의 존대어를 쓰는 게 크게 유행하고 있는 것 같다. 하긴 남편을 '아빠'라고 항렬을 하나 높여놓았으니 존댓말이 안 따를 수가 없다. '아빠' 아니라도 아이를 몇씩 둔 아내가 부모 앞에서 자기 남편을 ××씨로 부르는 것도 귀에 거슬린다. 옛날식의 '애비' '아범' '×서방'이 잘 안 되면 '그이' '그 사람' 또는 씨를 빼고 이름을 불러도 무방한 것이다. 우리 어렸을 때만 해도 며느리가 시어머니한테 "이거 그이가 어머님 잡수시라고 사온 겁니다"라는 말을 들을 수 있었다. 여기서 "그이"는 남편을 가리키는 말이다. 그러나 요새 "그이"나 이름을 불렀을 때 괘씸해하지 않는 부모가 과연 몇이나 될까. 이렇게 존댓말이 본래의 뜻을 잃고 헷갈리고 거꾸로 되느니 차라리 서양식으로 아래위턱 없는 보통 말만 남는 게 나을 것 같다. 상대방을 덮어놓고 높이는 게 수라는 말버릇도 귀에 거슬리긴 마찬가지다. 어떤 여기자가 나한테 "박교수님"이라고 했다. 나는 교수가 아니라고 했더니 "그래두요" 하면서 계속해서 교수님이었다. 뭐가 그래돈지 도무지 아리송한 말이었다. 그렇다고 그녀가 최고의 존댓말로 일관했던 건 아니다. "어머 교수님 벌써 까먹으셨나봐" "교수님 고마워요" 이런 식이었다. 예전엔 말버릇을 보면 그 집안을 알아봤는데 요샌 그렇지도 않다. 가정보다 많은 언어교육을 텔레비전으로부터 받고 있는 게 오늘의 현실이다. 텔레비전의 오락적 기능과 교양적 기능도 상반되는 것이어서 어느 한쪽을 살리려면 다른 한쪽은 포기해야 한다는 생각은 하루빨리 시정되어야 할 줄 안다. 흉보면서 배운다는 말도 있다.

'마아'와 '얄리얄리 얄랑성'

어느 날 아침, 텔레비전 프로를 보다가 5분도 안 되는 사이에 "……것 같아요"라는 소리를 열 번도 넘게 하는 걸 들은 적이 있다.

말끝마다 꼬박꼬박 "……것 같아요"가 붙어서 나도 모르게 손가락으로 세어보다가 딴 일이 생겨 끝까지 못 보았기 망정이지 계속해서 보았더라면 훨씬 더 되었을 것이다.

그후 "……것 같아요"를 꼬집는 코미디 프로를 본 적도 있지만 내가 본 프로에서의 "……것 같아요"는 자주 반복되어 귀에 좀 거슬리기는 했어도 어법에 어긋나는 것은 아니었다.

그 프로는 아기방을 어떻게 꾸며주면 좋겠는가를 아기방만을 전문으로 꾸미는 실내장식가한테 묻는 프로였으니까 자연히 아기들은 어떤 색을 좋아하는 것 같다느니, 어떻게 해주면 지능의 발달을 도울 것 같다느니 할 수밖에 없었다. 아기들은 말을 못하니까 그런 불확실한 단정이나 추측을 나타내는 말로 아기가 좋아함직한 것을 헤아리는 건 적절했다.

요즈음 "……것 같아요"의 남용이 문제시되고 있는 걸로 아는데 자주 쓰는 것하고 잘못 쓰는 것하고를 혼동하지 말았으면 한다. 꼭 "……것 같아요"를 써야 할 때는 골백번이라도 써야겠고, 단 한 번이라도 틀리게 쓸 때를 문제삼아야 할 줄 안다.

이를테면 음식맛을 '짭짭' 맛보고 나서 "너무너무 맛있는 것 같아요"라고 할 때 매우 귀에 거슬린다.

자기 혀로 방금 맛본 것도 책임 있는 말을 못하고 어째 그런 불확실한 추측을 할까. 매워서 펄펄 뛰는 시늉을 하면서도 맵다고 말하지 않고 "너무너무 매운 것 같아요"라고 할 건 뭔가. 황홀하게 물든 명산의 단풍을 바라보면서도 "너무너무 좋은 것 같아요"다. 정말 맥빠지는 얘기다.

이렇게 가령 감각적이고 직접적인 당장의 체험조차 직설적으로 말하지 못하고 불확실한 추측으로 얼버무릴 때 그 사람은 눈치꾸러기거나 아무것도 책임지기 싫어하는 사람으로 보일 수도 있다. 특히 젊은이들이 그런 불확실한 말씨를 즐겨 쓰는 사이에 행여 우유부단한 성격, 무책임한 인격으로 길들여지지 않을까 몹시 우려된다.

또 '너무너무'라는, 뭐가 도를 지나쳐 과도할 때 쓰는 강조의 말이 어째서 '……것 같다'는 완곡하고 우회적인 말에 꼭 붙어다니는지 모를 일이다.

'너무'란 정도를 넘었을 때나 이루 말할 수 없을 때 쓰는 말이었다. 그러나 요새는 '참으로' '매우' '퍽' '정말'로 등으로 말해야 할 때 휘뚜루 '너무'를 쓴다. '너무'도 모자라 '너무너무' 아니면 '너무너무너무'라고까지 한다.

넘치는 것이 모자라는 것만 못하다는 우리의 전통적인 사고방식대로라면 너무 예쁜 것은 매우 예쁜 것만 못하다는 얘기도 된다. 그런데 요새 매우 좋은 수준에도 못 미치는 것도 "너무너무 좋다"고 해버린다.

별로 좋지도 않은 전시회를 보고 나서 그 전시회를 가진 미술가를 만났다고 치자. 그 미술가가 평소 안면이 있거나 사회적으로 정평이 나 있을 때 "너무너무 좋은 것 같아요" 해버리면 가장 무난하다.

'너무너무'로 우선 상대방을 기쁘게 해주고 나서 별로 좋지도 않더라는 자기의 솔직한 느낌 때문에 "좋은 것 같아요"로 좋다에 대한 책임을 회피하려든다.

이렇게 자신과 듣는 이, 쌍방의 비위를 적당히 맞추고 눈치를 최대한으로 보기 위해 생겨난 말이 바로 "너무너무 ……것 같아요"가 아닌가 싶다.

이런 어법이 젊은이들 사이에 장기적으로 유행하는 것은 국어교육에도 문제가 있겠지만 혹시라도 우리의 사회적 여건 중에 아부와 말조심을 동시에 강요하는 요인은 없나 검토해 볼 필요가 있을 줄 안다.

여성들이 많이 참여하는 교양 프로 중에 가장 귀에 거슬리는 것으로 남편에 대한 호칭이 있다.

공공장소에서 자기 남편을 "우리 아빠"라고 말하는 것도 꼴불견이지만 새파랗게 젊은 새댁이 시청자를 상대로 "아빠께서 이러시구 저러시구……" 최대의 존댓말을 쓸 때는 숫제 텔레비전을 꺼버리고 싶어졌었다. 그러나 요샌 그게 듣기 싫으면 텔레비전을 안 볼 수밖에 없을 만큼 그런 말세가 '일반화'됐다.

몇 해 전 일인데 꽤 인기 있는 사극에서 사대부가의 며느리가 시부모 앞에 출타중인 남편 걱정을 하는데 "서방님께서 어쩌시고 저쩌시고……" 최고의 존댓말을 쓰는 걸 우리 어머니가 보시고는 "저런 배우지 못한 상것들이 있나, 꼴사납다.

꺼버려라"라고 호령을 하신 일이 있다. 그런 어머니도 요새는 젊은 아낙네들이 어른들 앞에서 감히 제 남편을 하늘같이 받들건 말건 아무 말씀 없이 잘 보신다. 이제 아무도 귀에 거슬려하지도 않을 만큼 일반화되었다.

존댓말이 아주 없으면 모를까 있으면 바로 써야 하고 존댓말의 기본조건은 웃어른을 높이고 자기를 낮추는 일이다. 자기를 높이게 되면 상대적으로 상대방을 하대하거나 업신여긴 결과가 되는 것은 말할 것도 없다.

남존여비사상이 투철할 때도 남편이 하늘인 것은 남편과 아내와의 일대일의 관계에서일 뿐 대외적으로 남편과 아내는 동격이었다. 그래서 자기를 낮춰야 할 윗사람 앞에 선 남편도 낮췄고 자기가 윗사람 노릇할 수 있는 손아랫사람한테나 남편을 높일 수가 있었다.

그런데 요새는 거꾸로 저희들 부부끼리는 서로 반말을 예사로 하다가도 남한테 자기 남편 얘기를 할 때는 최고의 존댓말에다 항렬까지 하나를 올려서 '아빠'라고 하니 참으로 민망한 노릇이다.

특히 텔레비전에 출연했을 때는 보이지 않는 시청자를 최고의 윗사람으로 간주해야 하거늘 그게 무슨 망발일까?

망발이라면 한두 번으로 끝나야 하거늘 작금의 추세로 보아선 가장 교양 있는 말로 일반화돼가는 느낌마저 든다. 이건 텔레비전이라는 막강한 세력만이 할 수 있는 남녀평등의 역행 현상으로도 보여진다.

소위 교양 프로라는 게 얼마나 무의식과 무지에 이바지할 수도 있나를 보여주는 하나의 좋은 예라 하겠다. 이런 거야말로 교양 프로 담당자들이 조금만 신경을 쓰면 얼마든지 고쳐질 수 있는 문제인데 더욱 부추기는 느낌마저 든다.

가족법 개정보다도 선행되어야 할 문제가 바로 이 문제가 아닌가 싶다. 남편을 대의적으로 아빠 아니면 주인으로 부르면서 최고의 존대어를 쓰는 풍토이니 가족법 개정이 시기상조라는 말막음이 천년만년 통할 수 있는 것 아닌지.

말을 함부로 구기고 짓밟고 분해해서 우스꽝스럽게 만드는 걸로 억지웃음을 사려는 오락 프로보다 더 한심스러운 게, 교양 프로라는 미명을 내세워 기껏 의식의 퇴영退嬰, 국적 불명의 소위 미풍양속의 조장에나 이바지하는 걸 볼 때이다.

또 듣기 매우 아니꼬운 말로, '마아'라는 뜻 없는 말이 있다.

일제시대의 교육을 받은 일이 있는 사람이나, 일본말을 몇 마디라도 지껄일 수 있는 사람은 그 말이 일어라는 걸 다 알고 있다. 일본인들은 말을 하다 막힐 때라든가, 뜸을 들일 필요가 있을 때, 권위 부리고 싶을 때, 화제를 부드럽게 하고 싶을 때 이 '마아' 소리를 하면서 말을 잠깐씩 끊는 버릇이 있다.

우리말로 하려면 '마아'는 '글쎄'쯤 되는 말일 텐데 우리말에다 '마아'를 말끝마다 남발하는 인사가 요즈음도 많다. 딴 유행어와 달라서 이 '마아'는 제법 난 체하는 교양인, 유명인사가 공공장소에서 거드름을 피우며 가장 어렵고 알쏭달쏭한 설을 풀 때 많이 쓰는 게 특징이다.

한심하긴 해도 그런 일제 잔재는 그런 인사가 대개 고령이니만치 세월이 가면 사라져가려니 낙관할 수도 있었다. 그러나 매스컴의 위력이란 마땅히 사라져야 할 그런 한심한 잔재조차 살려낼 만큼 신통한 것이란 걸 요새 절감하게 됐다.

일제시대에 교육받았을 리가 없는 새파란 젊은이도 텔레비전 화면에 나와 한마디할 기회—보통 지나가는 말이 아닌 교양이나 전문적인 지식을 과시해야 할 그럴듯한 말을 해야 할 때면 영락없이 목에 힘을 주고 그 '마아'를 섞어가며 하는 일이 드물지 않기 때문이다.

외래어를 적절히 섞는 것과 함께 '마아'를 적절히 섞는 것도 유식을 과시하는 한 방법이 되었건, 다만 말버릇이 그렇게 들었건 간에 텔레비전 말버릇의 악영향 중 하나인 것만은 의심할 여지가 없겠다.

어떤 사석에서였는데 한 청년이 유난히 '마아'를 자주 섞어가며 장광설을 늘어놓았다. 듣기가 너무 괴로워 나는 그 '마아'에 무슨 뜻이 있나를 물어보았다. 내 물음이 비꼬는 투가 아니었다고는 못하겠다. 청년도 대뜸 비꼬는 투로 나왔다.

"마아에 꼭 뜻이 있어야 됩니까? 그럼 얄리얄리 얄랑성 얄라리 얄라엔 무슨 뜻이 있습니까? 왜 대답을 못하시죠?" 이렇게 반격해오는 게 아닌가.

나는 말문이 막혀 아무 말도 못하고 말았다. 청년의 의식 속에서 '마아'와 '얄리얄리 얄랑성'은 완전히 동격이었으니 내 무슨 말을 하랴.

일본어 세대와 함께 자연히 사라질 수도 있는 일제 잔재를 고려시대까지 거슬러올라갈 수 있을 만큼 억세고 긴 뿌리를 내리게 한 것도 텔레비전이 끼친 못된 영향 중의 하나라고 단정한다면 그야말로 너무한 것일까.

사라져가는 것에 대한 애수

여기저기 생기는 다목적댐으로 수몰지구가 늘어나고 있다. 우리의 예스러운 주거양식과 생활문화가 좀더 잘살기 위해서라곤 하지만 물속으로 영원히 사라진다고 생각할 때 형언할 수 없는 비애를 느끼게 된다. 자기집에 별로 애착을 못 느끼는 도시인도 그렇거늘 대대로 내려오는 생활 터전을 떠나야 하는 원주민들, 특히 노인들의 심정은 오죽하랴 싶었는데 실제로는 그렇지도 않은 모양이다.

며칠 전 충주 다목적댐으로 변화하는 단양의 모습을 다각도로 조명한 TV 프로를 보면서도 사라져가는 것에 대한 비애는 도시인의 사치스러운 감상일 뿐일지도 모른다는 걸 절감했다. 거기 출연한 리포터가 옛 마을을 떠나야 하는 노인들은 오죽이나 섭섭할까 싶어 그 심정을 물었더니 젊은이들보다 오히려 더 미래에 대한 꿈에 부풀어 있더라고 했다. 얼마 안 되는 땅뙈기 파먹고 사는 생활이 몇 대째 변화 없이 계속되다가 이제 아들 대부터는 새 세상을 살게 됐으니 좀 좋으냐고 하더라는 노인의 말도 전해졌다. 그리고 건축 붐이 일고 있는 신단양의 모습이 화면에 비춰졌다. 서울의 개발 지역과 조금도 다르지 않은 그만그만한 양옥과 포장된 골목과 전화 케이블 공사 장면까지 골고루 화면으로 보면서 농촌이 잘살게 되리라는 게 기쁘면서도 한편 섭섭했다. 이번에 섭섭한 건 물속에 가라앉게 될 옛 마을 때문이 아니라 자기가 살던 땅이 가라앉게 되는 데 대한 일말의 애수도 못 느끼게 명랑 일변도로 짜여진 화면 때문이었는지도 모른다. 빛이 있으면 그림자도 있게 마련인 것을.

잘살게 되리라는 것처럼 사람의 마음을 사로잡는 미끼도 없으리라. 그러나 잘산다는 게 물질적 풍요뿐 아니라 고루 느낄 수 있는 정서적인 안정까지를 의미할진대 사라져가는 것에 대한 절절한 애수나 집착이 좀 드러나도 결코 잘살려는 희망에 김 빼는 것이 안 됐을걸 하는 아쉬움이 있었다.

단양 수몰지구 노인의 말을 들으면서 지금부터 20여 년 전 우리 동네에서 본 한 노인이 그립게 생각났다. 그때 살던 동네는 한옥이 밀집한 동네여서 화장실도 재래식이었다. 그런데 어느 한 집에서 화장실을 좌식 양변기로 뜯어고친 게 유행처럼 몇 달 사이에 골목 안에 고루 퍼지게 되었다. 마지막까지 재래식 화장실을 못 고친 집은 시어머니를 모시고 사는 집이었다. 팔순이 넘은 시어머니가 이웃의 양변기를 구경하더니 자기는 거기 앉아선 죽어도 뒤를 못 보겠다고 하니 어찌 고치겠느냐는 거였다. 그러나 이웃집이 모조리 수세식이 되고 보니 홀로 냄새를 피우며 변소를 쳐야 하는 민망함 때문에 그 집도 마침내 이웃을 따라 하게 되었다. 무조건 고쳐놓고 보면 노인도 기가 꺾이려니 했는데 그게 아니었다. 쩔쩔매면서 이 골목 저 골목을 헤매다가 재래식 변소가 있는 집을 찾아서 신세를 지는 한이 있어도 양변기에선 뒤를 못 보니 아들 며느리가 난감할 수밖에 없었다. 생각다 못해 양변기 둘레에다 나무로 재래식 변소 같은 틀을 짜고 노인이 거기 올라앉아 뒤를 보게 했다. 자연히 양변기보다 높아야 되니까 계단도 하나 만들었다. 그 모양이 참으로 가관이어서 이웃 사람들이 구경을 가서 깔깔거리던 생각이 난다. 그때는 그런 고집불통의 시어머니를 모시고 사는 그 집 부인이 참으로 딱하더니 지금 와서 그 노인의 거침없는 그 고집이 그립게 회상되는 건 무슨 까닭일까.

| 작가 연보 |

1931년 10월 20일 경기도 개풍군 청교면 묵송리 박적골에서 출생. 아버지 박영노朴泳魯, 어머니 홍기숙洪己宿. 열 살 위인 오빠 있음.

1934년 아버지 별세. 어머니는 오빠만 데리고 서울로 떠남. 조부모와 숙부모 밑에서 어린 시절을 보냄.

1938년 서울로 와서 살게 됨. 매동국민학교 입학.

1944년 숙명여고 입학.

1945년 소개령疎開令이 내려져 개성으로 이사, 호수돈여고로 전학. 고향에서 해방을 맞음. 서울로 와 학교를 계속 다님. 여중 5학년 때 담임을 맡은 소설가 박노갑 선생에게서 많은 영향을 받음.

1950년 서울대학교 문리대 국문과 입학. 6월 초순에 입학식이 있어서 학교를 다닌 기간은 며칠 되지 않음. 전쟁으로 오빠와 숙부가 죽고 대가족의 생계를 책임지게 됨. 미군 부대에 취직, 미8군 PX(동화백화점, 곧 지금의 신세계백화점 자리)의 초상화부에 근무. 거기서 박수근 화백을 알게 됨.

1953년 호영진扈榮鎭과 결혼, 이후 1남 4녀의 자녀를 둠(1954년 원숙, 1955년 원순, 1958년 원경, 1960년 원균, 1963년 원태).

1970년 「나목」으로 『여성동아』 여류장편소설 공모에 당선.

1975년 남편이 사기사건에 연루되어 옥바라지를 함. 『도시의 흉년』을 『문학사상』에 연재.

1976년 첫 창작집 『부끄러움을 가르칩니다』(일지사) 출간. 『휘청거리는 오후』를 동아일보에 연재.

1977년 남편의 옥바라지 체험을 바탕으로 전해에 발표했던 단편 「조그만 체험기」에 얽힌 기사가 일간지에 실렸는데, 개인의 명예를 생각하지 않고 검찰측의 입장만 밝혀서 문제가 됨. 『휘청거리는 오후』(창작과비평사, 전2권), 중편집 『창 밖은 봄』(열화당), 산문집 『꼴찌에게 보내는 갈채』(평민사), 『혼자 부르는 합창』(진문출판사) 출간.

1978년 소설집 『배반의 여름』(창작과비평사), 장편소설 『목마른 계절』(원제 『한발기』, 수문서관), 산문집 『여자와 남자가 있는 풍경』(한길사) 출간.

1979년 『도시의 흉년』(문학사상사, 전3권), 『욕망의 응달』(수문서관. 이 책은 1985년 같은 출판사에서 『인간의 꽃』으로, 1989년 원제대로 우리문학사에서 재출간), 창작동화 『달걀은 달걀로 갚으렴』(샘터, 『마지막 임금님』으로 재출간) 출간.

1980년 「그 가을의 사흘 동안」으로 한국문학작가상 수상. 전해부터 동아일보에 연재했던 『살아 있는 날의 시작』(전예원) 출간. 「오만과 몽상」을 『한국문학』에 연재.

1981년 「엄마의 말뚝 2」로 제5회 이상문학상 수상. 제5회 이상문학상 수상작품집 『엄마의 말뚝 2』 출간. 『도둑맞은 가난』(민음사, 「나목」이 재수록되어 있음), 콩트집 『이민가는 맷

돌』(심설당) 출간. 20년간 살던 보문동 한옥을 떠나 강남의 아파트로 이사.

1982년 10월, 11월 문공부 주최 문인해외연수에 참가하여 유럽과 인도를 다녀옴. 소설집 『엄마의 말뚝』(일월서각), 장편소설 『오만과 몽상』(한국문학사, 1985년 고려원에서 재출간), 산문집 『살아 있는 날의 소망』(주우) 출간. 「그해 겨울은 따뜻했네」를 한국일보에 연재.

1984년 7월 1일 영세 받음. 풍자소설집 『서울 사람들』(글수레) 출간.

1985년 11월에 '일본 국제기금재단'의 초청으로 일본을 여행함. 장편소설 『서 있는 여자』(학원사, 『떠도는 결혼』과 동일 작품), 작품선집 『그 가을의 사흘 동안』(나남) 출간.

1986년 산문집 『서 있는 여자의 갈등』(나남), 소설집 『꽃을 찾아서』(창작사, 1982년에서 1986년 사이에 창작한 중·단편을 수록) 출간.

1988년 남편과 아들을 연이어 잃음. 서울을 떠나는 일이 많아짐. 미국 여행을 다녀옴. 『문학사상』에 연재하던 「미망」을 10월부터 다음해 6월까지 쉼.

1989년 「그대 아직도 꿈꾸고 있는가」를 여성신문에 연재. 장편소설 『그대 아직도 꿈꾸고 있는가』(삼진기획) 출간.

1990년 『미망』(문학사상사, 전3권) 출간. 이 작품으로 대한민국문학상 우수상을 수상. 산문집 『나는 왜 작은 일에만 분개하는가』(햇빛출판사) 출간. 『그대 아직도 꿈꾸고 있는가』의 성공으로 출판사 주최 성지순례 해외여행을 다녀옴.

1991년 회갑 기념 소설집 『저문 날의 삽화』(문학과지성사), 콩트집 『나의 아름다운 이웃』(작가정신) 출간. 장편 『미망』으로 제3회 이산문학상 수상 .

1992년 『그 많던 싱아는 누가 다 먹었을까』 『박완서 문학앨범』(웅진출판사) 출간.

1993년 「꿈꾸는 인큐베이터」(『현대문학』 1월호)로 제38회 현대문학상 수상. 제38회 현대문학상 수상작품집 『꿈꾸는 인큐베이터』(현대문학) 출간. 제19회 중앙문화대상(예술 부문) 수상. 장편소설 『휘청거리는 오후』를 제1권으로 『박완서 소설전집』(세계사) 출간 시작. 소설전집 제2·3·4·5권으로 장편 『도시의 흉년』(상·하), 『살아 있는 날의 시작』 『욕망의 응달』 출간.

1994년 「나의 가장 나종 지니인 것」(『상상』 창간호, 1993)으로 제25회 동인문학상 수상. 제25회 동인문학상 수상작품집 『나의 가장 나종 지니인 것』(조선일보사), 소설집 『한 말씀만 하소서』(솔), 창작동화 『부숭이의 땅힘』(한양출판사), 소설전집 제6·7·8·9권으로 장편 『목마른 계절』, 소설집 『엄마의 말뚝』, 장편소설 『오만과 몽상』 『그해 겨울은 따뜻했네』 출간.

1995년 장편소설 『그 산이 정말 거기 있었을까』(웅진출판사), 산문집 『한 길 사람 속』(작가정신) 출간. 「환각의 나비」(『문학동네』 봄호)로 제1회 한무숙문학상 수상. 소설전집 제10·11권으로 장편 『나목』 『서 있는 여자』 출간.

1996년 소설전집 제12·13권으로 장편 『미망』(상·하) 출간.

1997년 티베트, 네팔 여행기 『모독冒瀆』(학고재), 동화집 『속삭임』(샘터) 출간. 장편소설 『그 산이 정말 거기 있었을까』로 제5회 대산문학상 수상.

1998년 산문집 『어른 노릇 사람 노릇』(작가정신) 출간. 보관문화훈장(문화관광부) 받음. 소설집 『너무도 쓸쓸한 당신』(창작과비평사) 출간.

1999년 묵상집 『님이여, 그 숲을 떠나지 마오』(여백) 출간. 『너무도 쓸쓸한 당신』으로 제14회 만해문학상 수상. 『박완서 단편소설 전집』(문학동네, 전5권) 출간.

2000년 장편소설 『아주 오래된 농담』(실천문학사) 출간. 제14회 인촌상 수상.

2001년 단편소설 「그리움을 위하여」(『현대문학』 2월호)로 제1회 황순원문학상 수상.

2005년 기행산문집 『잃어버린 여행가방』(실천문학사) 출간.

2006년 『박완서 단편소설 전집』 개정판(문학동네, 전6권) 출간. 서울대학교 명예문학박사학위 수여. 제16회 호암상 예술상 수상.

2007년 산문집 『호미』(열림원), 소설집 『친절한 복희씨』(문학과지성사) 출간.

2009년 동화집 『세 가지 소원』(마음산책), 장편동화 『이 세상에 태어나길 참 잘했다』(어린이작가정신) 출간. 『문학동네』 가을호에 단편소설 「빨갱이 바이러스」 발표.

2010년 산문집 『못 가본 길이 더 아름답다』(현대문학) 출간.

2011년 1월 22일, 담낭암 투병중 향년 81세를 일기로 별세. 1월

24일, 정부로부터 '금관문화훈장'을 추서받음.

2012년 산문집 『세상에 예쁜 것』(마음산책), 마지막 소설집 『기나긴 하루』(문학동네) 출간.

2013년 『박완서 단편소설 전집』 개정판(문학동네, 전7권), 짧은 소설집 『노란집』(열림원) 출간.

2014년 티베트, 네팔 여행기 『모독』, 산문집 『호미』 개정판(열림원) 출간. 그림동화 『엄마 아빠 기다리신다』(어린이작가정신) 출간.

2015년 『박완서 산문집』(문학동네, 전7권), 그림동화 『이 세상에서 제일 예쁜 못난이』 『7년 동안의 잠』(어린이작가정신) 출간.

2016년 대담집 『우리가 참 아끼던 사람』(달) 출간.

2017년 소설집 『꿈을 찍는 사진사』(열림원), 그림동화 『노인과 소년』(어린이작가정신) 출간.

2018년 『박완서 산문집』 제8·9권 『한 길 사람 속』 『나를 닮은 목소리로』(문학동네), 대담집 『박완서의 말』(마음산책) 출간.

박완서(1931~2011)

1931년 경기도 개풍 출생. 1970년 불혹의 나이에 『나목裸木』으로 『여성동아』 장편소설 공모에 당선되어 문단에 나온 이래 2011년 영면에 들기까지 40여 년간 수많은 걸작들을 선보였다. 『부끄러움을 가르칩니다』 『배반의 여름』 『엄마의 말뚝』 『그해 겨울은 따뜻했네』 『그 많던 싱아는 누가 다 먹었을까』 『그 산이 정말 거기 있었을까』 『친절한 복희씨』 『기나긴 하루』 등 다수의 작품이 있고, 한국문학작가상 이상문학상 대한민국문학상 이산문학상 중앙문화대상 현대문학상 동인문학상 한무숙문학상 대산문학상 만해문학상 인촌상 황순원문학상 호암상 등을 수상했다. 2006년, 서울대 명예문학박사학위를 받았다.

박완서 산문집 6
사라져가는 것에 대한 애수

1판 1쇄 2015년 1월 20일
1판 5쇄 2022년 4월 25일

지은이 박완서
책임편집 김필균 | 편집 곽유경 김형균 이경록 | 디자인 김현우 유현아
마케팅 정민호 이숙재 한민아 김혜연 이가을 박지영 안남영 김수현 정경주
브랜딩 함유지 함근아 김희숙 정승민
제작 강신은 김동욱 임현식 | 제작처 한영문화사(인쇄) 경일제책사(제본)

펴낸곳 (주)문학동네 | 펴낸이 김소영
출판등록 1993년 10월 22일 제2003-000045호
주소 10881 경기도 파주시 회동길 210
전자우편 editor@munhak.com | 대표전화 031) 955-8888 | 팩스 031) 955-8855
문의전화 031) 955-3578(마케팅) 031) 955-8864(편집)
문학동네카페 http://cafe.naver.com/mhdn | 트위터 @munhakdongne

ISBN 978-89-546-3458-8 04810
978-89-546-3452-6 (세트)

www.munhak.com